# Im Kampf gegen den Seeork

*Für Hannah, Evelyn, Kerstin, Nicole L.,
Christiane, Sabine, Dagmar und
für meine Familie.*

# Karola Fastenrath

# Im Kampf gegen den Seeork

## Teil Eins der Lansri Saga

© 2004 Karola Fastenrath
Herstellung und Verlag. Books on Demand GmbH, Norderstedt
ISBN 3-8334-0688-7

Ein guter, edler Mensch, der mit uns gelebt, kann uns nicht genommen werden.

Er lässt eine leuchtende Spur zurück gleich jenen erloschenen Sternen, deren

Bild noch nach Jahrhunderten die Erdenbewohner sehen.

Thomas Carlyle

# Inhalt

# Vorwort

Die Welt entstand vor Tausenden von Jahrhunderten, als das Blut eines riesigen Drachen in den Staub der Unendlichkeit fiel.
Der Herr dieses Drachen war ein Mann, der schon uralt war. Und dennoch stand er erst in der Mitte seines Lebens. Er nannte sich Riskus, Herr der Zeiten. Als der Drache starb und der alte Mann die Welt erblickte, formte er aus drei goldenen Schuppen des Drachen drei Kontinente: Elysium, Nefasti und Lynringrim.
Elysium sollte dem Geist des Drachen gewidmet seien. Um einfache Geschöpfe daran zu hindern, nach Elysium zu gelangen, ließ er große Wasser rund um den Kontinent ihr Bett finden. Einem der Meere schenkte er Zauberkraft, da es die natürliche Barriere zu dem Kontinent Lynringrim bildete. Dieses Zaubermeer brachte einige Wesen hervor, die sich Elfen nannten.
Lynringrim gestaltete der Mann nach eigenem Ermessen. Im Westen des Kontinents erschuf er eine zerklüftete Landschaft, im Osten ein schier endloses Meer aus Dünen. Er nannte es Yaromeer. Riskus baute sich riesige Berge und gab ihnen den Namen Lohmark. Und weil er das kühle und kalte Wasser der Meere so liebte, schuf er einen See, der so kalt war, dass er alleine daraus trinken konnte, ohne zu Eis zu erstarren.

Die Zeit wurde Riskus lang und er formte einen weiteren Kontinent. Nefasti. Er trug ihn weit über die Meere und er nannte es sein Paradies. Niemand weiß genau, wo dieser Kontinent liegt, außer Riskus. Und als er erkannte, dass alle Arbeit getan war, dass er alle Tiere und Lebewesen geformte hatte, die er sich erdachte hatte, überkam ihn eine entsetzliche Müdigkeit. Er Schuf das Wesen der Menschen, die ihm nur in der Gestalt gleichkamen und starb. Und die Menschen lebten auf Lynringrim.

Und auf Lynringrim wurden Königreiche geschaffen. Und eines, das vor allen anderen nach Frieden und Glück strebte: Lansri.

Lansri ist ein Land voller Wunder. Kleiner Wunder, wohlgemerkt, aber voll davon. In den letzten einhundert Jahren gab es genug Gründe für Wunder. Kriege überziehen das Land immer und immer wieder. Dabei sind die Lansrianer eigentlich friedliebende und friedlebende Menschen. Genau wie ihre Nachbarn im Westen, im schönen Königreich Aldea. Aber die Nachbarn im Norden sind nicht friedlich. Zwar hat man in Nachlerim eingesehen, dass die vereinten Streitkräfte von Aldea und Lansri stärker sind als die eigenen Heere, aber das hindert die grausamen Krieger dort nicht, ab und zu einen Krieg gegen die Königreiche zu führen. Gerade vor einem Jahr hatte ein fürchterlicher Angriff aus Nachlerim große Teile des Landes verwüstet.

Lansri führte gute Beziehungen zu Aldea, da sich die Königshäuser sehr nahe stehen.

Nun drohte dem Land aber nicht nur Gefahr aus dem Norden, sondern auch aus dem Osten. Aber diese Bedrohung gab es schon seit Äonen von Jahren. Denn in einem unwirklichen Teil von Lynringrim, hinter dem Yaromeer, hatte sich ein weiterer Staat entwickelt: das Hexenreich. Durch die Kämpfe, die es im Inneren des Reiches gab, brauchten Aldea und Lansri dieses Reich nicht zu fürchten, zumal König Marek einen Vertrag mit den Hexen unterzeichnet hatte, der seinem Land Frieden schenken würde. Aber der König war alt und der Vertrag erlosch, sobald der König starb. Und er starb ... vor sechs Jahren ...

In dieser Zeit verließen zwei junge Frauen die Kriegerschule in Laos. Kaya Feastor und Kea Servil.

Während Kea wohlbehütet in Lansri aufwuchs, führte Kaya von jeher ein Leben als Nomadin. Ihre Mutter stammte aus dem sagenumwobenen Volk der Tlanganer, einem Volk, das angeblich jenseits der schwarzen Berge hinter Aldea lebte. Da aber noch niemand diese Berge überquert hatte, zweifelten viele diese Geschichte an. Aber Kaya Feastor war anders. Ihre Werte und Bräuche waren die der Krieger.

Während Kea die Enge ihres Elternhauses verlässt, trifft sie auf Kaya, die mit zwei Halunken in allen Teilen Lansris Diebe und Verbrecher jagt. Kea schließt sich ihnen an und es entsteht in den Jahren eine tiefe Bindung zwischen den Frauen.

Als sich einer der Männer, Kenais Urunion in eine schöne Heilerin namens Hanja Ellesar verliebt, wollen die Freunde sesshaft werden. Doch Urunion kommt unter mysteriösen Umständen ums Leben.

Venara Lynor soll für seinen Tod verantwortlich sein, doch Kaya und Hanja finden heraus, dass man Venara nur hereingelegt hat. Und so schließt sich eine seltsame Gruppe zusammen, nur aus Kriegerinnen bestehend, denn Hanja erlernt das Kriegshandwerk schnell. Gemeinsam suchen sie den wahren Mörder ihres Freundes. Aber bald verliert sich dessen Spur.

Als der König stirbt, gehen die Freundinnen in den Norden des Landes und siedeln sich in einem unwirklichen Wald an. Im Kristallwald. Dort, hoch über dem Boden, leben die vier und suchen nach einer Spur, um den Mörder Urunions zu finden. Doch ihr nächstes Abenteuer ist anders als der Krieg. Es ist ein Zauber ...

# 1. Pflichten einer Königin

Königin Nela stand auf und ging in den Thronsaal. Nachdem ihr Mann gestorben war, hatte ihre Tochter Feodora die Aufgaben der Landesführung übernommen. Sie war dazu nicht mehr in der Lage. Sie konnte den Saal nicht betreten, ohne an ihren verstorbenen Gemahl, König Marek, zu denken. Es war zu schmerzhaft, gerade die ersten vier Jahre waren furchtbar für sie. Danach war der Schmerz nicht mehr so groß, aber dennoch hatte ihr Mann eine Lücke in ihrem Leben hinterlassen. Sie würde die Einladung von Königin Shou annehmen, nach Aldea zu reisen und dort ihren Lebensabend verbringen. Alle königlichen Pflichten und Aufgaben würde sie ihrer Tochter übergeben und noch heute das Land verlassen.

Als die alte Königin jedoch den Amtsaal betrat, sah sie sich einem Großaufgebot an Beratern gegenüber. „Was ist geschehen? Er möge uns dies erklären", wies sie den ersten Berater an. Feodora saß auf ihrem Thron und beriet sich mit ihrer persönlichen Beraterin Elarin. „Etwas Seltsames ist geschehen, Majestät, die Königin aus Aldea, vielmehr ihre Tochter, die gestern das Erbe der Königswürde angetreten hatte, Königin Gandentia, sie ist verschwunden." „Erkläre er dies?" „Wir sind nicht sicher, ob dies zu erklären ist, meine Königin. Aber eben erreichte uns die Nachricht, dass vielleicht eine Hexe ..." Der Satz wurde unterbrochen, als Feodora aufstand. Sie eilte zu ihrer Mutter und besprach sich mit ihr.

Was die beiden Frauen jedoch nicht bemerkten, war die Tatsache, dass alle männlichen Berater auf einmal verschwunden waren. Erst als Feodora darauf hinwies, wurde es auch Nela klar. „Wie ist das möglich? Hole sie den Zauberer", wies Feodora ihre Vertraute Elarin an. „Auch er wird verschwunden sein, aber ich kann seine Tochter holen, Seska." „Dann tue sie dies, Elarin." Die Königin war gefasst. Feodora sah ihre Mutter misstrauisch an. „Du sagtest, du wolltest etwas mit mir besprechen, was war das?" „Nun, ich wollte in den Westen gehen und die Einladung der Königinmutter Shou annehmen. Sie bot mir an, den Lebensabend bei ihr im Schloss zu verbringen." „Wieso willst du nach Aldea gehen? Wir haben noch drei weitere Schlösser, die das Jahr über leer stehen, seit mein Onkel gestorben ist. Warum nutzt du nicht diese?" „Weil ich alle einst mit deinem Vater besucht habe. Wieder würde ich darüber nachdenken müssen. Und das bin ich leid. Aber ich werde meine Abreise verschieben, bis dieses Mysterium geklärt ist." „Ich missbillige deine Entscheidung, aber ich nehme an, das wird dich nicht umstimmen, also werde ich es nicht versuchen." Feodora wandte sich mit raschelnden Röcken um und kehrte zurück auf den Thron.

Die Königswürde hatte sie von ihrer Mutter übernommen, genau eine Woche nach dem Begräbnis ihres Vaters. Auch sie fand viele Dinge, die sie an ihren Vater erinnerten, aber sie konnte nicht weglaufen wie ihre Mutter. Und das ärgerte die Königin. Sie hatte ihrem Vater sehr nahe gestanden und während ihre Mutter davor flüchtete, musste sie jeden Tag damit leben, dass Marek tot war. Es war ein seltsamer Tod gewesen und Feodora fröstelte bei dem Gedanken daran.

Die Türen des Amtsaales wurde aufgerissen und Seska trat ein. Sie trug ein gelbes Gewand mit roten Sternen bestickt und einen spitzen Hut, der am oberen Ende geknickt war. Mit sich trug sie mehrere Schriftrollen, von denen einige ihr immer wieder herunterfielen, bevor sie vorne am Thron ankam. Dort blieb sie atemlos stehen und wischte sich erst mal den Schweiß von der Stirn. Danach ließ sie alle Schriftrollen fallen und machte eine unbeholfene Verbeugung. „Meine Verehrung." „Du scheinst dich sehr beeilt zu haben, Seska." „Nun, die Zeit ist ein Verbündeter, der immer noch läuft, selbst wenn man schläft, also versuche ich so wenig wie möglich von der Zeit, die ich habe, still oder langsam zu sein."

Und schon begann sie damit, ihre Sachen auf einem kleinen Tisch aufzubauen, den sie, wer weiß woher, gezaubert hatte.

Seska konnte jedoch nicht richtig zaubern.

Sie konnte nur Dinge von einem Ort zum anderen transferieren. Und dieser Tisch gehörte eigentlich in die Küche. Die Tabletts, die dort drauf gestanden hatten, fielen nun scheppernd zu Boden und der Küchenchef stieß einen heftigen Fluch gegen Seska aus.

„Erkläre sie uns, was es damit auf sich hat, dass alle männlichen Berater verschwunden sind. Und das, nachdem man Gandentia entführt hat." Nela saß zur Rechten ihrer Tochter. Seska nickte heftig und entrollte einige Schriftrollen. „Nun ... sehen wir erst einmal, was die Entführung auf sich hat ... Mein Vater hatte einige Aufzeichnungen, die ich hier ..." Sie bückte sich nach einer Schriftrolle, die auf dem Boden lag, „.... habe." Sie trat gebeugten Hauptes näher an die Königin und ihre Mutter heran. Feodora streckte ihre Hand aus und nahm das Pergament entgegen. „Da steht nichts drauf!" Die junge Königin verlor langsam die Geduld. „Ach, ich vergaß ... Geheimschrift ... Nun er hat herausgefunden, dass es sich um Zauber handelt. Um einen echten Zauber. Mein Vater konnte auch bestimmen, dass es ein mächtiger und dunkler Zauber war. Ein Zauber, der aus dem Hexenreich stammt." Seska wartete einen Moment. Die Königinnen wechselten einen Blick.

Elarin trat hervor. „Feodora, die Wachen sind ebenfalls verschwunden, wenn das Reich nun angegriffen wird, dann können wir Nachlerim nichts entgegenstellen." „Das weiß ich. Wir müssen Aldea bitten, unsere Truppen im Norden zu verstärken. Und du solltest dafür sorgen, dass waffenfähige Frauen rekrutiert werden. Bildete die Schule in Laos nicht auch Frauen aus?" „Das tut sie. Und wir könnten uns an das Volk der Amazonen wenden. Sie werden uns Unterstützung schicken." Nela nickte und stand auf. „Feodora, wir sollten uns ins private Audienzzimmer zurückziehen. Seska, Ihr begleitet uns. Elarin, kümmert Euch um das, was man Euch aufgetragen hat." Nela stand auf. Sie wusste, dass sie nun ein Geheimnis preisgeben musste, von dem niemand sonst wusste. Und das würde Feodora einige Kraft kosten.

Feodora folgte ihrer Mutter und setzte sich auf einen einfacher Stuhl. Im Audienzzimmer war es still. Niemand durfte das Zimmer betreten, mit ausdrücklichem Befehl der Königin. „Wieso wird die Besprechung verlegt?" Feodora setzte sich aufrecht. „Weil niemand es erfahren braucht, was hier besprochen wird. Das Land steckt in einer Krise. Niemand braucht nun alle Leute in Panik zu versetzen. Also, Seska, warum sind die Männer verschwunden, das klingt doch ein wenig absurd oder?" „Nun, Eure Hoheit, das wird das Werk von einer Hexe sein, niemand anderes. Ich kann einige Spuren von magischen Zaubersprüchen entdecken. Sie sind klein, aber vorhanden. Das ganze Land glitzert vor Zauberstaub. Nur ein sehr großes Tier, ein wirklich sehr großes Tier kann so viel Staub in einer einzigen Nacht verstreuen." „Du hast doch bestimmt eine Ahnung, nicht wahr? Dein Vater würde jetzt schmunzeln, er hat immer die Antwort auf all meine Fragen gewusst." Nela sah die junge Frau an. Seska zupfte ihr altes und abgetragenes Leinengewand zurecht. Sie wagte es nicht, der Königinmutter in die Augen zu sehen. Sie hatte eine Vermutung, aber es war nicht möglich. Diese Tiere gelten seit Äonen von Jahren als ausgestorben. Und kein anderes könnte in Frage kommen. Nun, vielleicht die Drachenkrieger aus einer alten Prophezeiung, aber welchen Grund sollten die haben, Männer zu entführen? Das passte zu Frauen. Und zu Hexen passte der Zauberstaub, der die Männer ohne Zeitverlust von einem Ort zum anderen transportieren würde. Und das einzige Wesen, das groß genug war, um so viel Staub zu verteilen, nun das …

„Ich warte immer noch auf deine Antwort." Die Königin setzte sich aufrecht. Ihr Blick war scharf. Sie konnte es nicht leiden zu warten und schon gar nicht, wenn es um die Sicherheit des Landes ging. Dann konnte sie alles andere als freundlich sein. Und das wusste auch Seska.

Feodora beobachtete die Szene eine Weile und dann wandte sie ihre Aufmerksamkeit dem Hof zu. Im Innenhof war ihre Vertraute gerade dabei, die Wachen zu verstärken, Boten auszusenden und Nachrichten zu empfangen.

Das Lachen ihrer Mutter riss Feodora aus ihren Gedanken. „Das war doch nur ein Scherz, oder?" Die Königin stand auf. „Das ist das einzige Wesen auf dieser Erde, das mir einfällt. Nur dieses Tier kann das gesamte Land durchstreifen und Staub verteilen und dadurch die Männer entführen." „Ein Seeork. Diese Tiere sind seit Jahrhunderten ausgestorben, ich meine, wie sollten sie sich ernähren? Sie fressen doch menschliche Gehirne. Das wäre aufgefallen." „Nun, uns hier, ja, aber wer weiß denn schon, was die Hexen in ihrem Reich so alles trieben?" Feodora kam zurück zu ihrer Mutter und der Tochter des Hofzauberers. „Nehmen wir für einen kleinen Moment einmal an, dass dieses Tier von ihnen aufgezogen und gefüttert wurde. Wer von uns könnte behaupten, dass es nicht so ist? Aber nun ist es genug. Wir reden über das Problem und die Verursacher. Aber wir müssen eine Lösung finden." Feodora wurde sich bewusst, dass dies nun ihre erste Prüfung als Königin werden würde. Sie musste sich vor ihrem Volk als würdig erweisen.

# 2. Des Problems Lösung

Diese Lösung kam aus anderer Richtung, als die Königin erwartet hätte. Nachdem sie und die Tochter des Hofzauberers die letzten Tage täglich nach einer Lösung gesucht hatten, bekam die Königin eine seltsame Nachricht aus den Gewölben unter dem Palast. Aus dem Gefängnis.

Eine Gefangene hatte erfahren, was passiert war, und sie wusste einige Kriegerinnen, die wirklich Abhilfe leisten könnten. Sie kannte Kriegerinnen, die der Gefahr mit einem spöttischen Lächeln im Blick entgegensahen. „Bringt sie zu mir. Wenn sie etwas weiß, dann wird sie uns helfen. Und dann könnten wir den Problemen auf den Grund gehen. Die Felder müssen bestellt und die Grenzen bewacht werden. Die Männer aus Aldea leisten gute Arbeit und wir sind dankbar dafür, dass man uns so schnelle Hilfe gesendet hat, aber so kann es nicht weitergehen. Wir müssen unsere Männer befreien." Die Wachen verbeugten sich und liefen hinunter in die Keller.

Feodora nahm sich kurz Zeit, um sich hinzusetzen. Seit einigen Tagen konnte sie nicht mehr schlafen, denn die Sorgen um ihr Land ließen ihr keine Ruhe. „Wie also lautet der Name der Gefangenen?" Sie sah ihre Vertraute, Elarin, an. Diese fingerte eine Schriftrolle aus einem Stapel von Papieren heraus. „Sie heißt Daria Soldaar. Ihr Vergehen ist nur eine mittelschwere Straftat. Sie klaute einen Laib Brot und ist danach vor der Stadtwache geflüchtet. Bei ihrer Festnahme wurden drei Wächter verletzt." Elarin rollte das Papier wieder zusammen und sah ihre Königin und Freundin an. „Ihr solltet Euch ausruhen, Majestät." „Das werde ich, wenn ich mit diesem Problem fertig geworden bin. Nicht eher." „Ihr würdet keine Hilfe sein, wenn ihr nach nächtelangen Denkstunden zusammenbrechen würdet." Elarin senkte den Blick und zog sich zurück. Feodora lächelte leicht und wandte dann ihre Aufmerksamkeit auf die Türen des Thronsaales.

Daria wurde von zwei Wächterinnen hereingeführt. Ihre Hände

waren auf dem Rücken gefesselt. Feodora musterte die junge Frau. Sie war Anfang zwanzig und wirkte stolz unter dem Schmutz, der ihre Haut bedeckte.

„Eure Mutter ist soeben aufgestanden", flüsterte eine Dienstmagd der Königin mit gesenktem Kopf zu. „Haltet sie zurück, wir wollen ja nicht, dass sie sich unnütz aufregt." Feodora bat darum, ihre Mutter fern zu halten. Sie würde dabei sein wollen, denn sie wollte das Schicksal des Reiches nicht in die Hände einer Gefangenen und Verurteilten legen. Und dann würde sie vom Für und Wider sprechen, einer Gefangenen zu vertrauen. Aber dafür hatten sie keine Zeit. Sie mussten handeln.

Daria war verschmutzt. Ihre Kleidung hatte auch schon bessere Tage gesehen. Die Fesseln schnitten in ihre Arme, aber sie war nicht gewillt sich geschlagen zu geben. Schließlich hatte sie den Trumpf in der Hand.

„So, Daria Soldaar. Ihr seid also davon überzeugt, die Lösung für Lansris Problem zu kennen?" Feodora straffte ihre Schultern und lehnte sich nach vorne. „Ja, Hoheit. Ihr nehmt Euch wohl kaum Zeit für Höflichkeitsfloskeln, oder?" Daria wusste, dass sie erst einmal sehen musste, wie weit diese Königin bereit war zu gehen. „Ich habe keine Zeit, nein. Also." Königin Feodora machte eine ungeduldige Handbewegung. „Nun, vor einigen Monaten war ich in Laos. Es wurden einige Krieger ausgezeichnet, die aus dem Krieg heimgekehrt sind. Unter ihnen – einige der besten Krieger – waren auch Frauen. Ich erinnere mich an vier Frauen, aber nur einen Namen konnte ich behalten. Hanja Elessar. Sie war als Heilerin auf den Schlachtfeldern. Der Krieg zwang sie jedoch, ebenfalls zur Waffe zu greifen. Und weiß Gott, sie scheint einen sehr guten Eindruck hinterlassen zu haben. Aber sie schien nur ihr eigenes Leben zu verteidigen." Daria beobachtete die Königin einen Moment. Feodora hatte aber keinen Nerv, sich solche Geschichten anzuhören. Lediglich die Worte: Kriegerinnen und besten hatten sie aufhorchen lassen. „Woher stammen diese

Krieger?" „Das weiß ich nicht. Nicht genau zumindest. Hanjas Eltern kommen hier aus der Hauptstadt. Ich glaube in der Sonnenalleegasse." Feodora warf ihrer Vertrauten einen bedeutenden Blick zu, diese nickte und schickte einen Boten los. „Du weißt mehr, als du verraten willst." Feodora wandte sich wieder Daria zu. „Das stimmt. Denn, was soll ich sagen, ihr wollt etwas von mir und was bietet ihr mir dafür? Wieder zurückkehren darf ich. Zurück in eine kleine dunkle Zelle. Und das nur für einen Laib Brot und ein paar gebrochene Rippen." „Und was soll ich dir bieten? Deine Freiheit?" Feodora lehnte sich wieder nach hinten und verschränkte die Arme vor der Brust. „Nun, das wäre schon einmal eine Option, die Ihr im Auge behalten solltet. Ihr versteht sehr schnell, das kann nur ein Vorteil für unserer Land sein." Daria fühlte sich sicher. Zu sicher. „Ihr schmeichelt umsonst. Weder ich noch unser Land sind erpressbar. Schafft sie weg." Feodora wandte den Blick ab. Zu spät erkannte Daria, dass Feodora mehr als eine einfache Frau mit einem Problem war. Sie war die Königin, die auch in schwierigen Situationen die Prinzipen ihrer Herrschaft nicht verraten würde.

Daria spürte die Hände ihrer Wächterinnen auf ihren Schultern. „Nein, wartet. Bitte. Ich kenne ihr Versteck. Ihr werdet erfahren, wo sie leben, aber da sich niemand dort auskennt ... Ihr werdet Jahre brauchen, um sie zu finden Sie leben nun einmal sehr zurückgezogen. Mögen keine Besucher, egal welcher Art." Sie wandte sich im Griff der Wächter. Feodora hob die Hand. „Dann sag mir alles, was du weißt, um mich davon zu überzeugen, dass du nicht nur an dich denkst. Erweise deinem Land einen Dienst. Jetzt und hier." Feodora machte eine ausladende Geste. Elarin musste lächeln, Feodora war eine knallharte Verhandlungsgegnerin. „Erzähl mir alles, alles was du über sie weißt." „Ich kenne sie nicht persönlich, aber ich verfolge ihren Lebenslauf schon seit der Begegnung vor drei Monaten. Sie haben mich inspiriert, ein besseres Leben zu führen, wenn das auch nicht den Magen füllt. Sie sind im Volk sehr bekannt. Sie sorgen für Recht und Ordnung, dort, wo es die Wachen der Königlichen Garde nicht schaffen. Zwei von ihnen sind ausgebildete Krieger. Beide lernten in Laos an der Schule für Krieger. Zu ihnen fand auch Hanja Elessar. Sie ist allerdings eher eine Heilerin, lernte aber schnell von Kea Servin, einer der Kriegerinnen. Die andere, so erzählt man, kommt aus den unbekannten Landen hinter den schwarzen Bergen von Aldea. Ihren Namen kenne ich nicht. Unter der Gruppe befinden sich auch zwei Spieler. Eher Gauner als etwas anderes. Venara Lynor und Jago Hellerain. Venara wird als eine Mörderin gesucht, aber die andere Kriegerin, die Namenlose – wie ich sie nenne – hatte noch eine Lebensschuld beim dem Richter. Er musste Venara gehen lassen und sie in ihre Hände übergeben. Sie nimmt sie in Schutz, kann man sagen. Dann gibt es noch Dawn Hellifield. Und ... bevor ich gefangen genommen wurde, nahmen sie eine weitere Person in ihre Gruppe auf. Eine junge und noch unerfahrene Frau. Evelyn el Albus. Sie war einst am Hofe von Königin Gandentia. Bis zum Krieg." Daria sank auf die Knie. „Das ist alles, was du mir sagen willst?" „Alles, alles was ich sagen kann. Und nun, was ist die Gegenleistung für eine Leistung für mein Land?" „Wie lange soll deine Strafe noch währen?" Feodora stand auf. „Vier Tage." Daria sah die Königin gebannt an. Feodora nicht und drehte sich zu Daria. „Ich erlasse dir die Strafe, unter der Bedingung, dass du meine Boten zu diesen Kriegerinnen führst." Feodora sah der Gefangenen in die Augen. Diese nickte. „Das will ich gerne tun. Nur schickt mich nicht zurück in meine Zelle." Daria erhob sich langsam. „Pferde werden euch zur Verfügung gestellt. Und sorge dafür, dass meine Boten wieder hier ankommen, sonst wirst du mit der nächsten Strafe rechnen müssen." Feodora machte ein Handbewegung und verließ den Thronsaal.

Elarin war in der Zwischenzeit von einem Boten informiert worden, ob Darias Behauptungen auch wirklich wahr waren. Und das waren sie. In der Schülerliste Laos fand sich der Name Kea Servin. Und man sprach sehr löblich von ihr in den Aufzeichnungen. Von ihrer Freundin, der anderen Kriegerin, Kaya Feastor, eher weniger. Sie sei leicht reizbar, schnell aufgebracht und verfügte nicht über die Geduld, anderen etwas zu lehren. Sie wurde wegen ihrer Waffen erwähnt – sie verfügte über sehr eigentümliche Waffen, die man hier in Lansri und Aldea nicht nutzte. Und über ihren Kampfesmut wurde sie gelobt. Auch wenn ihr das andere schwer fiel. In der Schlacht schien sie zu Hause zu sein.

Dann hatte Elarin die Mutter von Hanja Elessar befragen lassen. Ihre Aussagen stimmten alle mit Darias Aussagen überein, obwohl sie auch das Versteck benennen konnten, in dem die Frauen lebten: der Kristallwald.

„Im Kristallwald? Ich dachte, dort leben nur Grissos und Wurmfs. Es gibt dort kein Leben, kein menschliches jedenfalls." Feodora sah Elarin an. „Wenn sie es vorziehen, dort zu leben, dann sind sie unter sich. Und sie meiden andere Menschen. Sie haben wohl eine Abneigung gegen das Leben entwickelt, nachdem sie so oft mit dem Tod gelebt haben." Elarin zuckte mit den Schultern. „Der Wald besteht zwar nur aus Kristallen, in denen ein Baumhaus leicht zu entdecken wäre, aber wenn wir die Boten ohne Daria losschicken, kann es sein, dass sie tagelang durch den Wald irren, bevor sie auch nur eine Spur von ihnen finden." „Also gut. Ist die Nachricht vorbereitet?" „Die Nachricht und die Boten ebenfalls. Sie können sofort losreiten." „Dann bring ihnen die Nachricht", schärfte Daria ihr Versprechen noch einmal ein, „und dann lass sie ziehen." Feodora wirkte müde. „Und Ihr, Eure Hoheit?" „Ich werde mich ein wenig ausruhen, Elarin. Nach drei Tagen ohne Schlaf habe ich ein wenig Ruhe nötig." Wenn diese Kriegerinnen wirklich so gut waren, konnten sie vielleicht wirklich des Problems Lösung sein.

# 3. Der Kristallwald

Zwischen den Kristallen herrschte absolute Stille. Nur der Wind heulte ein wenig, als die scharfen Kanten der Kristalle ihm sein Kleid zerschnitten. Alles hätte ruhig und friedlich sein können, wenn nicht plötzlich oberhalb der Baumkronen ein heftiger Streit entbrannt wäre.

Venara schüttelte benommen den Kopf. Sie war soeben von der Außenumrandung, die das gesamte Haus umgab, durch ein Fenster ins Haus hineingeflogen. Der Aufprall hatte sie etwas härter getroffen, als sie gedacht hatte. „Alles in Ordnung?" Hanja reichte ihr die Hand und half ihr auf. „Was ist denn passiert?" Kea sah von ihrem Messer auf. „Diese tlanganische Hexe draußen glaubt, sie könne mir Vorschriften machen", sagte Venara wütend und ging hinaus. „Von der Anweisung des Richters her darf sie das. Sie ist dein gesetzlich eingesetzter Vormund." Evelyn lehnte an der Wand und kaute an einem Stück Kautabak. Venara stürmte an ihr vorbei wieder hinaus. „Wie lange wird es dauern?" Kea sah die beiden anderen an. „Sie kommt gleich wieder herein. Wieder durchs Fenster." Kaum hatte Hanja diese Worte ausgesprochen, da flog Venara wieder in den Wohnraum und zertrümmerte mit ihrem Bein einen Tisch. „Kaya, es reicht. Wir haben schon jetzt kaum noch Möbel in diesem Raum. Die Stühle von letzter Woche konnte man nur noch als besseres Brennholz verwenden." Hanja ging zum Fenster. Kaya stand – wie es so ihre Art war - lässig an die Hauswand gelehnt. „Dann sag du ihr, dass sie mich nicht mehr belästigen soll. Sonst geht das den ganzen Abend weiter", erwiderte Kaya. „Schon gut, schon gut." Hanja hob beschwichtigend die Hände. Noch bevor Venara zum dritten Mal hinaus konnte, wurde sie von Evelyn und Kea aufgehalten. „Lass sie bis morgen, mit was auch immer du ihr gesagt hast, in Ruhe, okay?" Kea sah Venara fest in die Augen. Dass die beiden Frauen sich nicht sonderlich leiden konnten, stand ganz außer Frage. Venara wollte sich gegen die beiden aufbäumen, aber Kea und auch Evelyn waren nicht geneigt, sie so einfach gehen zu lassen. „Also gut." Venaras Muskeln erschlafften und sie ließ nach. Hanja holte aus ihrem Zimmer ihren Heilerkasten und klappte ihn auf. Venara hatte eine blutige Schramme oberhalb des linken Auges.

„Was war den los?", fragte sie im Plauderton. „Was los war? Was los ist, ist eine bessere Antwort. Wir warten schon seit Tagen auf Jago und die anderen. So langsam müssten sie doch mal ankommen. Die Rationen gehen zur Neige, das hast du selber gesagt."

„Du wirst schon nicht verhungern, Venara. Wir können nicht nur in den Krieg ziehen, wir sind durchaus auch dazu in der Lage, auf die Jagd zu gehen." Kaya betrat den Raum. Schon allein mit ihrer Stimme hatte sie die Aufmerksamkeit von allen. Sie klang zwar weich und melodisch, aber sie hatte auch einen gebieterischen Unterton, der keinen weiteren Widerspruch hinnehmen würde. Sie würde das nächste Mal zu anderen Mitteln greifen. Und das wusste auch Venara. Deshalb biss sie sich lieber auf die Zunge, anstatt Kaya darauf eine Antwort zu geben. Sie hatte gegen Kaya keine Chance, einen Kampf zu gewinnen.

Kaya wartete, bis Venara sich abwandte. Erst dann entspannte sie ihre Muskeln. Und nicht einen Moment vorher. Sie war auf alles gefasst gewesen. „Nur deswegen? Venara, du nimmst Freiflüge durchs Fenster in Kauf, weil du Angst hast, dass dein Magen nicht gefüllt wird?" Hanja schmierte eine grüne, übelriechende Tinktur auf die Wunde Venaras. „Nein, sie redet von Verhungern und hier eingesperrt sein." Kaya hatte damit begonnen, ihre Ausrüstung zusammen zu suchen. „Du willst doch nicht etwa jetzt auf die Jagd gehen, oder?" Evelyn stieß sich mit dem Fuß von der Wand ab, an der sie sich bis gerade eben angelehnt hatte. „Du weißt, dass draußen noch ungefähr fünf große Wurmfs herumlaufen. Und einen habe ich nur verletzt, der ist besonders schlecht auf uns zu sprechen." Hanja sah Kaya prüfend an. „Ich bin nicht auf die glorreiche Idee gekommen, die Fische unter das Baumhaus zu hängen, nur weil sie riechen. Ich hasse den Geruch von Fisch, genauso sehr wie du, Venara, aber auf so eine blöde Idee bin ich noch nicht gekommen." Kaya ließ die Fragen und das Gerede der anderen unbeantwortet liegen.

Sie zog sich ihren Gürtel an. Hinten im Gürtel, eingearbeitet in das Leder, waren fünf Dolche versteckt. Nur wer wusste, wonach er suchen sollte, erkannte sie. Dann band sie sich ihr Kurzschwert um den rechten Oberschenkel. Da Kaya aus Tlangan stammte, hatte sie von ihrer Mutter eine beachtliche Menge an Waffen geerbt. Und soweit Evelyn und Venara wussten, gab es davon noch mehr. Ihr Kurzschwert, in ihrer Sprache Mental genannt, war nur so lang wie der Unterarm eines ausgewachsenen Mannes. Die Spitze war wie die Zunge einer Schlange, vorne geteilt. Ihre Hauptwaffe, eine mondförmige, gezackte Waffe, besaß nur den Namen aus Tlangan, weil es so etwas weder in Lansri noch in Aldea gab: Barika. Dieses Ding erforderte viel Können und ein hohes Maß an Selbstbeherrschung. Evelyn hatte Kaya nur einmal damit kämpfen sehen und hatte sofort gewusst, dass sie diese Waffe mehr aus der Entfernung sehen wollte, als selber damit zu kämpfen. Wer unvorsichtig war, konnte sich selber umbringen. Das Barika schnallte sich Kaya auf den Rücken, lediglich ein Haltegriff ragte über ihre Schulter.

„Konnte ich etwa ahnen, dass dies kleinen verfluchten Wurmfs sich an die Fische heranmachen? Was ist das überhaupt für ein Wesen, dass sich durch die Einnahme von Menschennahrung so verändert?" Venara warf den Kopf ungeduldig nach hinten.

Kea hatte der Szene bis hier schweigend gelauscht, aber jetzt war auch sie aufgestanden. „Nun, jemand, der hier acht Meter über dem Erdboden lebt, sollte wissen, wie die Bewohner des Waldes leben. Wenn es auch nur zwei Arten von Tieren gibt, muss man auf alles gefasst sein. Und du, Evelyn, solltest wissen, wann man die Tiere am besten jagen kann." Kea steckte ihr Messer ein und holte ihr Schwert.

Evelyn seufzte. Sie hatte die Lektion in Sachen Kristallwald nicht vergessen. Der Wald wurde nie ganz dunkel. Einfach dadurch, weil das Licht der Sonne und des Mondes reflektiert wurde.

Jedoch war das Licht des Mondes um einiges schwächer als das Licht der Sonne. Und das war der Nachteil, für ein drei Meter großes, nach Fleisch geiferndes Wurmfs. Denn die Tiere nutzten das helle Licht des Waldes, um ihre Opfer zu blenden. Ausgewachsene Wurmfs nahmen die Farbe der Umgebung an und waren von den von der Sonne angestrahlten Kristallen kaum zu unterscheiden. In der Nacht, wenn die Kristalle nur schwach glommen, waren sie jedoch sehr gut auszumachen.

Evelyn holte ebenfalls ihr Schwert und ihren Bogen. Kea hatte ihre Armbrust schon gespannt und einen Bolzen eingelegt. „Ihr wollt jetzt hinunter und die Biester ärgern." „Genau Venara, aber ohne dich. Du und Hanja, ihr solltet aus dem, was wir noch haben, ein Abendessen auftischen." Kea verschwand durch die Tür nach draußen. Kaya nickte Hanja kurz zu und ging dann ebenfalls. Evelyn folgte den beiden wortlos. Sie fühlte die innere Anspannung wachsen. Sie war erst seit einigen Monaten bei diesen Kriegerinnen, aber sie hatte schon eine Menge gelernt. Sie war nie der Meinung gewesen, sie sei eine besonders gute Kriegerin, aber Kea hatte gesagt, darauf komme es nicht an. Es ginge auch ihnen nicht um den Kampf, eher um die Werte, weswegen ein Kampf gefochten wurde. So setzte sich diese Gruppe hier immer für etwas Gutes ein. Die Frauen lehnten es ab, als Söldner ihr Leben zu verbringen, so wie es die meisten der Klassenkameraden von Kaya und Kea taten.

Evelyn spürte die innere Anspannung wachsen. Ihre Hände wurden feucht. Als sie neben Kea und Kaya auf dem Boden des Kristallwaldes ankam, hatte sie ein ungutes Gefühl in der Magengegend. Kaya drehte sich zu ihr um. Sie sprach nur im Flüsterton: „Die Biester werden nacheinander auftauchen. Also sei darauf gefasst, dass du zum Schwert greifen musst. Der Bogen ist gut für die Entfernungen, aber unterschätze sie nicht. Sie sind schnell. Wenn der erste Schuss nicht sitzt, wirf den Bogen zur Seite und zieh das Schwert, klar?" Kaya legte ihr die Hand auf die

Schulter. Wenn sie auch sonst nicht viele Worte für sie übrig hatte, so wusste Evelyn, dass Kaya sie respektierte und sie gerne hatte. Kea beobachtete die umliegenden Kristalle. Wer sich auskannte, konnte durch die Kristalle über 100 Meter sehen. Kea nutzte diese Technik, um die wichtigsten Stellen des Waldes auszuleuchten. Sie suchten am See und am Fluss, aber entlang beider Orte waren keine großen, leuchtenden Wesen zu erkennen. „Wo sind sie?", fragte Evelyn nervös. „Hörst du sie nicht?", fragte Kea. Sie wies nach vorne. „Schätze, dahinten wütete Hanjas Experiment." Sie sah Kaya an, die nur nickte. Evelyn sagte nicht, dass sie nichts hörte. Sie wusste einfach nicht, wie sie die Geräusche um sie herum und in ihr zum schweigen bringen konnte. Ihr Herz klopfte so laut, dass Evelyn meinte, dass es bis hinauf ins Baumhaus zu hören sei. „Vielleicht solltest du wieder raufgehen, wenn du dich so sehr fürchtest." „Ich fürchte mich nicht ..." „Evelyn, deine Hautfarbe hat gerade von Weiß auf noch weißer gewechselt, als ich die Viecher erwähnte." Kea zog ihr Schwert und setzte sich langsam in Bewegung. „Ich werde nicht gehen", sagte Evelyn mit fester Stimme und legte einen Pfeil in die Sehne ein.
Alle drei gingen in geduckter Haltung. Kaya hatte noch keine Waffe gezogen, aber das störte weder Evelyn noch Kea. Sie beide wussten, dass ihre Weggefährtin schnell mit der Waffe bei der Hand war.

Die Wurmfs hatten das Blut ihres verletzten Gefährten gerochen. Sie strichen in immer enger werdenden Kreisen um dessen Standort. Noch konnte man sie weder hören noch sehen, aber sie waren da. Und das wusste der verletzte Wurmfs nur zu gut. Viel zu gut, um ehrlich zu sein. Er war gereizt, denn er würde sich gegen seine Artgenossen nur schwer erwehren können. Sie würden zu zweit, vielleicht auch zu dritt, angreifen. Er hörte etwas aus den Kristallen vor sich. Sein Knurren schwoll bedrohlich an. Er erwartete, dass jeden Moment einer seiner Artgenossen aus den Kristallen hervorbrach. Aber plötzlich sah er sich nur einem kleinen Fleischwesen gegenüber. Eins von denen hatten ihm diese Wunde zu gefügt. Es hatte ein gebogenes Holz in der Hand und wirkte irgendwie unkontrolliert.

Evelyn schluckte hart. Kea und Kaya waren beide noch nicht aus den Kristallen aufgetaucht, vielleicht hatten sie eine andere Richtung eingeschlagen, und sie hatte es noch nicht einmal gemerkt. Und nun sah sie sich einem dieser Wurmfs gegenüber. Und das war der, den Hanja verletzt hatte. Er knurrte bedrohlich. Evelyn dachte an Kayas Worte. Nicht zu nah herankommen lassen und das Schwert ziehen, wenn der Bogen nicht hilft. Sie ließ den Pfeil fliegen und nachdem die Sehne zurückgeschnellt war, warf sie den Bogen zu Boden und zog das Schwert.

Der Wurmfs heulte auf. Nachdem er dieses Wesen nun beobachtet hatte, war er sicher gewesen, dass es eine einfache Beute darstellte. Nun aber steckte in seiner Schulter einer dieser Holzstachel und es hatte einen Stahlstachel gezogen. Das Wesen wurde wütender, als es je zuvor gewesen war, und brüllte los. Und in diesem Moment trat Kaya aus den Kristallen. „Die Augen, Evelyn, dahin solltest du zielen." Und damit sprang sie dem Wesen in den Weg. Mit nur einer Bewegung hatte sie das Barika in der Hand und Evelyn hörte das Knirschen, als das Metall sich durch den Oberschenkel des Wesens bohrte. Evelyn wusste nun, dass Kaya und Kea sie beobachtet hatten. Kea saß immer noch im Versteck und wartete darauf, was hier noch passierte. Sie kam sich dumm vor.

Das Wesen sank in die Knie und wurde mit jedem Herzschlag wütender. Jetzt war da noch so ein Insekt und es schien, dass dieses weit aggressiver war als das andere. Der Wurmfs versuchte, sich noch einmal aufzubeugen, aber alles, was er zuletzt sah, war eine heranstürmende Kaya, die mit ihrem Barika auf seine Kehle zielte.

Und traf.

Evelyn steckte ihr Schwert in den Boden. „Warum habt ihr das gemacht? Du und Kea. Warum?" „Weil wir wollten, dass du merkst, wie viel du gelernt hast, Evelyn." Kea trat aus den Kristallen. Sie warf Kaya einen Blick zu, diese nickte nur. Ihr Barika glänzte von dem kristallähnlichen Blut, das auf ihm lag, wie ein Film. „Ich bin nicht einverstanden gewesen, dass diese nächtliche Jagd meine Reifeprüfung wird." Evelyn sah die beiden an. „Wir aber", erwiderte Kea und drückte die Hände gegeneinander. Die Finger knackten. „Still jetzt. Die anderen, sie kommen." Kaya stellte sich vor Evelyn. Diese fühlte innerlich, dass sie wütend und glücklich zugleich war. Sie war wütend, dass sie wieder einmal wie die kleinste von ihnen behandelt wurde. Zum anderen fühlte sie sich glücklich, weil Kaya und Kea schon großes Vertrauen in sie und ihre Fähigkeiten setzte.

Drei Wesen brachen aus den Kristallen hervor. Sie stießen ein lautes Gebrüll aus. Scheinbar wollten sie uns einschüchtern. Aber das gelang ihnen nicht, denn Kaya antwortete auf dieses Gebrüll nur mit einem Angriffsgeschrei und dann stürzte sie sich auf das erste der Wesen. Kea tat es ihr gleich und suchte sich ebenfalls ihren Gegner aus. Mit schnellen Hieben zertrümmerten die beiden ihre Angreifer. Nun sah sich Evelyn ihrem eigenem Gegner gegenüber und sie musste schlucken. Das Wesen schien ihre Angst und ihr Zögern zu bemerken. Ein langer Seiferfaden tropfte auf dem Boden. Er hinterließ eine kleine Kristallpfütze. Evelyn hob ihr Schwert und griff an. Sie zielte, wie auch Kea und Kaya es vorher getan hatte, auf die Knie des Wesens. Dort war es am verwundbarsten. Und wenn es in die Knie gegangen war, konnte man es leichter erlegen. Evelyn schaffte es, das Wesen am Knie zu verletzen. Aber es kostete sie mehr Kraft, als sie es gedacht hatte. Die Haut des Monsters zu durchtrennen, sah bei Kea so leicht aus, aber es war ein wahrlicher Muskelakt, der mehr Anstrengung erforderte, als Evelyn geglaubt hatte. Das Wesen ging zwar in die Knie, konnte aber den weiteren Angriff von Evelyn abwehren. Mit einem ersticktem Schrei landete sie im Staub. Kea eilte zu ihr und half ihr auf. Kaya stand unbeeindruckt am Rand der Lichtung und stützte sich auf ihr Schwert. „Sie soll es alleine schaffen, Kea", war ihr Kommentar. Kea warf ihr einen funkelnden Blick zu. Dann wandte sie sich an Evelyn. „Du vernachlässigst deine Deckung, Evelyn. Sorge dafür, dass du das Schwert hoch hältst, den Arm durchstreckst und sauber durch die Kehle ziehst. Und achte auf die Klauen." Kea half ihr auf und klopfte ihr auf die Schulter.

Evelyn nickte und warf Kaya noch einmal einen Blick zu. Diese hatte Ihr Schwert bereits eingesteckt und schien darauf zu warten, dass sie fertig wurde. Sie verschwendete keinen weiteren Satz an sie und auch keinen Blick. Sie hob den Bogen auf, den Evelyn vorhin hatte fallen lassen müssen.

Evelyn wandte sich wieder dem Wesen zu, das seinerseits Evelyn nicht mehr aus den Augen gelassen hatte. Es verstand, dass es hier nur noch um sie und ihn ging. Evelyn spannte ihre Muskeln an und rannte los. Als sie nah genug war, stieß sie sich vom Boden ab und zielte auf die Kehle des Wesens. Die herannahende Klaue hatte sie übersehen. Als ihr Schwert auf die Kehle traf, spürte sie zuerst den leichten Widerstand und dann fühlte sie die kalte, funkelnde Flüssigkeit, die das Blut des Wesens darstellte. Und sie sah vor sich die Klaue, die auf sie zugerast kam. Doch bevor die Klaue sie erreichte, surrte ein Pfeil an Evelyn vorbei. Er bohrte sich in die Klaue und riss sie herum. Evelyn drehte sich zur Seite und landete unbeschadet auf dem Boden. Sie drehte sich um. Kaya hatte den Bogen noch in der Hand und schüttelte den Kopf. „Deine Deckung lässt zu wünschen übrig." Das war alles, was sie dazu sagte.

Evelyn konnte nicht umhin, sich zu wünschen, dass Kaya ein großer Stein auf den Kopf fiel. Aber dann sah sie Kea und die lächelte. „Das war sehr gut. Nur auf deine Deckung solltest du in Zukunft besser achten. Die Klaue war schon in der Luft, als du gesprungen bist. Du musst erst ihn angreifen lassen. Wenn er den Angriff ausgeführt hat, ist er für einen Moment ohne Deckung. Und dann erst hätte dein Angriff erfolgen müssen. Aber ansonsten sehr gut." Kea nickte ihr zu und wandte sich ab. „Es ist noch einer hier draußen." Evelyn sah die beiden an. Sie schienen zum Baumhaus zurückkehren zu wollen.

„Gemach, gemach, Monsterjäger. Erinnerst du dich an die Färbungen?" Kaya gab Evelyn ihren Bogen zurück. Auch sie war mit der Leistung zufrieden, doch sie konnte schlechtere Komplimente ausbringen als Kea. Für sie zählten nur die Fehler.
„Diese hier sind alle leicht violett untertönt und der fünfte war grünlich, ja." Evelyn wusste um die Färbungen. „Violett sind die männlichen Wurmfs. Grün die Weibchen. Wenn du nun ein Weibchen fangen willst, brauchst du mehr Zeit. Die Nacht ist fast zur Hälfte durchschritten. Und wir haben noch nicht die kleinste Spur von ihr." „Stimmt. Wir haben nur die Männchen zu Gesicht bekommen. Und das Weibchen ist um einiges aggressiver." Kaya begann zu laufen. Sie alle legten den Weg zum Baumhaus im Laufschritt zurück. Gerade als sie an der Strickleiter ankamen, ertönte ein Brüllen, das ihre Leiber zum Erzittern brachte. „Schätze, sie hat die Jungs gefunden. Rauf jetzt." Kaya reichte Evelyn die Leiter. Sie alle kletterten nach oben und dann wurde die Strickleiter hinaufgezogen.

„Ging alles glatt?" Hanja erwartete sie. Vor ihr auf dem Tisch lagen Kräuter ausgebreitet, die sie sortierte. Einige hatte sie in den Mörser gelegt und zerkleinert. Ein süßlicher Duft verströmte sich im Haus. „Vier haben wir. Das Weibchen ist morgen Nacht dran." Kea legte ihre Waffen ab. Kaya sagte nichts, sondern holte nur etwas, um ihr Schwert zu reinigen. Sie setzte sich an ein Fenster und beobachtete gleichzeitig den Wald unter ihr. „Wo ist Venara?" Evelyn hängte den Bogen auf. „Sie liegt schon im Bett. Kurz nachdem ihr gegangen seid, ist sie im Zimmer verschwunden." Hanja wickelte einige Kräuter ein und verstaute sie in ihrer Reisetasche, die wie immer für den Notfall schon gepackt war. „So langsam mache ich mir auch Sorgen um Jago. Es sieht ihm nicht ähnlich, so lange fort zu bleiben." Kea richtete ihren Blick auf Kaya, die aber wieder nicht reagierte. „Nun, bis Ende der Woche haben wir noch Nahrungsmittel und dann können wir immer noch auf die Jagd gehen. Ich muss mich so oder so noch verbessern, warum dann nicht bei der Hasenjagd?" „Vergleiche niemals einen Hasen mit einem Wurmfs, Evelyn. Hasen sind es gewohnt, gejagt zu werden. Sie flüchten und werden entweder gefangen oder nicht. Wurmfs haben keine natürlichen Feinde. Sie wissen nicht, was Flucht oder Aufgabe bedeutet. Und das macht sie ihm Gegensatz zu Hasen so gefährlich", warf Kea ein. „Aber auch Hasen können gefährlich werden", erwiderte Kaya nur und stand auf. Ihr Schwert glänzte, nachdem sie es nun poliert hatte. „Und nun sollten wir auf so etwas keine Gedanken mehr verschwenden. Es ist spät und wir sollten uns etwas Ruhe gönnen. Der Morgen kommt noch früh genug." Kaya verschwand in ihrem Zimmer und schloss die Tür.

Hanja nickte. „Ich werde jetzt auch zu Bett gehen." Sie hatte die restlichen Kräuter wieder in ihre Kräuterkiste zusammengepackt und begann nun damit aufzuräumen.

Evelyn war von dem Entschluss, sich endlich in ihr Bett zu legen und zu schlafen, sehr angetan. Sie war müde und ausgelaugt. Und in wenigen Stunden würde sie wieder für das Training geweckt werden. Sie war zu müde, um jetzt noch über das Essen nachzudenken und zu diskutieren. Kea stand einen Moment still und schaute aus dem Fenster. Gedanken streiften ihr Bewusstsein, aber sie merkte, wie die Müdigkeit in ihre emporkroch. Sie war eindeutig zu müde, um sich jetzt noch mit Gedanken aller Art herumzuschlagen.

Kaum war die Letzte von ihnen aus dem Wohnraum entschwunden und hatte das Licht gelöscht, öffnete sich die Tür zu Kayas Zimmer knarrend. Sie war immer noch angezogen und hatte die Waffen wieder angelegt. Mit leisen Schritten erreichte sie die Strickleiter, ließ sie hinunter und kletterte hinab. Sie wusste, dass die Nahrungsmittel reichten, aber sie wusste auch, dass sie alle kaum noch das trockene Brot herunter bekamen. Sie hatte genau drei Stunden Zeit, um zur Steppe zu gelangen, einen Hasen zu fangen und um zurückzukehren. Sie zog die Strickleiter wieder hoch und band das Seil, welches beim Herunterlassen unablässlich war, an einen Arm des Kristalls.

Ihre Schritte waren kaum zu hören und sie bewegte sich schnell und flink durch die Reihen der Kristalle. Sie hörte unterwegs einmal das Geräusch des Wurmfs-Weibchens, aber sie hielt nicht inne. Innehalten konnte hier als Herausforderung angesehen werden. Lieber wollte sie als flüchtendes Tier angesehen werden. Obwohl sie ziemlich schnell war und gut voran kam, dauerte es eine Stunde, bis sie den Rand des Waldes erreichte. Nach einer weiteren halben Stunde erreichte sie das Wasserloch, an dem sie immer Hasen jagten. Die gesamte Steppe glänzte taufrisch. Kaya hatte das Gefühl, als sei alles mit einem Pulver besprüht worden.

Die Jagd auf die Langohren erforderte viel Konzentration und Geduld. Kaya musste sich mehr als einmal daran erinnern, keinen Wutschrei auszustoßen. Nach einer Dreiviertelstunde hatte sie vier Hasen gefangen. Als sie zurückgehen wollte, entdeckte sie etwas am Boden liegen. Es war ein Mantel. Sie hob ihn auf. Er kam ihr mehr als bekannt vor. „Jago!", hauchte sie. Sie sah sich um. Keine Spur von ihm. Auf dem Boden konnte sie keinerlei Kampfspuren entdecken. Nur dass seine Fußspuren abrupt endeten. „Das wird ja immer seltsamer." Sie wickelte den Mantel ein und steckte ihn unter ihren Gürtel. Jetzt legte sie einen wahren Sprint hin, um nach Hause zurückzukehren. Zum einen, damit sie da war, bevor die anderen aufstanden und zum anderen, damit sie ihnen den Mantel zeigen konnte.

Doch zumindest in einem Punkt konnte sie nichts erreichen. Die Jagd auf die Hasen hatte zu viel Zeit in Anspruch genommen. Und ihre gründliche Suche nach Spuren nur noch mehr. Als sie ankam, ergraute bereits der Morgen und wie jeden Morgen hallten die Trainingseinheiten über dem Wald.

Kea nahm ihr Training mit Evelyn sehr ernst und begann schon morgens mit einer einfachen Übung. Der Ton, der beim Aufeinanderprallen der Klingen entstand, war weithin zu hören. Kea und

Evelyn trainierten wie immer auf dem Dach des Baumhauses. Dort war man ungestört und musste nicht mit einem Hinterhalt rechnen. Denn damit rechneten die Frauen. Schließlich hatten sie alle männlichen Wurmfs erledigt. Das Weibchen war alles andere als gut auf sie zu sprechen. Kaya zog am Seil und die Strickleiter entrollte sich vor ihr. Behände kletterte sie hinauf. „Ach, auch schon da? Wo warst du?" Kea hielt inne. „Ich habe Frühstück besorgt und dabei etwas entdeckt. Das solltet ihr euch ansehen." Sie zog die Strickleiter hinauf und ging ins haus. Die Hasen legte sie auf den Tisch und daneben Jagos Mantel. Einen kleine Staubwolke löste sich daraus. Hanja sah sie erstaunt an. „Wo hast du den denn her?" Sie hatte am Tisch gesessen und hatte das Frühstück vorbereitet. „Er lag am Wasserloch." „Und das Pulver?" „Welches Pulver?" „Na, dieses hier." Hanja strich mit der Hand über den Mantel und ein leicht glänzender Film legte sich über ihre Hand. „Das lag überall. Um ehrlich zu sein, ich hielt es für Tau." „Nun, dann sei gewiss: das ist keiner. Nein, denn das hier ist Zauberstaub." Hanja blies ihn von ihrer Hand. Kea, Evelyn und Venara traten ein. „Zauberstaub?" Ein verwirrter Blick von Kea. „Aber die gesamte Steppe war damit übersät, wer würde so verschwenderisch damit umgehen?" „Jemand, der genug davon hat, Kaya." Hanja hob den Mantel auf und faltete ihn auseinander. „Und du hast nichts gefunden?" Kea sah Kaya an. „Nichts, nein. Keine Kampfspuren oder so. Nur die von Jago. Und die hörten urplötzlich auf. Zauberstaub ist etwas, das Hexen einsetzen. Sie nutzten es, damit sie etwas oder jemanden ohne Zeitverlust von einem Ort zum anderen bringen können." Evelyn ging in die Hocke und betrachtete den Staub auf dem Boden. „Gut erkannt. Warum aber will eine Hexe Jago? Und verstreut dabei noch über halb Lansri Zauberstaub?", gab Venara zu bedenken. „Um das zu erfahren, müssen wir eine kleine Reise unternehmen. Packt eure Sachen, wir brechen noch heute auf." Kaya verschwand in ihrem Zimmer und holte ihre Tasche hervor. Genau wie alle anderen. Sie waren es gewohnt, dass sie von jetzt auf gleich aufbrachen.

# 4. Die Botschaft

Nach nur zwei Stunden hatten sie alles gepackt. Hanja ging noch einmal alles durch und Kea und Kaya besprachen ihre Reiseroute, als ein gellender Angstschrei sie aus den Gesprächen riss.

Alle rannten hinaus, um zu sehen, was passiert sei. Drei Fremde standen dem Wurmfs-Weibchen gegenüber. Kaya und Kea dachten nicht lange nach und sprangen über die Brüstung nach unten. Die beiden hatte ihre Waffen schon gezogen, noch bevor sie am Boden ankamen.

Venara und Evelyn rannten noch einmal hinein, um ihre Waffen zu holen. Hanja ließ die Strickleiter hinab und packte ihren Kampfstab, der wie immer an der Hauswand gelehnt hatte.

„Helft uns!", schrie eine der Fremden. Kaya stellte fest, dass sie weder eine Rüstung noch eine Waffe trug. Leichte Beute also.

Da das Wurmfs-Weibchen abgelenkt war, mit den Fremden vor der Nase, tat Kea das Einzige, was sie in dieser Situation tun konnte. Sie sprang auf den Rücken des Wesens und hieb mit ihrem Schwert in dessen Nacken ein. Der war zwar geschützt, aber somit riss das Wesen den Kopf herum und legte damit seine Kehle frei. Mit einem gewagten Sprung griff nun auch Kaya an. Sie schleuderte ihr Schwert gegen die Kehle und traf. Mit einem gurgelnden Aufschrei sank das Monster zusammen. Kea sprang hinunter, um nicht doch noch von dem Wesen verletzt zu werden.

„Das war sehr schnell. Schneller, als ich es erwartet habe." Hanja lehnte sich auf ihren Stab. Kaya warf ihr ein Lächeln zu und wandte sich dann an die Fremden. „Was wollt ihr hier?" Sie zeigte keinerlei Regung mehr in ihrem Gesicht. Fremde waren nicht willkommen. „Wir ... wir sind von der Königin hierher geschickt worden ..." Eine der Fremden zog ihren Hut. Sie konnte den Blick nicht von dem Monster wenden. Sie alle waren noch recht blass um die Nase. Kaya schaute einer jeden prüfend ins Gesicht. Eine kam ihr bekannt vor. „Ach, Daria. Ich habe dich nicht gleich erkannt. Was machst du hier? Habe ich dir nicht gesagt, wenn du das nächste Mal in meiner Nähe bist, schneide ich dir die Finger einzeln ab?" Kaya holte ihr Kurzschwert. Das glänzende Blut tropfte von der Klinge. „Nun, ich bin gekommen, weil ich dazu gezwungen wurde. Nachdem ich meine Fähigkeiten verbessern wollte, bin ich den Wächtern in die Hände gefallen. Und die haben mich ins Verlies gesteckt. Frei gekommen bin ich nur, weil ich euch kenne." „Du kennst uns nicht. Du hast lediglich versucht, Hanja die Geldbörse zu stehlen." Kea trat nun vor. „Mag sein, aber nun ist sie mit uns hier. Ich bin Nicaella Severinus. Eine Botin der Königin Feodora von Lansri. Und das hier ist meine Kollegin Kearstin Nulander. Wir haben eine Botschaft für euch." Nicaella trat vor und überreichte Kea eine Schriftrolle. Sie war mit einem roten Band umwickelt. Das Band der Königin.

Ehrenwerte Kriegerinnen des Kristallwaldes!
Schlimme Zeiten haben unser Land ereilt. Ein böser Zauber hat uns genommen, was wir brauchen, um Land und Hof zu schützen und zu bewirtschaften. Alle Männer unseres geliebten Königreiches sind in nur einer Nacht verschwunden und Opfer eines Zaubers geworden.
Daria teilte uns mit, das eine jede von ihnen über spezielle Fähigkeiten verfügt. Über Fähigkeiten, die gebraucht werden, um unser Volk zu retten. Ihre Majestät befiehlt Ihnen, sich auf die Reise zum Schloss von Lansri zu begeben und ihrem Aufruf zu folgen.

Und unten drunter war das königliche Siegel. Kea drehte sich zu den anderen um. „Ein Glück, dass wir schon gepackt haben." Evelyn sah in die Runde. Hanja nickte, sagte aber nichts. Kaya stand abseits der Gruppe. „Sie befiehlt uns. Uns. Sie weiß nicht einmal, wer wir sind. Und sie haben alles nur von einer Gefangenen, die ihren Hals retten wollte. Oh, Lodiran, ehrenwerter Vorfahr, gebe, dass ich meinen Zorn bezwinge", flüsterte sie leise. „Wir können dem Aufruf der Königin nicht Folge leisten, so sehr uns das auch betrübt. Wir sind schon fertig für die Abreise in das Hexenreich. Aber nicht auf Wunsch oder Befehl der Königin. Wir reisen für einen Freund." Und damit wollte Kea sich abwenden, als Nicaella einen Dolch zog. Blitzschnell hatten auch die Kristallwäldlerinnen ihre Waffen gezogen. „Mein Auftrag lautete, ihr begleitet uns, oder Daria wird sterben." Sie hielt den Dolch an Darias Kehle. Diese schluckte. Kaya sah Kea an. „Wir sind nicht für sie verantwortlich., gab sie zu bedenken. „Aber wir können nicht ihren Tod zulassen. Wir gehen mit euch." Hanja nickte. „Du ..." Kaya wollte etwas einwerfen, aber Hanja drehte sich um. Sie war nicht bereit, Risiken einzugehen und Menschenleben zu gefährden. „Wir reisen so oder so zu den Hexen, was macht da eine Reise zur Hauptstadt schon aus?" Venara zuckte mit den Schultern. „Einen Umweg von zwölf Tagen", gab Kaya bissig zurück. „Nimm deinen Dolch herunter. Unsere Worte sind unsere Worte und werden nicht gebrochen." Kea steckte ihr Schwert ein.

Und so begann die Reise. Anders als von den Kristallwäldlern erwartet und mit vorerst anderem Ziel, als sie es sich gewünscht hatten. Daria versuchte, sich der Nähe von Nicaella und Kearstin zu entziehen, aber schon am ersten Abend wurde sie wieder fest gebunden und mit Kearstin aneinander gekettet. „Wortbrüchig ist unsere Königin", meinte Kaya leise zu Hanja, als sie beobachteten, wie Daria flehte und fluchte.

Hanja betrachtete die Freundin einen Moment lang aus dem Profil. Für Kaya war es schon schwer, Befehle entgegen zu nehmen. Aber nun noch unter dem Befehl von jemandem zu arbeiten, der sein Wort nicht hielt, das war für die Tlanganerin eindeutig zu viel. In Kayas Kultur galt ein Wort mehr als ein Vertrag. Wer sein Wort gab, war daran gebunden. Egal, ob es ihm nutzte oder nicht. Diese Zuwiderhandlung kränkte ihr Herz. Und nicht nur ihres. Auch Hanja fühlte Beklommenheit in sich aufsteigen, als sie daran dachte, dass die Königin scheinbar schnell ihr Wort gab, aber nicht daran dachte, es einzuhalten.

Kea und Venara hatten je einen der Boten im Auge. Auch sie trauten den beiden nicht weiter, als ihr Schatten fiel. Kaya hielt nachts Wache, wechselte sich dabei immer mit Evelyn ab. Die Boten nutzten diesen Zustand, um selber jede Nacht durchzuschlafen.

Hanja konnte die Anspannung, die in ihrer Gruppe herrschte, kaum noch ertragen. Sie wusste, dass ein einziges Wort genügen würde, um Kea und Kaya zu reißenden Bestien werden zu lassen. Beide konnten Unrecht nur schwer ertragen. Sie würden ihre Schwerter nehmen und den Boten die Kehlen aufschlitzen. Anschließend würden sie Daria befreien und dann würden sie ihren Weg durch die Wüste in Angriff nehmen. Aber etwas hielt sie zurück. Und das war das Wort, das Hanja gegeben hatte. „Wir gehen mit." Und das band die beiden an einen Eid, den sie einst geschworen hatten.

Die letzte Nacht unter den Sternen war die anstrengendste für Hanja. Nicaella vergnügte sich gerade damit, Daria zu quälen und ihr ein wenig über die neue Zelle zu erzählen, in die sie nun bald kommen würde. Daria begann zu weinen. Sie hatte jedem Wort der Königin Glauben geschenkt, aber all ihr Gerede war wohl doch nur leeres Gerede gewesen, Lügen und Gemauschel. Sie würde noch Wochen in den Kellern sitzen, das wurde Daria bewusst.

Hanja sah, wie sich Kayas Muskeln spannten und die Tlanganerin in ihr die Überhand gewann. Mit einem wütenden Schrei stürzte sie sich auf Nicaella. Nur mit vereinten Kräften gelang es Hanja und Kea, Kaya davon abzuhalten, mit ihrem Messer in die Haut der Botin zu ritzen. „Nun hör endlich auf, Nicaella. Sie wird dir die Kehle aufschlitzen, wenn du so weitermachst", rief Kearstin ihre Kollegin zur Ordnung. Diese lachte höhnisch und wischte sich das Blut vom Mundwinkel ab. Kea hatte Kaya gepackt und war mit ihr in der Dunkelheit der sie umgebenden Nacht verschwunden. Hanja holte ihren Stab hervor und drohte Nicaella nun damit. „Hör mir zu, und hör mir gut zu, denn ich werde es nur ein einziges Mal sagen: Wenn du weiterhin so provozierst, nehme ich meine Worte zurück. Und dann wird sie niemand mehr daran hindern, dir ein neues Atemloch zu schneidern. Und dann wirst du nie wieder Gelegenheit haben, einem Gefangenen so übel mitzuspielen. Sei also gewarnt."

Kaya spürte, wie der Zorn sich legte. Kea saß in ihrer Nähe und wartete, bis sich die Tlanganerin in ihr zur Ruhe legte. Es kam nicht oft vor, dass ihr mütterliches Erbe die Oberhand gewann, aber wenn das passierte, konnte man sicher sein, dass Blut floss. Tlanganer lebten für den Krieg. Ehre und Mut waren alles für sie und sie hasste Wortbruch, Betrug oder Verrat. Kea kannte Kaya zu gut, um nun mit ihr darüber zu sprechen. Wenn sie nicht selber reden würde, dann würde sie gar nichts sagen. Und dann wollte sie auch nichts sagen. Sie hatte das Gefühl, aus einem Blutrausch zu erwachen. Sie atmete schwer und ballte immer wieder die Hand zu einer Faust. Nur langsam konnte sie sich beruhigen. „Bei Lodiran, ich hätte ihre Kehle aufschlitzen sollen. Ein räudiger Hase ist sie. Ein Maul so groß wie ein Seeork hat sie, wenn sie sich verstecken kann hinter anderen. Aber alleine ... Ich habe ihre Angst gerochen ... Hast du gesehen, wie sie zitterte?" Kaya setzte sich auf.
Sie waren an einen kleinen Bachlauf gelangt. Kea saß auf einem Felsen und hatte die Beine angezogen. „Aber sicher. Ich habe das schon viele Male gesehen. Irgendwie bist immer du daran schuld, dass die Augen den Menschen fast aus den Höhlen quellen." Kea grinste frech. Kaya sah sie an und lächelte ebenfalls. „Warum reizt es mich wieder bis aufs Blut? Ich meine, Daria ist nicht unbedingt jemand, der es verdient hätte von mir befreit zu werden. Sie ist eine kleine Kriminelle." „Aber dennoch hatte sie scheinbar das Wort der Königin, frei zu kommen. Und wir beide halten unser Wort. Und nicht nur wir. Jeder, der mit uns arbeitet, tut das. Wir können so was nicht leiden. Und deine tlanganische Seite schon einmal gar nicht. Wäre ja noch schöner, hat deine Mutter einmal gesagt. Und damit hat sie Recht, wie ich finde. Schlimm genug, dass es

hier und in Aldea nur so von Halunken wimmelt. Wenn jetzt die Königin wortbrüchig wird, dann haben wir einiges zu erwarten in der Zukunft. Eine schlechte Frucht bringt immer mehr mit sich als eine schlechte Ernte." Kea warf einen Stein ins Wasser. Es gab einen leisen Plump-Laut, dann kräuselte sich das Wasser. „Wenden wir unsere Gedanken mal in eine andere Richtung. Was hat die Hexe oder haben die Hexen davon, sämtliche Männer Lansris zu entführen?" Kaya wusch sich mit dem kalten Wasser das Gesicht. „Männliche Sklaven?" „Ernsthaft, Kea. Ich meine, was kann ihr das bringen?" „Nun, die Männer sind ein wichtiger Teil unserer Gesellschaft. Zum einen sind unter ihnen viele Krieger und zum anderen sind sie wichtiger Bestandteil zur ..." Kea stockte. „Zur?" Kaya sah sie an. „Na, du weißt schon. Ohne Mann kaum ein Kind." Kea stand auf. „Ach so, zur Kinderzeugung. Du hast Recht. Also gehen wir schlimmstenfalls davon aus, dass eine oder mehrere Hexen unser Volk vernichten will. Welchen Grund hat sie dazu?" Kay legte die Stirn in Falten. „Ich weiß es nicht. Wir erreichen morgen die Hauptstadt, vielleicht werden wir von der Königin etwas erfahren." „Aber können wir dem, was sie uns sagt, auch vertrauen?" „Meinst du, sie geht das Risiko ein, uns zu belügen? Was hätte sie davon? Wir werden als Retter in dieses Hexenreich geschickt, Kaya. Sie würde nicht so dumm sein, die einzige Chance zu vergeben, die wir haben. Wenn Nachlerim mitbekommt, dass es hier an Männern und Soldaten fehlt, wird der nächste Angriff nicht lange auf sich warten lassen", gab Kea zu bedenken. Kaya nickte stumm. „Wir sollten zum Lager zurück. Und diese Nacht übernehme ich die Wache." Kea zog Kaya mit sich.

Als sie im Lager ankamen, lag Nicaella schon in ihren Decken gewickelt und schien zu schlafen. Kaya legte sich auch hin. Und das erste Mal nach Tagen gönnte sie sich eine Nacht Schlaf. Kea unterrichtete Hanja kurz von dem, was sie mit Kaya besprochen hatte. Venara und Evelyn schliefen schon, genau wie Kearstin und Daria.

# 5. Die Hauptstadt

Die Hauptstadt Lansris war eine Stadt, in der es kaum noch Arme oder Obdachlose gab. Man hatte gelernt, unter König Malek zu teilen. Und auch wenn seine Tochter eine andere Richtung in ihrer Politik für richtig hielt, hielten die Menschen an ihren Traditionen fest. Sie hielten daran fest, dem etwas zu geben, der weniger hatte. Und sie gaben reichlich.

Aber auch hier waren die Folgen des Zaubers nicht unsichtbar geblieben. Aus ihren Häusern trauten sich nur wenige Frauen und Kinder. In den kleinen und reinlichen Gassen gingen Amazonen-einheiten auf Streife. Wild und ungewaschen wirkten sie, gegen-über ihren zugeteilten Wächterinnen der Stadtwache. Nicaella bemerkte mit wachsendem Respekt und großer Verwunderung, dass viele der Amazonen ihr Haupt vor Kaya und Kea neigten. Man erzählte viel über den Krieg der Amazonen. Und dass er von zwei Fremden beendet worden war. Vor drei Jahren.

Weder Kaya noch Kea konnten sich einem Schaudern erwehren. Die Stadt glich einer Geisterstadt. Niemand schien dort zu sein, doch zeugten Blumen und Vorhänge in den Fenstern, davon, dass die Häuser bewohnt waren. „Es ist so ruhig hier." Hanja konnte ihren Blick nicht von der Sonnenallee abwenden. In dieser Gasse lebte ihre Familie. Sie würde sie gerne besuchen. Kayas Hand legte sich auf ihre Schulter. „Wir werden nach ihnen sehen, bevor wir hier verschwinden", flüsterte sie ihr zu. „Wollt ihr erst noch die Gelegenheit wahrnehmen und euch baden? Ich kann euch auch später noch zur Königin bringen." „Je eher wir dort gewesen sind, desto eher sind wir dich los", erwiderte Kaya mit kühlem Blick.

Nicaella nickte. Kearstin bog vor dem Haupttor mit Daria ab und verschwand mit ihr im Turm. Kea sah ihr nach. „Wir werden sie da herausholen, oder?" Evelyn sah ihre Meisterin an. Mittlerweile war sie dazu in der Lage, die Gefühle, die Kea zu verbergen zu versuchte, zu erkennen. „Ja, aber frag nun nicht mehr. Kaya hat schon einen Plan, denke ich." Kea folgte Kaya und Hanja. Alle vermieden es zu sprechen. Die drückende Stille, die sich über die gesamte Stadt gelegt hatte, fand auch Eingang zu ihren Herzen.

Trotz des Mangels an Wächtern und Soldaten waren am Tor mehr als zehn Wachen, die Evelyn sofort ins Auge fielen. Sie waren alle bis auf die Zähne bewaffnet und schienen einen Angriff zu fürchten. Die Frage war nur, was für einen Angriff? Niemand in der Stadt hatte sich gerührt. Erwartete die Königin vielleicht einen Aufstand oder wusste sie, dass Truppen im Anmarsch waren? Kea stieß Evelyn an, als diese gedankenverloren stehen geblieben war. „Worüber du nachdenkst, vergiss es. Wir regeln das schon auf unsere Weise." Kea straffte ihre Schultern und folgte den anderen zum Tor.

Der Palast war wie ausgestorben. Vereinzelte Wachen waren zu sehen, aber es herrschte keinerlei anderes Leben in den Gängen. Und doch hatte die Nachricht über die Anwesenheit der Kriegerinnen schon die Runde gemacht. Durch offene Türen und in versteckten Ecken spähten Dienstmägde nach den Ankömmlingen. Wie die Hofdamen wohl diese Frauen belächeln würden?

Evelyns Blick streifte über ihre Gruppe. Kaya ging voran, eingehüllt in schwarze Kleidung und bedeckt von einem dunklen Mantel. Ihre Waffen trug sie zur Schau und sie waren ein herber Kontrast mit ihrem silbernen Glanz zu ihrer ganz und gar dunklen Kleidung. Selbst der Blick aus ihren blauen Augen wirkte dunkel. Kea wirkte wachsam. Aus ihren blauen Augen sprühte die Vorsicht nur so. Während Kaya ihre Waffen frei zur Schau stellte, waren die von Kea weniger offensichtlich. Aber ihre Hand ruhte auf dem Schwertknauf, bereit, jeden Moment das stählende Eisen aus seiner Behausung zu ziehen und damit jeden Gegner nieder zu schmettern. Ihre Kleidung wirkte zwar farbenfroher als die von Kaya, aber sie wirkte immer noch schäbiger als der Bezug der Polstermöbel, die hier im Flur standen. Und Hanja? Die staunte über jedes Bild und schien sich völlig vergessen zu haben. Mit ihrem Stab und der Tasche um die Schultern wirkte sie eher wie eine fahrende Zigeunerin als eine Kriegerin. Und Venara? Nun, die konnte zumindest behaupten, dass sie eine Kriegerin war, denn ihr Kettenhemd klirrte und schepperte die gesamte Zeit. Es war ein unpassendes und überaus lautes Geräusch. Aber Evelyn wollte nicht nur über die anderen urteilen, denn sie selber sah nicht viel besser aus. Ihre Stiefel waren verdreckt und ihr Mantel war an einigen Stellen eingerissen. Und ihre Waffen? Auch sie hatte ihre Hand unbewusst auf den Schwertknauf gelegt. Und den Bogen hatte sie um die Schultern gehängt. Dort stieß er immer sacht an ihren Köcher, der randvoll mit Pfeilen gefüllt war.

Vor einer riesigen Flügeltür hielt Nicaella inne. „Oh, bewaffnet darf ich euch nicht vor die Königin treten lassen." Sie streckte die Hand aus. „Wenn du Angst hast, dass wir die Königin töten, dann hättest du uns gar nicht erst in den Palast eintreten lassen dürfen." Venara warf ihren Mantel herrisch zur Seite. Hanja hob beschwichtigend die Hände. „Kea und ich werden eintreten. Die anderen können hier bei unseren Waffen bleiben." Sie übergab Kaya ihren Stab und die Tasche. Kea machte gute Mine zum bösen Spiel. Auch sie wollte nur ungern ihre Waffen ablegen, aber sie tat, wie Hanja es gesagt hatte. „Wenn ihr Schmerzesschreie hört, dürft ihr ruhig nachsehen kommen", meinte sie trocken zu Evelyn, die sie daraufhin erstaunt ansah. „Wir kommen schon eher, wenn es sein muss", erwiderte Kaya nur und stellte sich an ein Fenster. Sie schaute auf den Innenhof. Dort wurden gerade einige Amazonentruppen eingeteilt und manche sahen zum Himmel hinauf. Sie suchten nach Vorzeichen, die einen Krieg bedeuten konnten. Kaya war ganz in Gedanken versunken. Venara ließ sich mit all ihren Sachen in einen vornehm wirkenden Sessel fallen und stöhnte. „Das ist so etwas von langweilig. Wieso übernimmt Hanja seit neustem bei uns das Heft? Ich dachte immer, du wärst unser Anführer." Sie schaute hinüber zu Kaya, aber diese reagierte gar nicht. Evelyn nahm ihren Bogen ab und stützte sich auf ihn. Das Holz gab etwas nach. Gelangweilt zupfte sie an der Sehne. „Damit lockerst du die Sehne, Evelyn, lass das. Sonst ist der Bogen im Kampf nicht einsetzbar." Kaya schaute immer noch weiter aus dem Fenster. Evelyn hörte auf zu zupfen und legte sich den Bogen wieder um. Sie begann, damit auf dem Flur auf und ab zu gehen. Venara hatte den Kopf an die Wand angelehnt und schlief.

Hanja und Kea betraten gleichzeitig den Thronsaal. Hier wurden sie noch einmal der Leibesvisitation unterzogen, der sie sich auch die letzten drei Türen hatten stellen müssen. Kea sah Hanja entnervt an. „Das nächste Mal wird Kaya mitgehen." „Sei still, wir wollen doch keine Königin verärgern." Hanja sah Kea nicht an, sondern heftete ihren Blick auf die Frau auf dem Thron. Nicaella war schon nach vorne gegangen und hatte leise mit der Königin gesprochen.

„Danke, das war alles. Du hast dir deine Belohnung wahrlich verdient. Teile sie mit deiner Freundin." Feodora warf der Botin einen kleinen Sack Gold zu. Eine versprochene Belohnung, aber weit aus weniger, als abgemacht. Nur würde Nicaella nichts sagen. Sie würde sich nicht gegen die Königin aussprechen, denn dann würde sie nur noch einfache Botengänge erledigen müssen. Und da gab es überhaupt nichts zu holen. Feodora entließ Nicaella mit einer herrischen Geste und wendete ihre Aufmerksamkeit den beiden Frauen zu, die am Ende des Thronsaales gerade von den Wachen entlassen wurden. Sie wirkten nicht gerade stark, aber vielleicht täuschte das Äußere auch nur. Das würde es sein. Und Feodora beabsichtigte, auch diese Frauen für ihre Zwecke zu verwenden. Das Volk liebte sie, weil sie so schön und klug und gerecht war. Was wusste das Volk schon? Es hatte noch nie für sie gearbeitet.

„Was kann ich für Euch tun, angesichts eures Mutes, mit dem Ihr meine Boten gerettet habt? Sprecht es aus und Euer Wunsch wird gewährt." Feodora wusste, dass sie die Frauen nun mit etwas locken musste. Was sie nicht wusste, war die Tatsache, dass Kea und Hanja beide nicht vorhatten, sich von ihrer Königin manipulieren zu lassen. Noch bevor Hanja etwas Höfliches erwidern und ablehnen konnte, sprach Kea ihren Wunsch aus. „Es gibt etwas, oh Königin. Mit den Boten kam auch eine Frau zu uns. Daria Soldaar. Wir würden uns freuen, wenn Ihr Daria gestatten würdet, uns zu begleiten." Kea verbeugte sich tief. Hanja musste darauf achten, nicht zu lachen. Somit hatte Kea der Königin gleich von vornherein klar gemacht, dass man sie nicht mit Wünschen einlullen konnte. Sie hatte welche und sie war sich nicht zu fein, diese auszusprechen. Feodora lächelte verunsichert, neigte aber ihren Kopf, was als Einverständnis zu verstehen war. Sofort eilte ein Wächter nach draußen und gab den Befehl, Daria Soldaar aus ihrem Gefängnis zu holen. „Nachdem ich meinen Anteil gegeben habe, möchte ich nun wissen, wie ihr gedenkt, die Männer zu befreien." „Königin, wir werden über den endlosen Fluss vorbei an der Wüste ins Hexenreich gehen. Und dann werden wir wohl das Hauptschloss aufsuchen müssen." „Hauptschloss?" Die Königin legte die Stirn in Falten. „Ihr müsst zugeben, dass es, alle Männer von Lansri gefangen zu nehmen, viel Platz erfordert. Im gesamten Hexenreich gibt es etwas mehr als einhundert Schlösser, aber nur ein Hauptschloss." Hanja wusste viel über die Vergangenheit der Kontinente, mit deren Entstehung sie sich in früheren Jahren schon häufig auseinander gesetzt hatte. Die Studien über die anderen Völker, besonders aber das Volk von Tlangan hatten es ihr angetan. Alles Wissenswerte wusste sie. Alles was nicht mit Krieg, Taktikern oder Waffen zu tun hatte, wie Kea immer sagte. „Und Ihr wisst, wo das liegt?" „Nicht genau, aber ein Schloss dieser Größenordnung wird von weither zu erkennen sein. Und dann werden wir uns einschleichen und also etwas ... Ich möchte Euch nicht mit Einzelheiten langweilen." „Ihr langweilt mich keinesfalls. Ich bin sehr interessiert an dem, was ihr tut. Sagt, habt ihr bedacht, dass es ein riesiges Wesen gewesen sein muss, dass den Zauberstaub verteilt hat? Ganz Lansris ist in nur einer Nacht aller Männer beraubt worden." Die Königin beugte sich vor. Nun war sie auf eine Antwort gespannt. Hanja warf Kea einen nervösen Blick zu. Es gab nur ein Wesen, das so groß war. Und dieses Wesen galt in Lansri und Aldea schon seit langem ausgestorben. Aber dem war nicht so und das wussten die Kristallwäldler. Sie hatten den Letzten vor fünf Jahren fernab jeder Stadt oder Siedlung aufgespürt und getötet. Und der Seeork hatte überall nisten können. Wer konnte schon ahnen, wann, ob und wie viele Eier dieses Wesen gelegt hatte? Es war gut möglich, dass sie es nun mit einem Nachkommen ihres Seeorks zu tun hatten. „Es ist gut möglich, dass es ein Seeork war. Aber wieso geht man davon aus, dass es nur ein einziges Wesen war? Ein Seeork ist sehr groß. Vielleicht waren es auch Greife oder Ähnliches", wehrte Hanja ab. „Das werden wir sehen, wenn wir dort sehen, Königin", half Kea ihr. „Ihr wollt mit nichts weiter als Euren Waffen und Euren Vermutungen ins Hexenreich gehen und dort ein Schloss erstürmen?" Die Königin stand auf. „Was, wenn euer Unternehmen scheitert? Der Verdacht, dass ihr von mir gesandt worden seid, liegt nahe." „Egal wer kommt, es wird auf uns zurückfallen, Königin. Es sind unsere Männer, die Männer Lansris." Kea sank auf die Knie. Hanja ebenfalls. „Wir werden nun gehen, Königin, und zurückbringen, was man uns gestohlen." „Und seid ihr in der Lage, mir zu versprechen, dass Euer Unterfangen gelingen wird? Ich muss es wissen. Denn ich kann mich nicht zwei Feinden entgegen stellen. In Nachlerim wird man misstrauisch, denn es sind weitaus mehr Amazonen und Soldaten aus Aldea an der Front als sonst. Und wenn ich nun noch einen Angriff aus dem Osten abhalten muss, was soll ich da tun?" Feodora sah die Frauen an. „Ehrenvoll sterben." Kaya trat ein und kniete kurz. Sehr kurz. Die Wachen wollten sie aufhalten, aber Feodora hob die Hand und schüttelte den Kopf. „Königin, verzeiht mir, dass ich hier so eindringe, aber ich bin nicht mit den Traditionen am Hofe vertraut. Wir alle sind dies nicht, mit Ausnahme von Hanja vielleicht. Aber eins weiß ich. Ich werde nicht noch länger vor diesem Tor warten. Ihr wolltet uns sehen, um uns zu sagen, dass wir auf keinen Fall sterben oder scheitern dürfen. Das haben wir nicht vor. Mitnichten. Wir haben noch Zeit, einen Plan in Ruhe zu erarbeiteten, aber die Zeit drängt. Und deshalb werden wir nun gehen." Kaya legte ihre Hand auf die Schulter von Kea und Hanja und beide standen auf. Sie alle neigten das Haupt und entfernten sich vom Thron. Feodora war sprachlos über solch ein Frechheit. Und dennoch spürte sie Stolz in sich aufsteigen. „Gut, kämpft ihr im Osten, wir werden das Herz Lansris beschützten", rief sie ihnen hinterher.

Mit einem dumpfen Knall schlossen sich die Flügeltüren hinter Kea, Hanja und Kaya. „Das war ja doch ein wenig gefährlich mit dir." Hanja sah die Freundin an, „Was meinst du? Ich kenne meine Grenzen. Und die war nach kurzem Warten bereits erschöpft." Kaya nahm Evelyn ihre Waffen aus der Hand. „Du hättest uns alle in Gefahr bringen können. Was, wenn Feodora sich ein wenig anders verhalten hätte, als sie es getan hat?" Kea nahm ihre Waffen aus den Händen von Venara entgegen. Diese grinste. „Ich habe das Gefühl gehabt, dass Kaya die Sache ein wenig beschleunigt. Und nun lasst uns in die Sonnenallee gehen, bei Hanjas Familie vorbei, und sehen, wie es denen so geht und dann werden wir endlich loskommen. Je länger wir warten, desto gefährlicher wird das Ganze dauern." Venara packte ihre Sachen und ging voran. Die anderen folgten ihr.

Die Klänge ihrer Stiefel wurden von den dicken Teppichen auf dem Boden verschluckt. Es war kaum etwas zu hören. Nur vereinzelt sahen sie vorbei huschende Dienstmägde. Aus dem Thronsaal war die herrische und schrille Stimme der Königin zu hören. „Sie ist wohl sauer, hat sich aber nicht getraut, das bei uns auszulassen." Evelyn drehte sich um. Dabei sah sie das stille Lächeln von Kaya. Sie hatte es beabsichtigt, die Königin zu reizen. Und sie schien gewusst haben, wie weit sie hatte gehen dürfen.

Draußen auf dem Hof erwartete sie Daria. Sie sah die fünf ungläubig an. „Wie habt ihr das gemacht?" „Sagen wir einfach, die Königin hat sich zu weit aus dem Fenster gelehnt und dabei nicht beachtet, dass wir mit unseren Wünschen vorsichtig sind." Kea schüttelte Daria die Hand und zog sie mit. „Bis zur Stadtgrenze solltest du bei uns bleiben, danach kannst du gehen, wohin es dir beliebt." Kaya schulterte ihren Rucksack und ging voran. Das Tor durften sie unbehelligt passieren.

Der Weg bis in die Sonnenalleegasse war nicht weit. Das Gasthaus war versteckt zwischen den anderen Häusern. Das Gasthaus war nur für die sichtbar, die wussten, dass es dort versteckt lag. Kein Schild wies auf das Haus hin. Es war ein kleines und einfaches Haus. Die Tür war, wie sonst nie, geschlossen. Kaya sah Hanja an. Dies konnte nur mühsam ihre Furcht verstecken. Sie klopfte an. „Ich bin es, Hanja." Hanja sah sich um. Kea und Kaya hatten das Haus bereits umrundet, selbst hinten war das Haus verschlossen. „Sind sie vielleicht gar nicht hier? Habt ihr noch ein Haus? Ich meine, ein Haus außerhalb der Stadt?" „Nein, wir besitzen kein anderes Haus, nur eine kleine Hütte am Eissee, aber dorthin reisen meine Eltern nur selten. Besonders, seit wir alle ausgezogen sind. Indaris lebt mit ihrem Mann in der Nähe und meine andere Schwester hat sich schon lange nicht gemeldet, sie wollen das Haus nicht gerne alleine lassen." Hanja sah die anderen an. Kaya sah Kea prüfend an. Dann stieß sie ein Brummen aus, übergab ihre Waffen an Kea und kletterte an der Hauswand nach oben. „Das solltest du besser nicht hier machen. Wir fallen auf." Venara sah sich um. Sie blickte die Gasse hinunter, aus der sie gerade gekommen waren. Evelyn rannte den Weg hinauf bis zur Kreuzung und hielt dort Wache. „Dort oben, das Fenster kannst du leicht öffnen, es schließt schon seit Jahren nicht mehr richtig." Hanja wies nach rechts. Kaya zog sich mit Leichtigkeit auf den Sims und drückte das Fenster auf. Sie verschwand im Haus. Auf einmal waren wilde Schreie zu hören. Kaya war kurz zu sehen und dann tauchte sie unter einer herausfliegenden Vase hindurch. Kea sprang zurück und fing die Vase auf. „Anitara, halt inne, ich bin es, Kaya ..." „Kaya, dann ist dort unten wirklich Hanja ..." Der Kopf von Hanjas Mutter war kurz zu sehen. „Und ich dachte, es sind schon wieder die Wachen der Königin." Sie eilte an Kaya vorbei nach unten. Kaya warf Kea einen überraschten Blick zu und schloss das Fenster.

Anitara öffnete die Tür und nahm ihre Tochter erst einmal in den Arm. „Warum hattest du Angst vor den Wachen?" Kea nickte der Wirtin zu. „Kommt erst herein. Kommt erst herein. Die Gasse mag keine Männer draußen zu haben, aber immer noch zu viele Augen und Ohren." Sie schob ihre Tochter hinein. Kea winkte Evelyn und Venara rein.

In der Gaststube war es dunkel und die Luft kühl. „Wieso musst du dich vor den Wachen verstecken?", wiederholte Kea ihre Frage. Anitara setzte sich an einen der Tische. Evelyn fingerte Zündhölzer herbei und machte etwas Licht in dem dämmrigen Raum. Das Licht der Kerze flackerte und erhellte den Raum nur wenig. Sie alle setzten sich mit an den Tisch. „Vor einigen Tagen standen die Wachen vor der Tür. Sie waren nicht gerade das, was man höflich nennen könnte." „Was wollten sie?" Kea konnte nicht glauben, dass die Wachen die Menschen hier terrorisierte. Vielleicht hatten sich die Wächter einfach nur im Ton vergriffen. „Sie wollten alles über euch wissen. Erfahren, wer ihr seid, was ihr macht, wo ihr lebt. Und vor allem mussten sie die Angaben von einer Daria Soldaar überprüfen." „Das bin ich", meldete sich Daria zu Wort. Sie hatte bis jetzt kein anderes Wort gesprochen. Anitara sah sie überrascht an. „Ich verstehe immer noch nicht, warum du den Laden so abgedunkelt hast, du reagierst erst, wenn jemand am Fenster versucht einzusteigen." „Sie haben gesagt, sie hätten eine Botschaft von Hanja. Und dann haben sie als Erstes den gesamten Schankraum verwüstet, damit ich wüsste, dass es ihnen Ernst mit ihren Fragen ist." Anitara stand auf und öffnete den Fensterladen. Das wenige Licht, das nun durch das Fenster herein fiel, zeigte genug von dem Chaos, das um sie herum herrschte. „Und Dad? Ist er?" „Ja, auch er ist verschwunden. So wie alle Männer aus der Stadt." „Es sind alle aus dem gesamten Königreich." Kaya stand auf. „Glaube mir, Anitara. Ich bin genauso wenig begeistert wie die anderen, dass die Wächter hier so ein Chaos hinterlassen haben. Aber um das zu ändern, werden wir einige Schreiner brauchen. Wir sollten keine Zeit mehr verschwenden." Kaya stand auf. Anitara nickte. „Aber wartet, bevor ihr geht." Sie verschwand hinten in der Küche,.

Hanja kämpfe mit den Wuttränen. Wenn sie das gewusst hätte. Gerade vor zehn Minuten hatte sie vor der Königin gestanden. Nicht eine Antwort hätte sie von mir bekommen, wenn ich das gewusst hätte, dachte Hanja bei sich. Kaya war schon aus dem Raum zurück auf die Straße getreten. Sie konnte sich nicht erwehren, dass die Augen und Ohren der Gasse immer noch versuchten zu hören, was hier besprochen wurde.

Anitara rüstete alle mit einer weiteren Trinkflasche aus. „Es ist der Neurosaft, den dein Vater immer zubereitet. Hält warm in kalten Nächten." „Danke." Hanja umarmte ihre Mutter kurz und dann ging es auch schon los. Die anderen bedankten sich auch artig und folgten Kaya hinaus auf die Straße. „Verschließ Fenster und Türen, sobald wir weg sind und geh zu Indaris. Die Straßen haben wirklich Augen und Ohren und wenn ich es richtig gedeutet habe, dann auch Füße. Sieh zu, dass du nicht mehr hier bist, sobald wir weg sind." Kaya nahm den Saft an sich und deutete eine Verbeugung an. Anitara nickte und wandte sich um.

Dawn kam ihnen entgegen. Ohne ein Wort schloss sie sich ihnen an.

# 6. Beginn der Reise

Und so begann die Reise endlich. Vom Stadttor aus schlugen die sechs den direkten Weg nach Osten ein. Zur Wüste und zum Fluss. Daria wollte sich ihnen anschließen, was Venara nur zögernd gestattete. „Ihr denkt daran, dass sie eine Verbrecherin ist." „Du mit deiner Vergangenheit solltest den Mund nicht so weit aufreißen", erwiderte Kea und ging voran. Kaya konnte ein Grinsen nicht unterdrücken, als sie an Venara vorbeiging. „Ha, Ha. Sehr witzig." Venara bildete das Schlusslicht. Hanja und Evelyn nutzen die Gelegenheit, mehr über Daria zu erfahren. „Bis zum Fluss ist es ein Fußmarsch von zwölf Tagen. Danach wird das Bauen eines Floßes und das Bäume fällen drei Tage in Anspruch nehmen." Kaya und Kea besprachen vorne ihren weiteren Weg. Wenn der Weg geplant und besprochen ist, konnte man sich der Schloss-Erstürmung widmen. „Wie viel Bäume brauchen wir für das Floß?", ließ sich Venara vernehmen. „Wenn du möchtest, dass dein Floß hält, brauchst du zwei Bäume pro Nase", erwiderte Kaya ungerührt. Sie hatte eine Karte ausgerollt und verfolgte ihren Weg. Zwölf Tage Fußmarsch waren knapp bemessen, wie sie fand. Nicht zu knapp, aber sie würden die eher Unerfahrenen wie Daria und Evelyn an ihre Grenzen bringen. Denn zwölf Tage und Nächte hier in der Wildnis waren kein Zuckerschlecken. Hanja Dawn und Venara waren daran gewöhnt, nach fünf Jahren sollten sie das zumindest. Für sie und Kea wäre die Strecke auch in kürzerer Zeit zu bewältigen, wenn sie denn allein gewesen wären. Sie hätten sich schon mal nicht mit dem Wirtshaus aufgehalten und dann diese Audienz bei der Königin. Die war ebenso irrsinnig wie nutzlos gewesen. Nutzlos, wie die Königin selbst. Aber diese Gedanken beheilt Kaya für sich.
Schon nach einigen Stunden des Wanderns ließ sich einen Stöhnen aus Darias Richtung vernehmen. „Meine Güte, wollen wir schon heute ankommen? Meine Füße brennen wie Feuer. Können wir nicht eine Rast machen?" Sie lehnte sich an einen Baum. „Können

wir?" Hanja sah Kea an. Diese nickte. „Kurze Pause. Ihr könnt eine halbe Stunde ausruhen. Aber danach werden deine Füße auch nicht besser dran sein, Daria. Du hast eindeutig das falsche Schuhwerk." Kea fasste Kaya am Arm und zog diese mit. „Wenn wir alle paar Stunden wegen ihr anhalten müssen, dann ist sie wohl eher ein Hindernis als eine Hilfe." Kea sah zu Daria herüber. Kaya antwortete nichts, sondern zog den Rucksack von den Schultern. Sie öffnete ihn und kramte eine paar dünne Lederstiefel heraus. „Du hast?" „Immer noch die alten Stiefel hier drin, ja. Ich kann mich einfach nicht von ihnen trennen ... aber vielleicht ist es jetzt soweit." Kaya warf die Stiefel zu Daria herüber. „Zieh die an und wirf deine Schuhe weg. Nutzlos." Sie drehte sich wieder zu Kea um. „Das Problem mit den Füßen hätten wir. Aber was ist mit den anderen?" Kea sah auf. „Du hast sie bemerkt?" „Schon vor zwei Stunden. Und wenn wir uns nicht überlegen, was wir machen, wird uns bald der Platz fehlen, die Buschkletterer abzuhängen." Kaya tat so, als würde sie erneut auf ihre Karte gucken. In Wahrheit suchten ihre Augen jedoch das Gebüsch ab.

Schon vor Stunden waren Kea und Kaya darauf aufmerksam geworden, dass es in den Büschen um sie herum ständig raschelte und knackte. Es waren seltsam laute Tiere unterwegs, fanden die beiden. Vor allem, wenn man bedenkt, dass die Geräusche immer dann aufhören, wenn sie inne hielten. Tiere würden nicht lange in ihrer Nähe bleiben und schon gar nicht anhalten, wenn auch sie anhielten. Wer also konnte ein Interesse daran haben, sie zu verfolgen? Kea fuhr sich nachdenklich mit der linken Hand über ihr Kinn und sah Kaya an. „Es sind leise Schritte, geübt, aber nicht erprobt oder besonderes sorgfältig. Gefolgt sind uns die Schritte schon seit dem Gasthaus, wie du sagtest. Und das wirft eine neue Frage auf. Wer hat uns seit dem Palast verfolgt?" Kea spielte scheinbar uninteressiert an ihrem Dolch herum.

Die anderen hatten sich in den Schutz eines alten Baumes verzogen und genossen es, in der Schatten spendenden Kühle zu sitzen. Sie hatten weder das Rascheln noch das Knacken der Äste bemerkt. Aber dazu waren sie nicht ausgebildet worden, so wie Kea und Kaya.

Kaya sah Kea forschend an. Der Blick schien klar zu sein und Kea nickte. Sie hatte verstanden. Einer sollte zu den anderen gehen und sie über die Möglichkeit eines Kampfes unterrichten. Und die andere würde mal kräftig auf den Busch hauen. „Geh du, und horch mal nach, ich rede mit den anderen. Draufhauen ist eher deine Sache." Kea grinste und klopfte Kaya auf die Schulter. Diese nickte und verschwand auch schon im nahen Wald. Kea schlenderte zu den anderen herüber. Hanja hatte einige Umschläge mit Kräutern auf Darias wunde Füße gelegt. Venara war auf einen Ast geklettert und ließ die Beine herunterbaumeln. Kea stellte sich zu ihr und klopfte auf ihren Stiefel. Venara beugte sich vor. „Was hast du?" „Achte auf die Büsche. Es verfolgt uns jemand", flüsterte sie tonlos. „Sicher?" „Hätte Kaya sonst einer Pause zugestimmt?", fragte Kea unschuldig. „Nein, wohl eher nicht." Venara lehnte sich zurück, hatte aber die Augen offen. Ihre Hand hatte sich auf ihren Dolch gelegt. Sie wusste, wenn es nach Ärger roch, war man besser schnell mit einer Waffe in der Hand bei der Sache. Hanja hatte aufmerksam zugehört und begann, ihre Sachen zusammen zu räumen. „Zieh die Stiefel schnell an, Daria. Gleich kann es vielleicht hier etwas hektisch zugehen." Sie schnürte schnell den Rucksack zu und stellte ihn an den Baum.

Kaya lauschte eine Weile den Geräuschen, die hier unter den Bäumen herrschten. Sie vernahm ein leises Flüstern von weiter vorn. Sie schnallte die schweren Waffen ab und legte sie auf den Boden. Sie würden sie beim Schleichen nur behindern.

Leise bewegte sie sich auf die Quelle der Geräusche und des Flüsterns zu. Nachdem sie eine kurze Strecke schleichend zurückgelegt hatte, kam sie an einen umgestürzten Baum. Die Büsche waren dort etwas lichter und öffneten ein Fenster. Durch diese Fenster konnte man den Baum sehen, an dem die Kristallwäldler ihre Pause verbrachten. Kea schlenderte scheinbar uninteressiert zu den anderen herüber und klopfte gerade Venara auf ihren Stiefel. „Was meinst du, was die bereden?" „Nichts Wichtiges. Wir müssen nur die Augen und Ohren offen halten, damit wir nicht gesichtet werden", flüsterten sich die beiden Fremden zu. Kaya kannte keinen der beiden. Sie sah jedoch, dass die beiden in voller Rüstung hier am Waldboden lagen. Sie waren eingekleidet in die traditionellen Nationalfarben von Aldea. „Wo ist die andere hin?" Eine der Frauen reckte ihren Hals, um einen Blick auf Kaya zu erhaschen. „Du schaust in die völlig falsche Richtung, ich bin hinter euch." Kaya war über den Baum geklettert und stand nun hinter den beiden. So schnell sie konnten, waren sie aufgesprungen und hatten ihre Waffen gezogen. „Steckt die Waffen ein und wir werden es friedlich beilegen." Kaya zog ihr Kurzschwert. Die größere Frau schüttelte den Kopf. Sie hatte ein großes Zweihänderschwert in der Hand. „Nein, meine Waffe lege ich nicht ab." Sie nahm eine Angriffsposition ein. „Ich habe gehofft, dass du das sagst", antwortete Kaya nur und sprang auf sie zu. Noch bevor die Frau etwas tun konnte, war sie entwaffnet und sie hatte Kayas Kurzschwert an der Kehle. Ihr Zweihänder bohrte sich neben ihr in den Boden. „So'n Pech." Kaya konnte sich eines Lächelns nicht erwehren. „Lass deine Waffe fallen und geh weg von ihr." Die andere leckte sich nervös über die Lippen und zielte mit ihrem Schwert nun seinerseits auf Kayas Schulter. „Du nimmst mir die Worte aus dem Mund." Venara stand hinter ihr. Ihr Schwert fiel sofort auf den Boden. „Selastika ... wie kannst du nur. Du musst kämpfen", schrie die Frau am Boden. „Sei still, Randaar. Man muss nicht sterben, weil man Ehre haben will. Du klingst wie dein Vater." „Sei still", zischte die andere. „Ihr seid wahre Hellseher, das wollte ich auch gerade sagen." Kaya riss Randaar auf die Beine und schubste sie aus dem Gebüsch.

Draußen wurde sie schon von Kea und Hanja erwartet. Die beiden banden ihre Hände und suchten nach weiteren Waffen. Venara hatte Selastika schnell gebunden und stieß auch sie aus den Büschen. „Also, was bewegt euch, uns zu folgen?" „Wann habt ihr uns bemerkt?", begegnete Randaar Kayas Frage mit einer Gegenfrage. „Schon vor einer Stunde. Wer so durch die Büsche prescht, muss sich nicht wundern, gehört zu werden. Wie kann ich nur in voller Rüstung durch die Büsche trappeln." Kea schüttete den Kopf. „Warum also verfolgt ihr uns?", wiederholte Kaya ihre Frage. Sie war nicht mehr ganz so ruhig und gehalten. „Wir wollen unsere Königin befreien. Und da ihr auf einer Rettungsmission seit, wollten wir uns euch anschli..." Selastika wurde von Randaar unterbrochen. „Halt die Klappe ... sie müssen nichts von uns erfahren." Sie trat Selastika gegen den Fuß. „Hey ..." Hanja zog Selastika von Randaar fern. Mit nur zwei Sätzen wussten sie, welcher der Fremden die wahre Informationsquelle war. Kea, Hanja und Venara gingen mit Selastika ein paar Meter weiter. Kaya und Evelyn blieben bei Randaar, die einige alderianische Flüche ausstieß.

Kaya setzte sich unter den Baum und holte ihre Flasche hervor. Das erste Mal seit ihres Aufbruchs, wie Evelyn bemerkte. Sie setzte die Flasche nur kurz an. „Gar nicht durstig, wie?" Evelyn setzte sich zu ihr. Kaya sah sie kurz an. „Steh auf und bewach Randaar. Ich werde jetzt runter zum Bach gehen und die leeren Flaschen auffüllen. Und bewach sie gut." Kaya stand auf und sammelte die Flaschen von Evelyn, Hanja, Kea und Venara ein. Evelyn stand ebenfalls auf, zog ihr Schwert und bewachte Randaar. Kurz, aber nur kurz dachte sie an den Tadel, den Kaya ihr gerade gegeben hatte. sie konnte nicht anders. Das wusste Evelyn.

„Warum also seid ihr uns gefolgt?" Kea stütze sich gelassen an einen Baum. „Weil wir die Königin retten wollen und sollen. Wir sind vor drei Tagen mit einigen anderen Soldaten aus Aldea hier angekommen. Aber eure Königin unternahm nicht viel. Sie gestattete uns einige Zimmer und bat uns, bald aufzubrechen. Aber ich bin nicht sicher, ob sie uns nur loswerden wollte, oder ob es ihr um unsere Königin geht. Das weiß ich nicht ... na ja ... und dann haben wir beide euch entdeckt." Selastika machte ein kurze Pause. „Ihr müsst Randaar entschuldigen. Normalerweise ist sie nicht so. aber wir sind in die Wache befohlen worden, gegen unseren Willen. Und dann haben wir von eurer Königin keinerlei Unterstützung bekommen, das erschwert den Auftrag ungemein. Eigentlich waren wir nur zufällig in der Hauptstadt, als die Königin entführt wurde. Und alle waffenfähigen Frauen und Männer wurden in der Hauptstadt direkt herangezogen." „Warum diese Panik?" „Es war die Art, wie die Königin entführt wurde. Es gibt keine eindeutigen Berichte, aber es gibt Gerüchte. Und die besagen, dass es eine Zauberin war. Eine, die voller Zorn und viel böser Magie ist." Sie sah beschwörend in die Runde. „Hexen ..., das ist keine Aufgabe für uns. Wir sind nicht die Söldner der Königin, aber wir gehen in ihrem Auftrag." „Wir gehen wegen Jago und nicht für Feodora, Venara. Kapier das endlich. Ich bin kein Söldner. Und Kea auch nicht. Und du nicht und Evelyn nicht und auch Kaya nicht." Hanja sah Venara angewidert an.

Wieder einmal reizte sie das Verhalten der anderen bis aufs Blut. Sie konnte Venara eh nicht leiden, denn diese stand im Verdacht, ihren Verlobten getötet zu haben. An dem Abend, an dem er ihr die Verlobung vorgeschlagen hatte, war Kenais Urunion noch einmal spät ausgegangen. Es war der letzte Gang sein Lebens geworden.

„Ganz ruhig, Hanja. Ihr wolltet euch also uns anschließen, gut. Dann willkommen. Ich bin Kea Servil. Das ist Hanja Elessar, Dawn Hellifield, Venara Lynor. Hinten, bei deiner Gefährtin sitzt Evelyn el Albus und Kaya Feastor, nun, die wird die leeren Flaschen auffüllen. „Kea löste die Fesseln und rollte das Seil zusammen. Sie gingen hinüber zu Evelyn und ließen auch Randaar frei. Diese fluchte noch eine Weile, erkannte aber, dass sie mit ihrem Verhalten nichts erreicht hätte. Als Kaya kam, musterte sie kurz die Gruppe, nickte Kea dann zu und ging voran. Sie gab allen eine Feldflasche und dann ging die Reise weiter. Kaya ging schweigend weiter. Ihre Hand ruhte auf ihrem Dolch. Sie traute keinem der beiden Fremden weiter als ihrem Schatten.

Kea folgte ihr und rollte die Karte zusammen. Sie beobachtete Randaar aus den Augenwinkeln. Sie suchte nach einem Anzeichen des Verrates in ihrem Blick. Konnte man ihr trauen? Hanja, Venara, Daria und Evelyn unterhielten sich ausgelassen mit Selastika, die auch nicht abgeneigt war, zu reden. Die vier unterhielten sich über alles. Besonders über die recht abenteuerliche Reise von Selastika und Randaar nach Lansri.

Irgendwann, Evelyn hörte den Gesprächen hinter ihr nur noch mit einem halben Ohr zu, hatte sie das Gefühl, die anderen schien nie müde zu werden. Sie konnte ihre Beine kaum noch vom Boden heben, so müde war sie. Alles fühlte sich schwer an. Sie merkte, wie ihre Augenlider immer schwerer wurden. Kaya drehte sich um und schaute noch einmal in die Runde. Es begann bereits zu dämmern. Sie waren an einem Tag sehr weit gekommen. Weiter als sie gedacht hatte. Evelyn sah sie an und Kaya musste lächeln. Evelyn war eindeutig am Ende ihrer Kraft. „Kea, was meinst du?" Kaya nickte ihr zu. Kaya entschied nie etwas ohne die Meinung von Kea. Nicht, wenn etwas für die Gruppe war. Auch Kea hatte die Müdigkeit bemerkt. „Es reicht für heute." „Ich lauf vor und suche einen Lagerplatz, ihr sammelt schon einmal Feuerholz." Kaya rannte vor. Kea nickte nur. Mit einer Handbewegung hatte sie die anderen darauf aufmerksam gemacht, Holz zu sammeln. Nicht einmal zehn Minuten später erreichten sie eine kleine Felsenhöhle. Sie war nach drei Seiten von Felsen eingeschlossen. Kaya hatte schon ihre Decke am Eingang ausgebreitet und einen Steinkreis zusammengelegt. Sie war gerade dabei, für alle Abendbrot anzurichten. Evelyn bemerkte, dass es eines der Kaninchen war, die Kaya gefangen hatte, bevor sie von zu Hause aufgebrochen waren.

„Die Gegend scheint ja wieder mal nur für uns gemacht." Kea warf ihren Rucksack zu Boden und breitete ihre Decke aus. Venara übernahm das Feuermachen. Daria, Selastika und Randaar waren scheinbar müde. Alle drei legten sich auf ihre Decken und dösten ein wenig. Hanja nutzte die Gelegenheit, ein wenig in ihrem Tagebuch zu schreiben. Sie führte eine Art Abenteuertagebuch, um sich an alles zu erinnern, was geschehen war. Sie zeichnete aber auch darinnen. Landschaften, ihre Mitreisenden und einige Szenen zwischen ihnen. Evelyn nutzte die Gelegenheit, die Übungen, die Kea ihr heute morgen gezeigt hatte, noch einmal zu verinnerlichen und im Geiste durchzugehen. Sie war zwar müde, aber wenn sie morgen früh diese Übungen nicht konnte, würde Kea ihr keinen neuen beibringen.

Nach einem weniger üppigen Nachtmahl gingen alle zu Bett, bis auf Kea und Kaya, die beide die erste Wache übernahmen. Und sie taten noch mehr.

Kaya hatte ihren Lagerplatz bewusst so ausgesucht, dass er ihnen Schutz bot. Aber nicht nur Schutz vor wilden Tieren, sondern auch vor neugierigen Blicken. Die Felsen waren nur schwer einsehbar. Wer sehen wollte, was hier passierte, kam in das Sichtfeld von Kaya und Kea. Ob er wollte oder nicht.

Kea rollte die Karte erneut aus. „Wir sind heute weit gekommen. Weiter als gehofft." „Aber es hätte mehr sein können. Die halbe Stunde Pause mit unseren Besuchern hat uns viel Zeit gekostet. Zu viel, um ehrlich zu sein." Kaya vertiefte ihren Blick auf der Karte. „Nicht mehr als eine halbe Meile ist uns verloren gegangen. Sicher, mit Pferden wären wir schon um einiges weiter. Aber wir haben keine Pferde und keine ausgebildeten Soldaten. Vergiss das nicht." Kea sah die Freundin warnend an. „Ich weiß. Aber ich darf auch nicht vergessen, was hier wichtig ist und zählt." Sie sah auf. „Wichtig ist es, Jago und Hanjas Vater zu retten. Die anderen sind nur Bonus. Und so wie ich das sehe, haben wir ein Problem mehr, da wir zwei weitere Gäste haben. Randaar und Selastika werden darauf bestehen, ihre Königin zu retten, verständlich. Aber sie werden sie nicht so einfach bekommen. Schon all die Männer zu befreien, wird die Hexe aufmerksam machen." „Und die Königin wird ihr Bonus sein. Macht uns also nur Schwierigkeiten." Kea nickte. „Niemand weiß, wie man eine Hexe tötet. Es stand nichts in den Schriften der Schule. Das macht mir am meisten Sorgen. Alles andere können wir hinkriegen, aber gegen Zauber und Hexen, da bin ich ratlos." Kaya fuhr sich mit der Hand durch die Haare. „So etwas gibt es bei dir? Ich bin sprachlos." Kea musste lachen, als sie den Blick von Kaya auffing. Die beiden berieten noch eine Weile den morgigen Weg, dann versanken sie in ihr eigenes Schweigen. Jede von ihnen dachte über die Mission, ihre neuen Gefährten und den morgigen Tag nach.

Der Morgen brach für Kaya und Kea früh an. Die beiden hatten die gesamte Nacht Wache gehalten. Und das brachte Hanja außer sich. „Ihr solltet nicht die ganze Nacht Wache halten. Ihr seid jetzt völlig übermüdet und das bringt uns gar nichts." „Hanja, erinnerst du dich, mit wem du sprichst?" Kaya spielte mit ihrem Dolch. Kea grinste und setzte sich ans Feuer. Mit schnellen und geübten Fingern entfachte sie die Glut aufs Neue und begann damit, ein Frühstück vorzubereiten.

Evelyn nahm ihre Sachen zusammen und holte ihr Schwert heraus. Sie wollte ihr morgendliches Training beginnen. Kaya setzte sich auf einen Felsen und hielt ihr Gesicht Richtung aufgehender Sonne. Hanja wusste, dass sie nun meditierte und damit den versäumten Schlaf aufholte. Das war eine Eigenschaft, die nur Tlanganer besaßen.

Venara, Randaar und Selastika räumten ihre Sachen zusammen und stapelten die Rucksäcke auf einen Haufen. Dann half Selastika Hanja und Kea beim Frühstück.

Randaar setzte sich zu Kaya und sah Evelyn beim Training zu. Evelyn zeigte gute Ansätze mit dem Schwert, aber es waren immer noch Fehler in der Schrittfolge und sie sammelte ihre Kräfte an der falschen Stelle. Ohne die Augen aufzumachen, begann Kaya sie zu korrigieren. „Halte deine Schultern gerade. Und nimm den Schwung nicht aus den Armen. Du sollst das Schwert halten, nicht wegwerfen. Schwung holst du aus den Hüften." Sie setzte sich auf. Evelyn nickte und versuchte, alles umzusetzen, was Kaya ihr gerade gesagt hatte. Aber es gelang nicht vollständig.

„Sie ist zu unbegabt. Sie hat Ansätze, die man formen kann, aber das Schwert ist nicht ihre Waffe", meinte Randaar nachdenklich. „Das sage ich schon seit Wochen. Hast du gehört, Kea, Randaar steht nicht anders wie ich zu Evelyn und ihrem Schwert." Kaya stand auf und ging zu ihrem Rucksack. „Du willst mir jetzt nicht sagen, dass du sie mitgenommen hast?" Kea richtete sich auf. Sie hatte die Ausbildung von Evelyn übernommen und fand es nun nicht gut, dass Kaya sich einmischen wollte. „Ich werde sie ihr anbieten. Das wirst du mir ja noch gestatten." Kaya holte zwei seltsam aussehende Handschuhe aus dem Rucksack und eine seltsame aussehende Stange.

Kaya ging zu Evelyn. „Leg mal das Schwert auf den Boden und zieh das hier an." Sie warf ihr die Handschuhe zu. Evelyn sah sie erstaunt an und tat, was ihr gesagt wurde. Dann kam Kaya näher. „Hier, zieh das mal über." Sie gab ihr die Stange. Evelyn zog die Riemen fest und sah Kaya nun fragend an. „Hier." Sie zeigte auf eine kleine Stange auf der größeren Stange. Sie zog an der Stange und ein kleines Schild entfaltete sich. „Das hier ist ein Armschutz. Zur Verteidigung. Und nun drück die Handschuhe." Kaya trat einen Schritt zurück. Evelyn tat, wie ihr geheißen, und ballte ihre Fäuste. Aus den seltsamen Handschuhen schossen jeweils drei Stahlklauen. Evelyn sah Kaya erstaunt an. „Das sind Krallen, eine ganz andere Waffen wie das Schwert. Aber das merkst du sicher selber. Sie sind, wie meine Waffen, aus einem besonderen Metall geschmiedet und sind praktisch unzerstörbar." Sie hob das Schwert auf. „Und nun greif mich an." Sie ging in Angriffstellung. Evelyn sah sie an. „Aber ich ..." „Nur keine Angst, wie gerade, einfach zuschlagen."

Kea schüttelte den Kopf. Wieder einmal hatte Kaya ihren Kopf durchgesetzt. Wieder einmal hatte sie ihre Meinung vor die von Kea gestellt. Wenn sie ein nachtragender Mensch wäre, würde sie es ärgern. Aber sie war kein nachtragender Mensch. Und sie hatte das Glimmen in Evelyns Augen gesehen. Sie war mit den neuen Waffen mehr als zufrieden. Und das war das Wichtigste. Evelyn fühlte sich mit den Klauen besser als mit dem Schwert. „Lass den Feind deine Stärke als deine Schwäche ansehen. Und deine Schwäche als deine Stärke", erriet Kaya die Gedanken von Kea. „Ich verstehe. Du hast gesehen, dass die Schwächen, die sie mit dem Schwert hat, durch etwas anderes verdeckt werden können." „Nicht verdeckt, besser genutzt. Sie hat einen flachen Schlag. Einen guten Schlag, aber sie nimmt die Kraft aus dem Arm. Mit einem Schwert ist sie binnen Sekunden entwaffnet, weil ihr Gegner nur eine harte Parade geben muss. Aber bei den Klauen muss die Kraft aus den Armen kommen." „Also hast du Stärken und Schwächen gegeneinander abgeglichen und gesehen, dass ich Unrecht hatte." „Nicht Unrecht. Nur die Liebe zu deinen Schwertern macht dich etwas verbohrt auf deine Waffen. Du kannst mit Lanzen, Speeren und Bogen umgehen, aber nur das Schwert führst du mit. Das macht dich ein wenig voreingenommen." „Wenn ich dich nicht kennen würde, wäre ich spätestens jetzt bis ans Ende meiner Tage mit dir verfeindet." „Ein Glück für mich. Obwohl ich nicht glaube, dass es so etwas wie Glück gibt. Und jetzt hör auf, unsere Gespräche aufzuschreiben, Hanja." Kaya drehte sich um. „Aber wenn ich damit jetzt aufhören sollte, dann weiß niemand, was wir besprochen haben. Dieser Satz vorhin zum Beispiel, von Stärken und Schwächen und Feinde, der wäre auf ewig verloren gewesen. Nun habe ich ihn aufgeschrieben." „Und was haben wir davon?" Kea machte Hanja etwas Platz, damit sie nach vorne kommen konnte. „Du bist unachtsam, jedermann kann unsere Taktiken verfolgen und erlernen und ich bin genervt." Kea erntete ein Lachen von Hanja. Als keiner mit einstimmte, sah sie zur Seite. „Sie meinte das Ernst, oder?" Hanja sah Kaya an. Kaya warf ihr einen Seitenblick zu. Und der sagte alles aus. Nerv mich nicht, ich bin nicht in der Stimmung, mit dir zu scherzen und ich muss auf die Umgebung achten.

Plötzlich hielt Kaya inne. Sie streckte den Arm aus, um auch Kea und Hanja zum Halten zu bringen. Sie würden den schützenden Schatten des Waldes nun verlassen und auf eine Ebene treten. Eine eigentlich ruhige Ebene. Sie wirkte friedlich und geradezu einladend. „Was?" Kea sah Kaya an. Sie hatte was gesehen. Oder sie glaubte, etwas gesehen zu haben. „Wer könnte was dagegen haben, dass wir Erfolg haben?" Kaya drängte die anderen zum Wald hin und zog ihr Barika. Alle gingen in die Hocke und lauschten dem Rauschen des Waldes. „Nun, jeder, der gerne etwas mehr Land besitzen wollte. Wie Nachlerim." „Volltreffer." Kaya wies wieder nach vorne.

Eine in Grün gehüllte Gestalt rannte von einem Graben zum nächsten. „Schätze, wir werden erwartet. Bogen." Kaya hielt die Hand auf. Man reichte ihr von hinten einen Bogen und einen Köcher. Venara zückte ihren eigenen und legte sich neben sie. Kea und Hanja zogen sich zu den anderen zurück. „Gut, wenn die Jungs herausstürmen, werden wir ein kleines Loch in ihre Flanken reißen." Kea und die anderen verschwanden lautlos im Unterholz. „Wie lange dauert es wohl?" Venara legte den ersten Pfeil ein und sah auf. „Nicht lange", erwiderte Kaya und hob den Bogen gen Himmel. Sie zielte kurz und ließ den Pfeil fliegen. Er landete genau dort im Graben, wo die Gestalt verschwunden war. Es gab einen Aufschrei, den Kaya und Venara erwartet hatten. Beide warteten mit gespannten Bögen auf den Ansturm aus dem Graben. Es dauerte nur kurz, dann sprang auch schon der Erste heraus und versuchte wildbrüllend die Ebene zu erstürmen. Kaya zielte, feuerte aber nicht. „Er gehört dir", sagte sie zu Venara und wartete. „Hab ihn", kam die Antwort und der Pfeil surrte los. Mehr und mehr kamen aus dem Graben. Man konnte die Farben Nachlerims sehen, Schwarz und Rot, verdeckt durch einen grünen Mantel. Die Pfeile surrten über die Ebene und rissen Heranstürmende um.

Aber die Männer waren mehr, als Kea und Hanja erwartet hatten. Als sie nahe genug waren, stürmten Kea, Hanja, Randaar, Selastika, Evelyn und Daria aus dem Gebüsch. Kaya ließ den Bogen fallen. „Komm, es wird Zeit, mal ein wenig Hand anzulegen." Und damit stürmten sie und Venara los.

Die ersten Schwerter prallten aufeinander. Daria hatte sich Evelyn altes Schwert ausgeborgt, sie hatte keine andere Waffe.

Kaya sprang zwischen den ersten Angreifer von Daria und erschlug ihn. „Nimm das Schwert wenigstens hoch, damit sie es nicht ganz so einfach haben, dich zu erschlagen", rief sie Daria zu. Diese nickte, richtete ihr Schwert hoch, aber mehr als Schläge parieren und nach hinten ausweichen, konnte sie nicht tun.

Kea parierte den heran nahenden Schlag, wich aus und streckte den Angreifer nieder. Und dann sah sie sich kurz um. „Der Graf, Kaya, der Graf ..." Sie wies auf einen heranstürmenden Soldaten.

Der Graf. Das war der Handlanger des Königs aus Nachlerim. Und nicht irgendeiner, sondern der Schlimmste. Seine Augen waren stechend blau. Blauer als irgendetwas anderes. Es gab Gerüchte, dass er eine Droge einnahm, die dafür sorgte, dass seine Sinne geschärft wurden. Und dadurch sollten seine Augen ihre besondere und abnorme Farbe bekommen haben.

Kaya nickte ihr zu und rammte ihr Barika in die zwei herannahenden Soldaten in den Bauch und rannte dem Grafen entgegen. Die Schwerter krachten gegeneinander. „Gebt auf, bevor ich Euch und Euer Gefolge in Stücke zerreißen lasse." Seine Augen funkelten auf. „Erzähl keine Märchen", erwiderte Kaya ruhig und drehte ihr Schwert in eine Angriffposition. „Ich werde dich lehren, einem Grafen zu gehorchen", schrie er.

Venara rollte sich zu Seite und wich einem Schwert aus. Sie trat gegen das Schwert, das sich neben ihr in den Boden gebohrt hatte, und hielt nun ihre Klinge an die Kehle des Angreifers. „Fataler Fehler." Sie stand auf. Der Angreifer schluckte. Sie sah sich kurz um. Die anderen hatten ihre Gegner schon nieder gemacht. Kea war verwundet worden, in einem unachtsamen Moment hatte man sie am Arm verletzt.

Venara holte mit dem Schwertknauf aus und donnerte ihn gegen die Schläfe des Soldaten. Bewusstlos sank er zusammen. „Alles in Ordnung?" Venara kniete neben Kea. Diese nickte mit schmerzverzerrtem Gesicht. „Geht schon, was ist mit Kaya? Der Graf ..." Kea sank zurück in Hanjas Arme. Sie sah sehr blass aus. Dawn wickelte Hanjas Kräuter aus und half ihr, Kea zu verarzten. Evelyn, Selastika und Randaar nahmen Verteidigungshaltung an und stellten sich auf, um Hanja und Dawn zu schützen.

Venara drehte sich um und rannte Kaya zur Hilfe. Aber die bekam schon Hilfe aus anderer Richtung: von Daria. Diese schlich sich von hinten an den Grafen an und lenkte ihn dadurch ab. Kaya holte mit dem Schwertknauf aus und schlug ihn k.o.. „Fesseln und nicht aus den Augen lassen." Kaya warf ihr Schwert zu Boden und rannte zu Hanja und Kea. Ihr besorgter Blick galt Kea, die flach atmend am Boden lag. Sie sah Hanja an, die sich vollkommen auf die Wunde konzentrierte. „Ich kann nichts versprechen. Lass mich nur machen." Sie sah kurz auf.

Kaya nickte. „Evelyn und Selastika, ihr besorgt Holz, um eine Trage zu bauen. Schnell. Randaar, du bleibst hier und bewachst Hanja und Dawn." Sie ging zurück zu Daria und Venara. „Danke für die Hilfe, Daria. Jetzt bitte ich dich, Feuerholz zu holen und beginn mit einem Lageraufbau." Daria sah sie an. Dann wanderte ihr Blick auf den Grafen. „Was ist mit ihm?" Sie sah Venara und Kaya an. Bevor Kaya etwas sagen konnte, antwortete Venara. „Um den kümmern wir uns. Hol Holz. Kea darf keiner Kälte ausgesetzt werden." Venara trat beiseite und gab Daria den Weg in das Unterholz frei.

Kaya nickte ihr zu. „Was willst du tun? Wenn noch mehr Soldaten kommen, können wir nicht auf das Überraschungsmoment zählen." Venara sah Kaya an. „Ich werde die Soldaten wegbringen, die Toten. Und ich werde dich um etwas bitten." Kaya sah sie durchdringend an. Venara wusste, dass es schwer war für Kaya, sie – Venara – um etwas zu bitten. Sie war zwar eingesetzt als Vormund, sie hatte Venara vor dem Gefängnis bewahrt, aber sie traute ihr immer noch nicht ganz. Venara nickte und steckte ihr Schwert ein. „Keine zwei Wegstunden in diese Richtung findest du ein Lager. Ein Lager der Amazonen. Bitte sie um Hilfe. Auch wenn sie Feodora Hilfe gesandt haben, es werden noch welche im Lager sein. Gib ihnen das hier und bitte um einige Krieger. Zwanzig würden mehr als reichen. Weniger sind auch nicht schlimm." Kaya zog einen ihrer Wurfdolche aus dem Gürtel und reichte ihn, mit dem Griff voran, an Venara. „Und das reicht?" Venara sah sie an. „Das ist alles, was du brauchst. Und beeil dich bitte." Kaya sah sie an. Venara war von so viel Glauben in ihre Person beeindruckt, nickte und steckte den Dolch ein. Und dann rannte sie los.

Kaya drehte sich um und zog den bewusstlosen Grafen hoch. Sie fesselte ihn ein weiteres Mal an einem Baum fest. Danach begann sie, die toten Soldaten ins Unterholz zu ziehen und die Bewusstlosen zu fesseln. Auch unter ihnen gab es Verletzte, aber darum scherte sich Kaya nicht. Sie hasste die Menschen in Nachlerim zu sehr, um ihnen zu helfen .

Daria hatte in der Zeit schon Feuerholz zusammengeholt und wollte gerade ein Feuer entzünden. Das gelang ihr allerdings nicht. Evelyn und Randaar waren mit dem Bau einer Trage gerade fertig geworden, noch bevor es anfing zu dämmern. Sie halfen Hanja und Dawn, die verletzte Kea auf die Trage zu betten. Kaya trat zu ihnen. „Keine zweihundert Meter von hier liegt der See der verlorenen Seelen. Von dort aus führt ein Fluss durch die Wüste. Wir sollten die Nacht an seinem Ufer verbringen. Morgen können wir dann ein Floß bauen." Alle nickten. „Und dabei wollte ich gerade ein Feuer entzünden." „Wir werden es auch dort hinten brauchen, Daria. Ich helfe dir beim Tragen." Evelyn kniete neben Daria und half ihr, das Holz aufzusammeln. Randaar und Kaya holten den Grafen und schleiften ihn zum Feuer. Während Hanja noch einige Kräuter aus dem Wald suchte, brachten Dawn und Selastika die verletzte Kea zum Ufer des Sees.

# 7. Der Graf und die Amazonen

Es war bereits dunkel, als Kaya sich zu ihnen ans Lagerfeuer setzte. Sie hatte die ganze Zeit versucht, etwas aus dem Grafen herauszubekommen. Aber dieser schwieg eisern. Evelyn bewunderte ihn dafür. So seltsam es klang, das tat sie wirklich. Kaya war so wütend geworden, Evelyn hätte ihr alles erzählt. Und dann, mit einem Schlag war sie wieder so ruhig, als unterhielte sie sich mit einem Freund. Unheimlich. Aber hier an dieser Gegend erschien ihr alles unheimlich. „Warum heißt der See eigentlich See der verlorenen Seelen?" Evelyn sah die anderen an. Aber Randaar und Selastika waren gebürtig aus Aldea und Daria war schon am Schlafen. Hanja zerbröselte wieder einige Kräuter und setzte sich zu Kea. „Frag Kaya. Die kennt die Geschichte", meinte sie nur.
Aber Kaya wollte Evelyn nicht fragen. Nicht, nachdem sie gesehen hatte, wie diese ein Verhör führte.
Kaya sah sie an. „Du kennst nicht einmal die Geschichte? Jago würde sich alle Haare einzeln ausrupfen, glaube mir. Ich werde sie dir erzählen. Vor 700 Jahren, als das Land noch nicht von Kriegern durchstreift wurde, war der See kochend heiß. Wer hineinfiel, wurde gekocht, bei lebendigem Leibe. Keine angenehme Sache. Nun gab es zu der Zeit mehr Verbrecher und Mörder als zu unserer Zeit. Obwohl wir genug haben, aber das ist eine andere Geschichte. Auf jeden Fall erfreute sich der See als Todesstrafe immer größerer Beliebtheit bei den Gerichten. Man warf also die Verbrecher einfach in den See und sie mussten qualvoll in diesen Wellen sterben." Kaya warf einen Stein in den See. „Aber der See ist gar nicht heiß. Im Gegenteil, er ist ziemlich kalt." Evelyn wies auf das Wasser. „Das ist ja das Unheimliche daran, wie ihr Lansiraner sagt. Nach und nach kühlte der See ab. Man sagt, dass den Toten der Eintritt ins Jenseits verwährt wurde. Und dass ihre Seelen noch heute über das Wasser gleiten. Ihr Atem hat den See abgekühlt. Nacht für Nacht streifen nun die Toten über das Wasser, bitten um Vergebung und erhoffen sich, doch noch einen

Weg ins Jenseits zu finden." Kayas Stimme war zu einem Flüstern abgeklungen. Evelyn tauschte verängstigte Blicke mit Selastika und Randaar aus. „Klingt nicht gerade freundlich." „Waren keine freundlichen Zeiten, Randaar. Wen ihr gut aufpasst, könnt ihr vielleicht einen sehen." Kaya stand auf und überprüfte ein weiteres Mal die Fesseln des Grafen.

Hanja musste sich ein Lachen verkneifen, als sie die Gesichter der anderen sah. Dawn reichte ihr eine dampfende Schüssel mit Kräutern und diese gab Hanja dann Kea. Diese sah sie an. „Wenn du noch mehr stinkende Brühe in mich stopfst, werde ich noch ganz grün, vor so viel Kräutern." „Besser grün als gar nichts mehr", erwiderte Hanja und gab ihr etwas von der Brühe.

Venara kam im Lager an. Sie war nicht aufgehalten worden. Ein Vorteil, wenn man eine Frau war und in das Lager der Amazonen wollte. Aber jetzt, gerade in diesem Augenblick wurde sie eingekreist. Sie schluckte und holte den Dolch hervor, den Kaya ihr vor zwei Stunden gegeben hatte. Und sie hoffte inständig, dass es noch eine Amazone gab, die sich an Kaya erinnerte. Wer weiß, wie viele es davon gab, die Kaya kannten. Eine besonders kräftige und braun gebrannte Amazone trat auf sie zu und nahm ihr den Dolch aus der Hand. „Lange her, seit wir den gesehen haben." Sie wog den Dolch abschätzend in der Hand. „Keine zwei Wegstunden von hier lagert die Besitzerin." Venara verdrängte die Tatsache, dass alle Amazonen bis auf die Zähne bewaffnet waren. „Wegen des Problems, weshalb auch schon die Königin uns um Hilfe bat? Das sieht ihr ähnlich. Sie ist immer dabei, wenn es darum geht, Unrecht zu bekämpfen. Alischah ist mein Name." „Venara. Wir brauchen Hilfe. Wir ..." Bevor sie weitersprechen konnte, hob Alischah die Hand. „Ich kenne die Botschaft, die dieser Dolch bringt. Ich selber habe so schon zweimal Hilfe von Kaya erhalten. Morgen früh werden wir zu ihnen stoßen. Und nun komm und sei unser Gast." Alischah wies auf die Hütte hinter ihnen. „Aber es ist noch Zeit. Wir könnten vor Einbruch der Dunkelheit da sein." „Aber wir werden nicht eher erwartet. Morgen bei Sonnenaufgang werden wir bei ihnen sein. Und nicht eine Minute eher." Alischah gab die ersten Anweisungen, dass man Proviant packte und wählte die Kriegerinnen aus, die mitkommen sollten. Venara folgte ihr schweigend. Die Amazonen schienen Kaya und auch Kea zu kennen, denn es dauerte nicht lange, da waren nach Venaras Schätzung zwanzig Freiwillige erreicht. Aber damit hörte es nicht auf, dass sich jemand meldete. Die Frage, die Venara nun beschäftigte war, wieso? Was hatten Kaya und Kea in ihrer Vergangenheit getan, dass die Amazonen sich ihnen so verbunden gegenüber fühlten?

Noch vor dem Morgengrauen wurde Venara geweckt. Schlaftrunken stand sie auf und folgte Alischah nach draußen. Sie sah, dass die Sonne noch nicht am Horizont aufgetaucht war. „In zwei Stunden werden wir im Lager sein. Es wird keine leichte Aufgabe sein, was?" Alischah sah Venara an. „Alles was ich weiß, ist, dass Kea verletzt und Kaya sehr einsilbig ist. Frag mich nicht, wie einfach es wird, denn ich glaube nicht, dass irgendetwas in Bezug auf Kaya und Kea einfach ist."

Hanja wurde von einem Lachen geweckt. Himmel hilf ... Sie war eingeschlafen! Ihr erster besorgter Blick galt Kea, aber der schien es gut zu gehen. Sie saß aufrecht auf der Trage und unterhielt sich mit einer Amazone, die neben ihr kniete. Hanja sah sich um. Im Lager konnte sie noch weitere neue Amazonen erkennen. Aber es fehlten Kaya, Evelyn, Daria, Venara und Selastika. Randaar konnte sie ausmachen, wie sie hinten beim Grafen Wache hielt. Hanja stand auf und ging zu Kea. Diese bemerkte ihre Besorgnis, winkte aber ab. „Es geht mir gut, dank deiner Pflege." Sie wollte aufstehen, aber dies ließ Hanja nicht zu. „Mag sein, dass es dir besser geht, aber du darfst nicht übertreiben. Du bist schwer verletzt und solltest es nicht auf die leichte Schulter nehmen." Hanja drückte sie sanft zurück auf die Trage. „Du und deine Wortspiele. Ich habe keine Lust, euch bei der Arbeit zu zusehen."

„Noch arbeiten wir nicht. Was arbeiten wir denn?" Hanja setzte sich mit auf die Trage und wechselte in Ruhe den Verband. „Kaya und die anderen sind mit der Hälfte der Amazonen in den Wald. Sie besorgen Bäume zum Flossbauen. Und Venara ist mit fünf Amazonen unterwegs, die Gegend erkunden." „Das heißt ja, dass mindestens dreißig Amazonen hier sind." Hanja sah Alischah an. Diese nickte. „Oh ja. Alle wollten Kaya und Kea helfen. So wie sie uns schon geholfen hat. Wir haben ihnen unser Leben zu verdanken." „Hör auf, ich werde gleich rot. Zu viel Lob für uns. Es war eine Nichtigkeit, aber man wird halt belohnt, wenn man freundlich ist." Kea zuckte zusammen, als Hanja eine stinkende, brennende Salbe auftrug. „Eine Nichtigkeit? Euer Leben für uns zu riskieren, das ist für dich eine Nichtigkeit?" Aliaschah sah Kea an. „Ich bitte dich, sag das nicht zu laut. Unsere Kaya spricht ja nicht viel, aber wenn sie das hört, würde sie dir einen Vortrag halten, dass man Freunden immer hilft. Auch wenn man dafür mit dem Leben bezahlt." „Oh ja, denn ein Leben, in dem man seinen Freunden nicht hilft, das ist für Kaya eine Nichtigkeit. So gut kenne ich sie mittlerweile auch." Hanja musste lächeln. „Ich werde jetzt dafür sorgen, dass alles bereit ist, wenn die anderen kommen. Seil und Pech muss vorbereitet werden. Und wir müssen damit beginnen, das Lager unsichtbar zu machen." Alischah stand auf und entfernte sich. Hanja sah Kea von der Seite her an. „Du kennst sie gut, nicht?" „Nicht so gut, dass ich ihr so vertraue wie dir", meinte Kea mit einem Grinsen zu ihr auf. Hanja drückte den Verband fester an.

Kaya hieb noch einmal gegen den Baum und der fiel um. Sie drehte sich um. „Haben wir genug?" Sie sah Evelyn an, die fürs Zählen abkommandiert worden war. „Das war der Letzte. Die anderen sind schon im Lager. Jetzt hast du noch einen und ich habe noch einen zu ziehen." Evelyn warf sich das Geschirr über und zog den Baumstamm hinter sich her. Der Weg ins Lager führte zumeist bergab, das erleichterte die Arbeit um einiges. Kaya nickte, säuberte ihr Kurzschwert und steckte es wieder ein. Ihre Waffen waren aus besonderem Metall erstellt. Aus einem Metall, das es nicht in Lansri oder Aldea gab. Es gab dieses Metall nur in Tlangan, dem unbekanntem Land, ihrer Heimat. Dieses Metall war unzerstörbar. Zumindest hatte sie noch keinen Gegenstand gefunden, der sich nicht spalten ließ. Sie legte sich die Riemen über die Schulter und zog die Riemen noch einmal um dem Baumstamm fest.

Im Lager herrschte rege Geschäftigkeit. Die meisten Bäume waren schon in den kundigen Händen von Deran. Sie hatte schon mehrere Teile für die Flöße zusammengeschustert, sie wusste, was sie tat. Und nun gab sie kräftig Anweisungen.
Kaya spürte, wie der Schweiß ihr wie ein Rinnsal über den Rücken lief und zog mit zusammengepressten Zähnen weiter. Evelyn, die um einiges kleiner und schmächtiger war als Kaya, stand am Waldrand und rang nach Atem. „Wie schaffst du das nur? Ich bekomme keine Luft mehr." Sie hielt sich die Rippen. Sie schmerzten von der Anstrengung. „Atmen, das ist das Geheimnis." Kaya zerrte ihren Baumstamm an Evelyn vorbei.
Die Bäume waren nicht allzu groß, das war ein Vorteil. Und im Lager warteten schon vier gestählte Äxte darauf, die Bäume in der Mitte zu trennen.
„Wir brauchen noch ein paar Stämme. Wir wollen zwei Flöße bauen. Findest du noch einige nutzbare Stämme?" Deran sah Kaya an. Diese drehte sich zu Evelyn um, die gerade ihren Baumstamm bei den Äxten ablieferte. „Sicher. Evelyn. Hol die anderen, wir müssen noch ein paar holen. Wie viele?" „Zehn." „Du musst es wissen, aber Kaya, ich schaffe keinen Stamm mehr." Evelyn sah die anderen an. „Nun, das werden wir ja sehen, wenn es so weit ist." Kaya atmete tief durch und lief zurück in den Wald.
Hanja sah, wie sich ein Trupp Amazonen um Evelyn sammelte und dann mit ihr zusammen hinter Kaya her im Wald verschwand. „Sie macht sich gut." Kea saß auf der Trage und hatte

Hanjas besorgten Blick richtig gedeutet. „Ich habe nur Bedenken, dass sie sich zu viel zumutet. Oder Kaya ihr zu viel zumutet." „Das glaube ich nicht." Kea lehnte sich zurück und atmete tief durch. „Wie weit sind die Flöße?" Kea dreht ihren Kopf ein wenig, konnte aber nicht mehr sehen als Deran, die in einem Topf über dem Feuer Pech erhitzte. „Sie haben eines schon zusammen gebunden, noch nicht komplett, aber schon zum größten Teil zusammengelegt. Jetzt wird wahrscheinlich noch ein weiteres gebaut, wir sind so viele, und die meisten der Amazonen wollen und werden uns begleiten." Hanja setzte sich neben Kea und sah sie an. Kea bemerkte den besorgten Blick von Hanja. „Das wird schon wieder. Ich habe ein gutes Heilfleisch. Und manchmal glaube ich, ich besitze dämonische Kräfte. Ich habe das Gefühl, dass meine Schulter schon fast wieder völlig geheilt ist." „Nun übertreib es nicht. Aber wenn dir so langweilig ist, werde ich schon was für dich finden." Hanja gab Kea einen leeren Rucksack. „Pack schon mal Proviant und alles." Und damit verließ Hanja Kea.
Und diese packte nun Rucksäcke.

Auch die zweite Ladung Stämme war schnell im Lager und durch die vielen fleißigen Händen war auch dieses zweite Floß schnell zusammengebaut. Deran besah sich ihre Arbeit. „Gut, in einer Stunde sind sie so weit getrocknet, dass wir los können." Sie sah Kaya an, die nickte. „Gut, beginnt schon mal damit, die Rucksäcke zusammenzutragen und das Lager komplett abzureißen. Alischah, du kannst Venara und den Rest zurückrufen." Kaya sah Alischah an.
Diese nickte und hob ein großes, hölzernes Horn an die Lippen und stieß einen Ruf aus. Nach dreißig Minuten kamen die anderen.

Venara kam direkt auf Kaya zu. „Wir haben eine Gruppe Soldaten gesehen. Definitiv aus Nachlerim. Sie sind unserer Spur gefolgt, aber wir haben ihnen eine kleine Falle gestellt. Es wird sie aufhalten, aber nicht lange. Vielleicht eine halbe Stunde, wenn wir Glück haben. Vielleicht auch nur zehn Minuten, wenn das Glück heute der anderen Seite lacht." Venara sah Kaya missmutig an. „Ich regle das. Antreten Leute, die Flöße werden nun ihre Schwimmtauglichkeit sofort unter Beweis stellen. Schnell jetzt." Kaya ging zu Kea, die immer noch auf ihrer Trage lag.

„Wir haben einige Soldaten im Anmarsch. Folgendes wird helfen." Kaya kniete neben Kea nieder. „Was meinst du denn?" Kea sah sie an. „Ich habe da einen Plan, aber das könnte schief gehen. Ich brauche dein Wort, dass ihr in zwei Stunden von hier verschwindet, ob ich wieder da bin oder nicht." „Mein Wort hast du." Kea sah Hanja an und winkte sie herüber. Auch sie sollte hören, was nun auf sie zu kam.

„Die Soldaten." Kaya sah kurz auf, um Hanja anzulächeln. „Die Soldaten werden hinter ihrem Grafen her sein. Und wenn sie sehen, wie ich mit dem Grafen in eine andere Richtung abhaue, werden sie euch in Ruhe lassen. Das hoffe ich zumindest. Trotzdem ist es sicherer, wenn ihr mit den Flößen auf dem See in Deckung geht. Es zieht ein wenig Nebel auf, gerade rechtzeitig." „Gut, sobald sie auf deiner Fährte sind, werden wir sie in die Mangel nehmen." In Keas Augen blitzte der Kampfgeist auf. „Nein, ihr werdet sie ziehen lassen. Wir können nicht riskieren, dass sie unsere Anzahl schmälern. Wir sind jetzt schon zu wenige, um eine Burg einzunehmen." „Aber auf dich können wir am allerwenigsten verzichten", erwiderte Hanja. „Und doch ist es die Einzige, die in Frage kommt", erwiderte Kea ruhig. Ein Nicken und Kaya verschwand zum Grafen. „Bist du verrückt, wir können nicht.." „Wir können nicht, aber wir müssen. Und nun, beladet endlich die Flöße." Kea sah Hanja an. Diese richtete sich auf und nickte.

Kaya schickte Randaar zu den anderen und schnitt die Fesseln des Grafen durch. „Nur einmal werde ich dich warnen. Und das war jetzt. Wenn mir eine deiner Bewegungen nicht passt, durchbohrt dich mein Schwert." Kaya riss den Grafen auf und stieß ihn in die Richtung, aus der Venara und die Amazonen vor nicht einmal fünf Minuten gekommen waren. Sie warf noch einen kurzen Blick über die Schulter zurück und verschwand dann mit dem an den Händen gefesselten Grafen im Unterholz.

Hanja duckte sich hinter das Schild einer Amazone. Die Soldaten waren nicht auf der Lichtung angekommen, aber dennoch, man konnte sich nicht sicher sein. „Wir bleiben eine Stunde hier, dann werden wir Kaya verfolgen." Alischah sah zu Kea auf, die immer noch auf ihrer Trage lag. Das Wasser um sie herum schien alle Geräusche zu schlucken. „Das wird ihr nicht gefallen, aber genau das wollte ich dir auch vorschlagen." Kea grinste und erntete ein Grinsen von Alischah. „Wie gut." Alischah wandte sich an eine der Amazonen und beredete ihren Plan. „Aber hat Kaya nicht ausdrücklich ein Verbot ausgesprochen?" Evelyn sah Kea an. „Solange ich es nicht schriftlich habe, werde ich sagen: Ich habe nichts gehört." Kea zuckte mit den Achseln und verzog im selben Moment das Gesicht, da sich ihre Schulterverletzung meldete. Hanjas Finger krümmten sich um ihren Stab. Eigentlich sollte es für sie nur ein Wanderstab sein, aber sie hatte gelernt, diesen Stab als Waffe zu gebrauchen. Und nun schlossen sich ihre Finger krampfartig um den Stab aus dem härtesten Holz, das es in ganz Aldea und Lansri gab.
Kea bemerkte, wie Hanjas Knöchel weiß hervorragten. „Hanja ..." Kea wollte ihr etwas von ihrer Anspannung nehmen, aber Hanja war keine Kriegerin, sie war eine Heilerin und im schlimmsten Fall eine Abenteurerin, aber niemals in ihrem Leben eine Kriegerin. Hanja sah sie aus ihren grünen Augen an. „Ich werde die anderen begleiten. Ich will nicht tatenlos am Ufer sitzen." Hanjas Blick war fest entschlossen. Kea wusste, das nichts ihre Entscheidung umwerfen konnte.

Kaya holte aus und hieb die Schriftrolle mit einem Dolch in den Baum. Sie wusste, dass es ein Risiko war, aber sie musste es noch einmal schriftlich für Alischah und Kea festhalten.

Folgt mir nicht. Zwei Stunden und dann brecht auf. Kaya

Sie war kein Freund großer Worte. Sie sagte, was sie dachte und sprach das auch aus.

Dem Grafen gab sie einen Stoß und folgte ihm. Sie versuchte achtsam zu sein und alles in sich auf zu nehmen, was sie hören konnte. Jede noch so kleine Bewegung und jeden noch so leisen Ton versuchte sie festzuhalten. Was sie nicht gehört hatte, war die Klinge.

Versteckt eingebaut in seine Unterarmschützer war eine kleine Klinge, die der Graf nun dazu nutze, um seine Fesseln zu durchtrennen. Das musste er langsam tun, denn die Kriegerin hinter ihm wachte gut. In dem Moment, als sie den Dolch in das Holz trieb, hatte er die Klinge ausgefahren. Sie hatte es nicht bemerkt. Vorsichtig ging er weiter und schnitt dabei seine Fesseln durch. Sie hatte noch nichts bemerkt. Seit einer halben Stunde war er damit beschäftigt, die Fesseln langsam aufzutrennen. Langsam und ohne verdächtig zu wirken. Plötzlich schubste sie ihn in ein Gebüsch und dort versteckten sie sich. Sie hatte etwas gehört.

Kaya sah die Soldaten an ihrem Versteck vorbeilaufen. Nun galt es, einen kleinen Vorsprung zu erhaschen. Doch daraus wurde nichts. Plötzlich und für sie völlig unerwartet drehte sich der Graf mit freien Händen um. Wie zum Steindrachen hatte er das hinbekommen? Kaya entdeckte die kleine Klinge an seinem Unterarmschützer und fluchte. Damit machte sie die Soldaten aufmerksam und binnen von Sekunden war sie eingekreist.

Der Graf lächelte zufrieden. „Sieht aus, als sei dein Plan fehl geschlagen, Tlanganerin." Er verlangte mit einer Geste nach ihrem Schwert.

Kaya legte den Kopf schief und sah ihn einen Moment an. Sie rechnete ihre Chancen aus. „Es werden keine Helden geboren, es werden Helden gemacht", sagte sie dann und holte aus. Ihr Schwert zerteilte die ersten Schwerter wie ein Messer, dass durch Butter fuhr. Sie stieß einen Angriffsschrei aus und die ersten drei Krieger fielen ins Gras. Ihr Lebenssaft färbte das Gras schon bald rot.

Der Kreis der Soldaten schreckte zurück. Sie waren der Frau bei weitem überlegen und eindeutig in der Überzahl, aber diese legte dennoch ihr Schwert nicht weg. Im Gegenteil. Sie griff an. Und das sogar ziemlich erfolgreich.

Die Ersten schreckten zurück, sahen sich dann aber ihrem Grafen gegenüber. „Ich will sie lebend, aber nicht unversehrt", sagte er kalt. Die Getöteten interessierten ihn nicht einen Moment. Was war schlimmer? Durch das Schwert im Kampf zu fallen oder entehrt vom Grafen enthauptet zu werden?

Kaya sah sich die Gesichter der Männer an. Sie hatte richtig gerechnet. Sie hatten Angst vor ihr. Sie rechneten nicht mit Widerstand. Schon gar nicht von einer Frau. Armleuchter, das war das Wort, das ihr zu diesen Soldaten einfiel. Soldaten? Niemals. Bauern mit Piken und Schwertern bestückt.

Aber bei allem, was Kaya berechnet hatte, sie hatte den Grafen unterschätzt. Die Angst, die seine Männer vor ihm hatten, ließ sie erneut angreifen. Kaya musste einigen mächtigen Hieben ausweichen und spürte zu spät, dass hinter ihr etwas passierte. Sie drehte sich schwungvoll um, aber es war zu spät: Ein Knüppel krachte ihr auf den Kopf. Sie starrte den Soldaten an und versuchte, die Ohnmacht zu bekämpfen. Aber schon gaben ihre Knie unter ihr nach. Sie sank zu Boden. Sie versuchte, ein weiteres Mal sich aufzurichten, aber die Ohnmacht war unbarmherzig und umschloss sie mit dunkler Faust. Sie fiel vorne über und blieb regungslos liegen. Ihr Schwert hatte sie immer noch fest in der Hand.

„Wo ist mein Pferd? Wir müssen in ihr Lager. Bindet sie und legt sie in Ketten." So teilte er seine Männer in zwei Gruppen auf. Die eine folgte ihm ins Lager der Kriegerinnen, die andere ging zurück in ihr Basislager, das versteckt lag. Schon seit über einer Woche lebten die Soldaten hier unentdeckt.

Hanja hatte den Dolch schon von weitem entdeckt. Sie waren eine halbe Stunde unterwegs gewesen. Sie lockerte den Dolch und gab Alischah das Papier. „Sie kann Gedanken lesen. Wir müssen zurück, wie sie es gesagt und geschrieben hat." Alischah knüllte den Zettel in ihrer Faust zusammen. Hanja beobachtete den Wald vor ihr. Es war so leise, dass man annehmen konnte, dass Kaya die Männer in einen Kampf verwickelte hatte. „Komm, wir sollten zurück." Alischah legte ihre Hand auf die Schulter von Hanja und nickte ihr zu. Hanja nickte und dann rannte sie hinter Alischah her. Leise und kaum hörbar folgten ihnen zehn Amazonen.

Sie kamen im Lager an. „Sie wusste, dass wir nicht hören wollen. Hier." Hanja reichte Kea den Zettel. „Zum Steindrachen damit. Wir ..." Kea hielt inne. Sie hatte etwas gehört. Das wusste Hanja. Sie drehte sich um und lauschte angestrengt. „Die Flöße zu Wasser. Schnell." Kea flüsterte nur noch.

Rasch wurden die Flöße ins Wasser geschoben und je Floß waren zwei Amazonen damit beschäftigt, die Flöße vom Ufer wegzubringen. Hanja konnte immer noch nichts hören. und bald war es ihr auch nicht mehr möglich, etwas zu sehen. Der Nebel, der vom Wasser aufstieg, wurde immer dichter und umschloss die Flöße bald ganz.

Aber Kea sah sie. Schemen, Schemen und an ihrer Spitze ein Reiter. Sie wusste, wer es war: der Graf. „Überquert den See und dann folgen wir dem Yarurufluss durch die Wüste." Kea sah Alischah an, die nur kurz nickte. Sie wussten, das weiteres Warten sinnlos war. Kaya war gefangen oder tot. Und sie mussten ihre Mission erfüllen.

# 8. Neue Freunde

Kayas Augen flatterten auf und sie brauchte einen Moment, um sich zu orientieren. Sie war gefesselt. An den Handgelenken und an die Knöcheln hatte man sie mit einer schweren Eisenkette gefesselt. Sie spürte außerdem, dass man sie mit einem Lederriemen an einen Holzbalken gefesselt hatte. Die Riemen waren so eng gezogen, dass sie kaum noch atmen konnte.

Ihr Kopf fühlte sich an, als ob er jeden Moment platzen würde. Aber sie verzog keine Miene. Sie suchte ihre Umgebung mit den Augen ab und suchte nach etwas, das ihr helfen sollte, die missliche Lage in eine angenehme zu verwandeln. Sie hörte Schritte. Man wollte sie gewiss verhören. Kaya ließ den Kopf nach vorne auf die Brust sinken und schloss die Augen. Ihrer Gegner mussten nicht wissen, dass sie schon wach war.

Die Zeltplane wurde zurückgezogen. An den Schritten konnte sie zwei Soldaten und einen anderen ausmachen. Dieser eine trat nur zögerlich auf. Ketten rasselten. „Versorge die Wunde am Kopf. Und keinen Mucks ..." Jemand wurde hineingestoßen. Es wurde wieder dunkler im Zelt, die Plane war wieder geschlossen worden. Jemand war geschickt worden, um ihre Wunde zu versorgen. Und dem Kettenrasseln zu urteilen nach ebenfalls ein Gefangener. Kaya hob den Kopf und sah auf. „Du bist wach?" Vor ihr stand ... Nun, Kaya würde es als einen sehr auffälligen lilagekleideten, weiblichen Zauberlehrling bezeichnen.

Kaya antwortete nicht, sie nickte nur. Einen Zauberlehrling konnte man daran erkennen, dass er zum einen noch nicht weißhaarig war und zum anderen daran, dass er noch keinen dieser albernen Hüte trug, wie sie in der Zauberergilde Vorschrift waren. Die Farbe ihrer Kleidung ließ darauf schließen, dass es sich um einen Lehrling handelte, der sich für Heilzauber verschrieben hatte. Lila war – Kayas Wissen nach – die höchste Farbe, die ein Zauberlehrling für Heilkünste erreichen konnte. Danach gab es nur noch die grüne Robe und den albernen Hut.

Die Stimme zu einem Flüstern gesenkt, trat der Lehrling an sie heran. „Ich soll deine Wunden versorgen. Damit sie mit dem Verhör beginnen können. Wenn du wach bist. Und dann, dann darf ich dich erneut zusammenflicken." Sie seufzte. Kaya sah sie unverwandt an, sagte aber keinen Ton. „Sieht so aus, als würde das hier ein Monolog." Sie holte eine kleine Schale, füllt etwas Wasser ein und begann damit, ein Tuch auf die Wunde zu drücken. „Ich werde die Wunde säubern und danach ..." „Ich habe doch gesagt: keinen Mucks", kam es von der Wache draußen herein.

Aber wirklich ernst nahm der Lehrling ihn nicht, denn nur Minuten später war sie wieder am Reden. „Mein Name ist Noreen Larika. Sie haben mich vor drei Tagen aufgegriffen, als ich beim Kräutersammeln war. Und nun haben sie mich in Ketten gesteckt, die ich nicht verzaubern kann." Sie tupfte die Wunde sauber und streute etwas Pulver darauf. Binnen Sekunden schloss sich die Wunde. „Wenn ich könnte, würde ich heute noch fliehen, aber ich bin nur ein Zauberlehrling, was soll ich gegen Soldaten ausrichten?" Noreen sammelte ihre Kräuter und Mixturen wieder ein. „Du redet nicht viel, oder?" Sie sah Kaya an. Aber deren Kopf war wieder nach vorne auf die Brust gesunken. Sie schien ohnmächtig zu sein, aber das Ballen ihrer Fäuste verriet etwas anderes. Und in Noreen erwachte ein Gedanke. Vielleicht konnte diese Kriegerin fliehen. Und wenn sie das tat, würde sie ihr folgen.
Kaya hatte Noreen zwar zugehört, aber sie sagte keinen Ton. Sie wusste nicht, ob diese Zauberin die Wahrheit sprach, oder ob sie nur von dem Grafen geschickt worden war, um sie auszuhorchen, sie würde kein Risiko eingehen. Sie musste sich auf das Verhör vorbereiten. Sie musste sich gegen Schmerz und die Pein abschirmen, die ihre Zunge vielleicht lösen konnten. Sie musste jegliches Gefühl abschalten.
Sie spürte, wie der Zorn ihrer Vorfahren in ihr wütete. Für eine Kriegerin ihrer Abstammung war es eine Beleidigung gefangen zu sein. Lieber starb man durch sein eigenes Schwert, als gefangen

zu sein. Und doch galt es als ehrvoll, wenn man einem Verhör standgehalten hatte. Welche Ironie. Ihr Volk lebte und verehrte den Kampf. All sein Denken und Streben galt nur einem Ziel: in einem ehrenvollen Kampf auf dem Schlachtfeld sein Leben auszuhauchen. Wer viele Siege erlang, war ein großer Held. Wessen Haar sich aber schon vom Alter weiß färbten, galt als Angsthase, denn er lebte immer noch. Und nun? Wenn sie in der Gefangenschaft starb, war ihr der Weg in das Reich der Ahnen verwehrt, denn wer würde eine Gefangene ehren?

Kaya schloss die Augen und schluckte den Hass und den Zorn ihrer Ahnen herunter. Sie musste Ruhe bewahren und sich auf das besinnen, was sie gelernt hatte. Sie hörte, wie Noreen das Zelt verließ.

Kurz darauf hörte sie , wie sich schwere Schritte näherten. Sie erkannte die Schritte. Es war der Graf, daran hegte sie keinerlei Zweifel. Und wirklich, jetzt betrat der Graf das Zelt. Er sah sie an. Kaya hob den Kopf. Sie sah ihm tief in die Augen, ihr Gesicht zeigte ihren unverholenden Hass. Sie hasste die Menschen aus Nachlerim aus voller Seele, denn sie hatten vor Jahren ihre Mutter umgebracht und ihren Vater verschleppt. Beide waren tot, wegen eines Volkes, das nicht wusste, wann es seine Grenzen erreicht hatte. Aber Kaya würde jeden von ihnen in ihre Schranken weisen.

„Wütend?" Der Graf sah sie an. Kaya antwortete nicht. „Ah, die schweigsame Kriegerin. Verstehe. Dann wird das hier ein Stück Arbeit, da ich nicht davon ausgehen kann, dass du mir freiwillig hilfst." Er zog einen Handschuh über, der mit einigen Metallspitzen überzogen war. Er entdeckte keinerlei Regung in ihrem Gesicht. „Als Erstes will ich wissen, wo euch Euer Weg hinführt." Er holte aus.

Drei Stunden später hatte er eine Antwort auf seine erste Frage. Zum Ziel führt der Weg. Das war ihre Antwort, nichts anderes bekam er aus ihr heraus. Sie spuckte Blut, er hatte ihr drei Rippen gebrochen und das linke Handgelenk. In ihrem Gesicht war keine Regung. Sie stand vor ihm, gefesselt und angekettet und sie schien keine Gefühle zu besitzen. Blut floss aus ihrem Mundwinkel, eines ihrer Augen war geschwollen und die Wangen waren zerkratzt. Sie konnte keinen Atem holen, ohne dass es sie schmerzte, dennoch verzog sie keine Miene.

Er rief einen der Wachmänner herein. Dieser verbeugte sich, dann warf er einen Blick auf die Gefangene. Sie sah furchtbar aus. „Herr ...“ „Hol die Zauberin, sie soll die Wunden versorgen. Und wenn ich nachher wiederkomme, Tlanganerin, reden wir über das Ziel.“ Er funkelte Kaya an. Diese sah ihm stolz in die Augen und zeigte keinerlei Schmerzen. Dem Soldaten fröstelte es. Es war selten, dass es jemanden gab, der ein Verhör überlebt. Und wenn er es tat, dann griff der Graf zu drastischeren Maßnahmen, wie Feuerfolter. Er holte die Zauberin, die in einem anderem Zelt angekettet war. Da sie sich als nützlich erwiesen hatte, hatte man ihr ein Bett und einen Tisch sowie einen Stuhl gebracht. Dort konnte sie die Wunden der Soldaten heilen. Nein, dort musste sie heilen.

Der Soldat riss Noreen grob aus dem Schlaf und schleifte sie mit ihrer Tasche in das Zelt, wo die gefangene Tlanganerin festgehalten wurde. Noreen unterdrückte einen Aufschrei, als sie diese sah.

Sie war vom Grafen verhört worden. Aber an ihrem Blick und an seiner Abwesenheit konnte sie erkennen, dass sie nicht geredet hatte. Die weiteren Foltern würden also noch schlimmer sein. „Brauchst du etwas gegen die Schmerzen?“ Sie sah Kaya an. Der Soldat räusperte sich. „Sie hat nicht ein einziges Mal geschrien oder gezuckt, ich glaube nicht, dass sie Schmerzen verspürt.“ „Ach, habe ich jetzt einen weiteren Heiler hinter mir oder was?!“, fragte Noreen bissig. Für diese Bemerkung erntete sie einen Schlag in den Rücken und fiel zu Boden. Dann öffnete er ihre Handketten. „Sei keine Närrin. Ich kann dich töten lassen. Mag sein, dass das dem Grafen nicht gefällt, aber ich werde seine Strafe überleben. Du aber meine nicht." Er grunzte sie angewidert an und verließ dann das Zelt.

„Ja, ja. Wahnsinnig, als ob ich diese Bemerkung ernst nehmen müsste. Dafür haben sie zu viel Angst vor dem Grafen." Sie begann damit, ihre Kräuter auf einem Tisch auszubreiten und rief nach heißen Wasser. Auch das brachte man ihr.

Kaya beobachtete sie. War sie nun eine Gefangene oder eine Spionin des Grafen? Immer mehr war sie davon überzeugt, dass sie keine Spionin war, aber wie sollte sie sich da sicher sein? Als Noreen begann, ihre Wunden zu behandeln, musste Kaya gegen einen Aufschrei ankämpfen. Sie zuckte lediglich, aber sie gab keinen Ton von sich. „Du scheinst nicht zu wissen, was der Graf noch auf Lager hat. Wenn du nicht redest, wirst du in der Folter sterben." „Was interessiert dich das?", fragte Kaya gepresst.

Noreen sah sie erstaunt an. Reden konnte sie also. Sie schien nicht aus Aldea oder Lansri zu stammen. Dazu war ihre Haut viel dunkler als die ihre. Und sie hatte eine hohe Stirn, an deren rechter Schläfe ein kleines Symbol zu sehen war. Und ihre Aussprache war nicht so weich, wie sie es in diesem Lande üblich war. „Du stammst nicht aus Aldea oder Lansri? Stammst du aus Nachlerim?" „Sehe ich so aus?" Sie lachte, verzog aber das Gesicht, als sie an ihre schmerzende Rippen erinnert wurde. „Nein, deshalb frage ich dich." „Du sollst meine Wunden behandeln und mich nicht aushorchen. Oder sollst du mich aushorchen?" Der Blick aus ihren blauen Augen wurde hart. „Nein, nein. Du brauchst nicht zu denken, dass ich für den Grafen den Gehilfen bei seinen Verhören spiele. Er hat mich gefangen genommen." Noreen legte ihre Hand auf Kayas Rippen und sprach eine kurze Beschwörung. „Wenn du einen Weg findest, das Lager zu verlassen, würdest du mich mitnehmen?" Sie sah Kaya an. Die Rippen waren geheilt.

Kayas Blick veränderte sich. „Du willst fliehen ins Nichts?" „Du bist auch aus dem Nichts gekommen, also?" Noreen heilte ihre Handgelenke mit einem weiteren Zauber. „Wenn ich hier herauskomme, soll ich dich mitnehmen? Dann musst du mir auch einen Gefallen erweisen." Kaya hob ihre Hand und ließ die Ketten rasseln. „Aber wie soll ich an den Schlüssel kommen? Ich komme nicht einmal in die Nähe des Zeltes, in dem der Graf lebt. Und dort versteckt sich irgendwo der Schlüssel." „Kommst du an meine Waffen?" Kaya zog die linke Augenbraue hoch.

„Deine Waffen?" Noreen sah sie an. „Nun, ich könnte daran kommen, sicher. Ich müsste ein paar Kräuter aus dem Zelt holen. Dort hat man auch die Waffen gelagert. Es ist schwierig, aber es sollte mir gelingen, ja." „Besorg meine Waffen, alles andere ist egal." „Dann sorg du nur dafür, das nächste Verhör zu überleben." Noreen überprüfte die ehemaligen Wunden noch einmal. Sie hatte alles sauber verheilen lassen. „Bist du endlich fertig?" Der Wächter kam wieder herein. Er sah genervt aus. Noreen nickte nur und packte ihre Sachen zusammen. Ihre Hände wurden wieder in die Zauberketten eingeschlossen. Zuletzt warf sie Kaya einen bedeutenden Blick zu.


Hanja setzte sich an das Feuer. Sie hatten den Weg zur Wüste eingeschlagen und hatten bei der einbrechenden Nacht am Ufer des Flusses ihr Lager aufgeschlagen. Die meisten der Amazonen lagen schon in ihren Decken und schliefen. Alischah und Venara hatten die Wache übernommen und saßen irgendwo im dunklen Wald und beobachteten die Umgebung. Hanjas Blick schweifte über ihre Kameraden, die mit ihr am Feuer saßen.

Kea hatte einen Kräutertrunk bekommen und schlief nun ruhig atmend auf ihrer Trage. Dawn saß am Feuer und schnitzte mit ihrem Dolch an einem Stück Holz herum. Evelyn reinigte ihre neuen Waffen hingebungsvoll. Selastika hatte sich in eine Decke gewickelt und schrieb in ihr Tagebuch. Hanja umklammerte ihr Buch ebenfalls. Sie hatte den heutigen Tag schon eingetragen und Kaya eine lange Seite gewidmet. Aber Kea hatte ihr gesagt: sie lebt. Und daran hielt auch Hanja fest, so lange, bis das Gegenteil bewiesen war. Randaar warf einen weiteren Holzscheit aufs Feuer.

Sie hatte mit einigen Amazonen ein Kartenspiel gespielt. Sie saß am Feuer mit einem Lächeln. „Was freue ich mich auf den Ansturm auf diese Burg." Sie rieb sich die Hände. „Wie viele deiner Freunde werden wohl sterben?", fragte Hanja. „Sterben? Ich bitte dich, hast du gesehen, welche Waffen die bei sich tragen? Nur weil Kaya sich nicht anständig verteidigen konnte, werden diese nicht sterben." „Du hast schon viele Schlachten gesehen?" Hanja überging die Anspielung auf Kayas Nichtkönnen gewissenhaft. Sie wusste, dass Randaar Kayas wirkliche Waffenhandhabung noch nicht gesehen hatte. Der Kampf gegen die paar Soldaten hatte Kaya noch nicht vollkommen gefordert.

„Noch keinen. Im Kampf letzten Jahres war ich als Schlosswache in Aldea eingestellt. Ich habe nur die Schlachtfelder mit der Königin besucht." „Dann sprich nicht von Kayas Unfähigkeit. Du hast noch nie eine Schlacht mitgemacht, sie aber schon zwei. Und mehrere kleine Schlachten, wie die gestern. Aber du solltest eines wissen, eine Schlacht ist nicht so schnell bestimmt, wie du es gesehen hast. Es sei denn, du hast einen Anführer wie Kaya. Und nun solltest du schlafen gehen, bevor ich es mir überlege und dich des Lagers verweise." „Das kannst du gar nicht", erwiderte Randaar, aber sie war bereits aufgestanden. „Kann ich nicht? Ich habe schon Leute mit einem Schwert durchbohrt. Und ich habe keine Angst davor, dich aus dem Lager zu weisen. Das Schlimmste, was mir geschehen kann, ist ein Rüffel. Dir kann noch einiges anderes passieren." Hanja holte ein rotes, in Leder gebundenes Buch hervor und verließ den wärmenden Kreis des Lagerfeuers. Sie konnte die Gesellschaft der anderen nicht länger ertragen.

Randaar sah sie sprachlos an. Was machte Hanja, die sie eigentlich als ruhige und freundliche Kriegerin kennen gelernt hatte, so unruhig und gereizt? Wusste sie etwas, das ihnen entgangen war?

Hanja unterdrückte den Wunsch, zu schreien. Sie hatte mit Kea lange überlegt und sie waren sich einig. Nur ein Wesen war so groß, dass es ganz Lansri mit Zauberstaub abdecken konnte. Es war also ein Seeork. Den letzten tötete Kenias Lerunion.

Und Seeorks hatten keine Schwachstelle. Keine bekannte Schwachstelle. Hanja wusste um einen alten Text, der in ihrem Buch war. Das Problem an dem Text war nur, dass er in einem Dialekt geschrieben war, den Hanja nur schwerlich entziffern konnte. Schon seit anderthalb Jahren besaß sie dieses Buch und den Text über den Seeork hatte sie erst die ersten fünf Zeilen übersetzt. Sie hatte ein Jahr an einem Text über die Entstehung der Welt gesessen, um ihn zu übersetzen. Und nun fehlte es ihnen auch noch an Kayas kriegerischen Fähigkeiten. Nicht, dass Kea ebenfalls über ein großes Wissen verfügte, aber Kayas Wille war es oft, der sie zu größeren Taten antrieb. „Gibt es etwas Schlimmeres als diese Ungewissheit?" Venara war neben Hanja aufgetaucht. „Solltest du nicht Wache halten?", entgegnete Hanja kühl. „Sicher, und ich habe auch Wache gehalten, bemerkte ich doch eine Person, die sich meiner Position näherte und die ich nun verhöre." Venara setzte sich neben Hanja. „Also, über was grübelst du nach?" Sie sah Hanja an. Hanja sah auf. „Nun, dass wir uns einig sind, dass es ein Seeork war, das weißt du sicher. Und dass es kaum eine Möglichkeit gibt, gegen einen Seeork zu bestehen, ist dir sicher auch bekannt." „Oh ja. Die Geschichten über Seeorks sind mir bekannt. Was mich nur beunruhigt, ist die Tatsache, dass sie als ausgestorben gegolten haben und nun sind sie wieder aufgetaucht." „Wir waren so damit beschäftigt, uns mit den Problemen, die Nachlerim verursacht hat, dass wir die Hexen und ihren Staat nicht beachtet haben. Mag sein, dass es hier keine Seeorks mehr gibt. Aber was wissen wir über das Hexenreich?" Hanja klappte ihr Buch auf. Darin war eine Karte, die den gesamten Kontinent zeigt. „Nichts wissen wir", wiederholte Hanja ruhig. „Du machst dich närrisch, wenn du jetzt über etwas nachdenkst, dass noch nicht für uns zählt. Wichtig ist es, dass wir die Wüste erreichen und weiter auf dem Fluss fahren. Wichtig ist, dass Kea gesundet und du diesen Text übersetzt. Etwas anderes sollte dich nicht kümmern." Venara stand wieder auf. „Ich werde meinen Posten wieder beziehen und du solltest jetzt schlafen gehen." Sie sah sie an. „Danke, Venara." Hanja spürte, dass Venara versucht hatte, sie aufzumuntern. Sie war zu sehr mit ihren dunklen Geheimnissen beschäftigt, als dass sie Zeit hatte, sentimental zu werden. Venara nickte ihr zu und verließ Hanja wieder.

Sie seufzte und schickte ein Stoßgebet zum Himmel. Und dann legte sie sich hin und schlief ein. Der Mond über ihr sah einige tausend Meter weit entfernt auf ein Lager nieder, dass diese Nacht nicht so schnell vergessen würde.

Kaya spürte ein leichtes Brennen, als sie Luft holte. Die geheilten Rippen waren wieder gebrochen, das spürte sie. Außerdem hatte sie mehrere verbrannte Stellen an Armen und Beinen. Auch sie schmerzten, aber das fühlte Kaya nicht. Sie konzentrierte sich einzig und allein nur darauf zu atmen.

Der Wind trug das Lachen der Soldaten in ihr Zelt. Der Graf hatte Wein ausschenken lassen. Zur Feier des Tages. Denn der Graf hatte etwas aus ihr herausbekommen und nun dachte er, dass Kaya am nächsten Tage mehr reden würde als heute. Alles was er aber aus ihr herausbekommen hatte, waren drei Worte: „Für die Königin." Damit konnte er nicht wirklich etwas anfangen, da er nicht wusste, ob sie von der Königin gesandt im Auftrag der Königin handelten, ob sie auf der Flucht oder freiwillig auf der Suche und Reise waren. All das wusste er nicht, aber glaubte nun, einen wunden Punkt zu kennen.

Kaya lachte in sich hinein. Sie wusste nun, dass der Graf den Sieger mimte, aber in Wahrheit würde ihm diese Nacht keinen ruhigen Schlaf bringen. Er würde nachdenken über die Worte, aber nichts würde ihm eine Antwort bringen. Einatmen ... Kaya fühlte den Schmerz erneut auflodern. Sie schloss ihre Augen und konzentrierte sich auf etwas anderes. Auf einen Seeork. Sie hatte einmal eine Zeichnung von diesem Tier gesehen. Es glich dem Drachen der Vorzeit, aber es war weitaus unbarmherziger.

Ein Rascheln am Zeltrand ließ sie aufhorchen. Man brachte Noreen zu ihr, damit diese ihre Wunden behandelte. Kaya sah sie an. Noreen war bestürzt, Kaya so vorzufinden.

Sie sah furchtbar aus. Noreen konnte kaum atmen, im ganzen Zelt roch es nach verbranntem Fleisch. Sie musste ihren Brechreiz herunterwürgen. Als Erstes warf Noreen ein paar Kräuter in einen Kessel mit kochendem Wasser. Sofort breitete sich ein prickelnder und gleichzeitig erfrischender Duft im Zelt aus. „Uah, was ist das für ein Zeug?" Angewidert rümpfte der Soldat, der Noreen ins Zelt gebracht hatte, die Nase. „Es soll ihr doch morgen besser gehen. Also lass mich meine Arbeit tun. Wenn es dich abstößt, dann verlass das Zelt." Sie hob ihre Hände, damit er ihre Ketten löste. Der Mann beobachtete sie eine Weile und schien abzuwägen, was er tun sollte. Sollte er sie alleine lassen? Vielleicht konnte er sich zu seinen Freunden gesellen und ein paar Weine trinken. Dann konnte er immer noch zu ihnen ins Zelt zurückkehren. „Ich bin in der Nähe." Er schloss die Ketten auf und verließ das Zelt.
Noreen wollte erst beginnen, ihre Wunden zu heilen, aber Kaya schüttelte den Kopf. „Heile nur die Rippe, die behindern mich und dann gibt mir meine Kurzschwert." Sie sah sie an. „Dein Schwert, ja." Noreen heilte mit einem kleinen Zauber die Rippen und wandte sich dann ihrer Tasche zu. Sie war ausgebeulter als noch vor drei Stunden gewesen.
Noreen holte das Schwert hervor. „Und nun?" „Komm her und gib es mir." Kaya zog ihre Kette straff und streckte die Hand aus. Noreen gab ihr das Schwert. Es dauerte nur einen Moment. Es war wie ein kurzes Augenblinzeln, da waren ihre Ketten schon durchtrennt. „Und jetzt?" Noreens Stimme war zu einem Flüstern abgeklungen. Kaya atmete einmal tief durch. Sie musste daran denken, was sie Noreen versprochen hatte. Sie würde sie mitnehmen. Aber Kaya wusste nicht, ob sie von dieser Hölle in die andere Hölle flüchteten. Kea und die anderen würden ihr Versprechen eingelöst haben und waren bereits weitergezogen. Es überstieg

Kayas Kräfte und ihr Wissen, ein weiteres Floß zu bauen. Sie schüttelte diese Gedanken ab. An dieses Problem musste sie denken, wenn sie das Lager verlassen hatten.

Kaya legte sich ihren Gürtel um und steckte sich ihre Waffen ein. „Wir werden als Erstes das Lager verlassen. Bleib dicht hinter mir und versuche, keinen Ton von dir zu geben. Wir werden ohne Fackel gehen müssen, es würde die Soldaten nur hinter uns herlocken." „Warte, wir können auch anders fliehen. Du musst nur diese Zauberketten hier von meinen Handgelenken lösen." „Und dann? Willst du sie alle gesund zaubern?" „Ein wenig mehr muss man schon können, um die lila Robe zu bekommen. Ich kann uns zu deinem Lager bringen, ohne Zeitverlust. Von jetzt auf gleich. Nur nimm diese Ketten ab." Noreen sah sie an. Kaya zückte einen kleinen Dolch aus ihrem Gürtel und zerschnitt die Ketten. In ihrem Blick hatte sich Misstrauen gemischt, warum hatte Noreen nicht vorher davon gesprochen?

„Du hast nicht erwähnt, dass du das kannst." Sie sah sie forschend an. „Ich wusste nicht, ob es dir gelingen würde, die Ketten zu lösen. Und wenn es nicht gelungen wäre, dann hätte ich mich auf dich und deine Fähigkeiten in der Wildnis verlassen müssen." Noreen zuckte mit den Schultern. „Also, nun entspann dich und denk an das Lager. An die Leute, die sich dort drin befinden." Noreen näherte sich Kaya und nahm ihre Hand in ihre. Kaya sah sie an. „Du musst mir vertrauen, ich werde dich schon nicht verraten." Noreen sah sie forschend an. Kaya seufzte und dachte an Hanja und Kea. „Gut. Und nun solltest du noch wissen, dass ich nicht genau ihr Lager treffen werde. Wir werden vielleicht zehn oder fünfzehn Meter nach links oder rechts versetzt am Lager landen." Noreen sah sie an.

Kaya sah sie an. „Dann hoffen wir, dass sie an keiner Klippe lagern." Sie lächelte grimmig.

# 9. Zurückgekehrt

Kea wurde durch ein leises Plätschern aus dem Fluss geweckt. Sie hörte einen erstickten Schrei, der in ein Gurgeln überging.

Sofort war das gesamte Lager um sie herum auf den Beinen. Fackeln wurden herangetragen und bald war der gesamte Platz strahlend hell erleuchtet. Sie erkannte zwei Personen, die dem Fluss entstiegen.

Die eine, in einer lilafarbenen Zaubererrobe gekleidete Person, wurde von der anderen an der Hand festgehalten und ans Ufer gezogen. Und das andere war Kaya. „Kaya." Kea richtete sich auf.

Kaya kam auf sie zu. „Wie geht es dir?", fragte sie. „Um mich solltest du dir weniger Sorgen machen. Du siehst dafür ziemlich beschissen aus." Kea sah die Wunden an Armen und Beinen an. „Ja, das wird Noreen gleich besorgen. Gleich, nachdem sie dich untersucht hat. Würdest du?" Kaya trat beiseite. Noreen nickte und krempelte ihre Ärmel hoch.

Erst jetzt trat Hanja vor. „Hey, du kannst nicht einfach auftauchen und dich um Kea kümmern, als sei nichts geschehen. Sag uns, was passiert ist." Sie stemmte die Hände in die Hüften. Kaya sah in die Runde. Es fehlten mehrere Amazonen und Alischah sowie Venara. Für Wachen war also gesorgt.

„Ich erzähle es euch am Feuer. Und wenn ich etwas im Magen habe. Es dauerte lange, bis ich im Lager des Grafen etwas Brot bekam." Sie sah die anderen an.

Evelyn wickelte sich aus ihren Decken. „Ich werde dir das Abendbrot aufwärmen." Sie holte den Kessel hervor. Daria brachte Decken, die sie an Kaya und Noreen abgab.

Kaya setzte sich ans Lagerfeuer und zog sich ihre nassen Stiefel aus. Inzwischen waren fast alle im Lager am Feuer versammelt. Noreen hatte Kea bereits geheilt und nun saß sie gemeinsam mit den anderen am Feuer. „Nun erzähl uns deine Geschichte." Daria sah Kaya und Noreen abwechselnd an. „Vielleicht sollte Noreen anfangen. Aber bevor wir das tun, Delta, ich bin enttäuscht. Da lagert seit einer Woche ein Trupp Soldaten in eurer Nähe und ihr habt sie nicht bemerkt?" Kaya sah eine Amazone an, die in ihrer Nähe saß. „Es steht mir nicht zu, die Anweisungen von Alischah zu kommentieren. Gesehen haben muss sie die Soldaten, sie verbot uns aber, sie anzugreifen", erwiderte die angesprochene Amazone mit einem Achselzucken.

Daria sah wie Kea, Kaya und Hanja schnelle Blicke wechselten und einen stummen Beschluss fassten. Kaya stand auf. „Ich bin vom Feuer gewärmt, meine Sachen sind trocken. Gerne würde ich mir ein wenig die Beine vertreten." Kaya verbeugte sich kurz und verließ das Lagerfeuer wieder. „Wir wollten deine Geschichte hören", warf Daria ein. Sie liebte es, Geschichten zu lauschen, die in jedem Fall echt waren. Und dass diese Geschichte echt war, bezeugten die Brandwunden an Kayas Armen und Beinen. „Noreen sollte beginnen", sagte Kaya nur und verschwand im Wald.

Hanja rückte etwas vor. „Noreen, so heißt Ihr also. Und seit wann trag Ihr die lila Robe?" Hanja wusste die Aufmerksamkeit der anderen schnell von Kayas Rücken auf Noreens Gesicht abzuwenden. „Seit gerade einmal drei Wochen. Und in letzter Zeit musste ich mehr Wunden heilen als in meiner zehnjährigen Ausbildung. Ich war gerade auf dem Weg, Kräuter zu sammeln, als mich ein Spürtrupp von den Soldaten fand. Noch bevor ich reagieren konnte, wurde ich nieder geschlagen und wachte mit Ketten an den Handgelenken auf. Ich dachte mir nichts Wildes dabei und wollte mich von einem Ort an den nächsten transferieren, aber leider waren das Ketten, die meine Magie einschränkten. Fünf Tage war ich bereits im Lager, da musste ich eine verletzte Kriegerin heilen. Kaya nennt ihr sie. Noch nie habe ich erlebt, dass ein Verhöropfer das überlebt hat. Ich habe ein paar Verhörte schon begraben lassen. Aber sie? Sie hat selbst das zweite Verhör überlebt." Noreen sah in die Runde. Weder in Keas noch in Hanjas Gesicht konnte sie darüber Verwunderung sehen. „Es hätte mich gewundert, wenn es anders gekommen wäre. Kaya hat, was Verhöre angeht, ein dickes Fell." Kea warf einen Holzscheit auf das Feuer. Funken stoben auf. „Sie hält sogar den Verhören von mir stand. Und ich bin wahrlich nervender als ein Graf." Evelyn sah in die Runde. Alle brachen in schallendes Gelächter aus.

Kaya fand Alischah schnell. Sie stand bei Venara. „Alischah." „Kaya?!" Venara und Alischah schreckten auf. Kaya nickte Venara zu. „Hallo." Kaya nickte den beiden zu. Venara spürte sofort die Wachsamkeit in Kayas Augen. Ihre Hand lag auf dem Dolch. „Was ist los?" Sie sah Kaya verstört an. „Das wollte ich Alischah fragen. Sag, warum leben Amazonen allein?" „Was soll das denn für eine Frage sein?" „Beantworte sie einfach", gab Kaya wieder. „Nun, weil wir uns nicht der Herrschaft der Männer beugen wollen. Also, was soll das?" Alischah sah sich um wie ein in die Ecke getriebenes Tier. Kaya hatte also den richtigen Riecher bewiesen. Venara brachte etwas mehr Entfernung zwischen sich und Alischah. Etwas stimmte hier ganz und gar nicht. Wo war Kaya hergekommen und was sollten diese Fragen?
Alischah sah die beiden an. Sie wusste etwas. Kaya wusste immer etwas. „Was soll das?" Alischahs Stimme war gefährlich leise geworden. „Erklär mir eins, Alischah. Wenn ihr die Herrschaft der Männer verachtet und euch deswegen hier in dieser Gegend angesiedelt habt: Warum also duldest du ein Lager feindlicher Soldaten in der Nähe eures Dorfes?" Kaya zog ihr Schwert. Venara tat das Gleiche, war sich aber unsicher, dass sie eingreifen sollte. „Was?... Ich ... das ..." „Jetzt sag nicht, dass du nichts wusstest. Du hast die Anweisung gegeben, ich habe mit den anderen gesprochen. Es gibt nur einen Grund, dass du die Leitsätze deines Volkes verraten hast: Man hat dir dafür etwas versprochen." „Oh, ja. Man hat mir dafür versprochen, bei der Invasion, die aus Nachlerim hereinbrechen wird über uns, dass mein Dorf und mein Volk verschont werden." „Und das glaubst du?" Kaya lachte auf. „Geh mir aus den Augen. Kehr zurück in dein Dorf. Ich werde dir die Kriegerinnen, die weiter treu zu dir stehen, zurückschicken. Aber wenn du mir noch einmal in die Augen kommst, dann werde ich

deinen Kopf von den Schultern trennen." Kaya sah sie unverbittert an. Alischahs Hände krümmte sich um ihren Schwertknauf. Ihre Knöchel traten weiß hervor. Venara spannte sich an. Sie war bereit, den Angriff abzuwehren, den sie erwartete. Aber Alischah ließ vom Knauf ab. „Es hätte mich überrascht, wenn du es nicht herausbekommen hättest. Vielleicht wollte ich es auch. Es ehrte mich, mit dir einst Seite an Seite gekämpft zu haben." Und damit verschwand sie im Dickicht des Waldes. Leise und lautlos.

„Was ist denn nur geschehen?" Venara sah sie forschend an. „Nichts Gutes, so viel steht fest." Kaya steckte ihr Schwert ein. „Ich muss zurück ins Lager, die Liste unserer Anhänger erneuern. Kann ich dich alleine lassen?" Sie sah Venara an. „Ich bin schon lange alleine", erwiderte Venara und nahm wieder ihre wartende Stellung ein.

Kaya kehrte ins Lager zurück und informierte die anderen Amazonen von Alischahs Verrat. Nicht eine ergriff ihre Sachen, denn sie fühlten sich verpflichtet, diese Aufgabe zu beenden. Sie sahen es als ihre Pflicht an, das Ehrgefühl der Amazonen und den Stolz ihres Volkes wieder aufzurichten. Kaya verbeugte sich vor den Amazonen. Diese erwiderten die Verbeugung und legten sich schlafen.

Am Lagerfeuer blieben Daria, Dawn, Noreen, Kea, Hanja, Randaar, Selastika und Kaya zurück. „Was für eine Schmach." Hanja drückte ihr Buch an sich. „Jede Amazone wird mit noch mehr Feuer und Leidenschaft kämpfen, um Alischahs Verrat zu tilgen." Dawn sah in die Runde. „Ich bin nicht sicher, ob sie uns noch treu zur Seite stehen." Randaar hatte ihren Dolch in der Hand. „Unterschätze sie nicht. Eine Anführerin kann etwas Falsches tun, weil sie glaubt, richtig zu handeln. Und die anderen werden ihren Schwur, den sie getan haben, nicht brechen. Nicht aus Loyalität zu Aliaschah. Sie haben einen Schwur getan und den halten sie fest. Eher würden sie für uns sterben, als für Alischah Entehrung annehmen. Die Amazonen sind nicht ganz so wie Kayas Volk auf Ehre angewiesen, aber sie halten sie für wichtig. Was danach kommt, wer weiß das zu sagen." Kea rieb sich die Schläfe.

Kaya sagte nichts dazu. Sie hörte den anderen ruhig zu.

Daria beobachtete sie aus den Augenwinkeln. Sie konnte nicht sagen, was die große Kriegerin nun dachte, oder was sie nicht dachte. Aber die Sache mit Alischah ging ihr näher, als sie den anderen glauben machen wollte. Und was konnte sie, Daria, daraus schließen? Warum hatte sie sich ihnen angeschlossen? Sie war frei gewesen. Sie hätte überall hingehen können, überall. Aber in einem Anfall törichter Euphorie glaubte sie, ihr Platz sei an der Seite dieser Frauen. Als ihr Blick nun durch die Reihe der Frauen streifte, die hier mit ihr Seite an Seite saßen, war sie dessen nicht mehr so sicher. Sie waren alle auf etwas aus. Nach Abenteuer, Ruhm und Ehre. Aber all das war Daria egal. Es war ihr egal, ob sie ruhmreich lebte oder einsam war. Aber nun saß sie hier. Und sie war keine Kriegerin, nein, das war sie sicher nicht.

„Alles in Ordnung?" Evelyn, die neben ihr saß, hatte den leeren Blick bemerkt, den Daria hatte. „Ich bin nur müde. War ein anstrengender Tag für uns alle." Sie stand auf und legte sich in ihre Decken.

Evelyn wollte Kaya noch etwas zu ihren neuen Waffen, den Klauen, fragen. Aber auch sie bemerkte ihre Müdigkeit. Und Kea würde es nicht als angebracht erachten, Kaya so kurz nach ihrer Rückkehr mit Fragen zu Waffen zu behelligen. Statt dessen stand sie auf und deutete Noreen, ihr zu folgen. „Ich werde dir Decken und etwas zum Drauflegen besorgen." Dafür erntete sie ein dankbares Lächeln von Noreen, die ebenfalls müde zu sein schien. „Ich werde mich auch hinlegen. Und Kaya, es gut, dich wieder bei uns haben." Randaar stand auf und verließ das Lagerfeuer. „Danke." Kaya sah ihr kurz nach.

Nach einer Weile saßen nur noch Kaya, Hanja und Kea am Lagerfeuer. „Was bin ich das alles leid." Hanja hatte sich eine Decke geholt und zog diese nun eng um sich. „Was bist du leid?" Kea sah sie an. „Das alles. Und besonders diese Nächte vor einem Angriff, einer Schlacht. Alles und am meisten, dass man Freunde begraben muss." Hanjas Blick war auf die Flammen gerichtet. „Nun, was willst du dagegen tun? Es bleiben lassen? Du warst doch immer dafür, dass unsere Schwerter für die Gerechtigkeit streiten sollten." Kea stupste Kaya an. „Sag doch auch mal was dazu." Kaya antwortete mit einem Schwall tlanganischer Worte. „Finde ich auch. Und was hast du jetzt gesagt?" Kaya lächelte. „In Tlangan heißt es: Glück und Trauer liegen nah beieinander. Man kann beides gemeinsam an einem Ort finden." „Wie weise diese Krieger doch sein können." Hanja sah auf. Die drei sahen sich an und fingen an zu lachen. Es war ein befreiendes Lachen für alle drei.

Die Reise auf dem Fluss war ruhig. Kaya war auf dem ersten Floß und beobachtete die Umgebung. Sie erwartete einen Angriff. Die Flucht aus dem Lager des Grafen war durch Noreen leicht geworden. Aber Alischah schien ein Unsicherheitsfaktor zu sein. Sie konnte zum Grafen gegangen sein, die Mission verraten haben und er konnte ihnen folgen. Ein Floß zu bauen, war zwar nicht einfach, aber es war auch keine Kunst, die nicht erlernbar war. Und das machte sie unruhig. Was, wenn der Graf ihnen folgte? Das zweite Floß schoss auf und Kea rief Kaya zu: „Wir werden noch heute die Grenze zur Wüste erreichen. Durch den Fluss haben wir viel Zeit gespart. Lass uns heute früh rasten." Kea wies auf die Amazonen, die reichlich gelangweilt auf dem Floß waren. Sie waren gelangweilt und dadurch auch unaufmerksam. Kaya nickte. Unaufmerksam zu sein, war nicht unbedingt das, was ihnen im Moment helfen würde. Die Flöße wurden an Land gesteuert.
Venara organisierte die Jagd, während Kaya, Kea, Hanja, Evelyn und Noreen im Lager zurückblieben.
„Noreen, du hast uns lange begleitet. Willst du nicht zurückkehren, nach Hause?" Evelyn sah die Zauberin an. „Es wird gefährlich

werden und ich kann nicht versprechen, dass dir nichts geschehen wird." Kea sah sie an. „Ich habe schon vergessen, wie sich Sicherheit anfühlt. Und ich würde gerne mit euch kommen. Ich denke, ihr werdet meine Hilfe brauchen." Noreen sah in die Runde. „Ich denke, wir können dich nicht zwingen, zu gehen. Wir sind froh, wenn du bei uns bleibst. Denn ich denke wirklich, wir werden dich brauchen können. Wer weiß schon, was auf uns zukommt." Kea bereitete ihr Lager vor. Hanja sah sich um. „Reichen euch meine Künste nicht mehr?" „Ich bitte dich. Jetzt fang nicht damit an." Kea rollte mit den Augen. „Ich will mich nicht hier reindrängen." Noreen sah in die Runde. Hanja legte ihre Tasche ab. „Hanja, hör auf. Wir werden jemanden brauchen, der schnell heilt. Deine Kunst in Ehren, aber wir werden gegen eine Hexe kämpfen und vielleicht noch gegen Schlimmeres." Kaya sah den Fluss hinauf. Hanja nickte. Kea sah den Fluss hinunter. „Du scheinst etwas oder jemand hinter uns zu erwarten. Es sollte dir der Weg vor uns Sorgen bereiten. Nicht der hinter uns." Kea sah Kaya an. Diese antwortete nicht. Sie holte ihren Bogen hervor und überprüfte die eingelegte Sehne. „Kaya." Kea hielt sie zurück. „Ich geh nur nachschauen. Ihr richtet das Lager ein und achtet darauf, dass die Amazonen nicht zu laut werden. Sie sind in Feierstimmung." Und damit packte sie den vollen Köcher schlug sich in die Büsche.

Kea sah ihr kurz nach. „Ich werde Feuerholz holen. Wenn Kaya die Umgebung absucht, brauchen wir uns ja keine Sorgen machen." Evelyn verschwand ebenfalls im Unterholz.

Hanja setzte sich neben Noreen und die beiden sprachen sich miteinander aus. Hanja fühlte sich nicht bedroht von Noreens Anwesenheit. Aber sie fühlte sich übergangen, denn Hanja war in der Vergangenheit immer für das Heilen von Krankheiten und Wunden verantwortlich gewesen.

Kea holte die Landkarte hervor und begann damit, den restlichen Weg bis ins Hexenreich zu berechnen.

Sie würden noch zwei Tage unterwegs sein, bis sie auf den Spiegelsee treffen würden. Das war der einzige Ort in der Yarowüste, an dem es immer Wasser gab. Ob sie danach ihren Weg mit den Flößen weiter fortsetzen konnten, das wussten sie nicht. Aber sie hofften es. Denn wenn nicht, würde es ein sehr anstrengender und gefährlicher Weg werden. Kea wusste nicht, ob ihr Proviant ausreichen würde, einen Marsch durch die Wüste erträglicher zu gestalten. Vom See aus waren es drei Tage bis zum Reich der Hexen. Wenn sie mit den Flößen fahren konnten und auch weiterhin so gut vorankamen. Zu Fuß musste sie das doppelte der Zeit einrechnen. Und von der Grenze aus waren sie in unbekanntem Gebiet.

Niemand wusste von der genauen Distanz von der Grenze des Reiches bis zum Schloss. Manche Berichte redeten von einem Tag, andere von vieren. Kea zog für ihre Berechnungen letzteres in Betracht. Wenn sie schneller da waren, warum nicht. Sie konnten also in neun Tagen da sein. Oder erst in zwölf. Kea betete dafür, dass sie das Floß nutzen konnte. es gab keine Berichte darüber, was alles in der Wüste lauern konnte, aber es gab Menschen, die von einer Hölle da draußen sprachen.

Kaya brach neben ihr wieder aus den Büschen. „Was ist passiert?" Sie sah, dass Kayas Köcher nicht mehr ganz so voll war wie vorher. „Nichts, was sich nicht regeln ließ. Spähtrupp, der uns gefolgt ist. Fünfzehn Soldaten. Die Einzigen, die in unsere Richtung kamen. Bis morgen sind wir hier sicher." Kaya deutete auf die Karte. „Wie lange noch?" „Wenn wir nach dem See noch mit den Flößen fahren können, noch neuen Tage Reise. Wenn nicht, dann zwölf. Wenn nicht länger, da ich nicht weiß, wie die anderen die Reise durch die Wüste verkraften werden." Kea sah sie an. Kaya nickte.

# 10. Wasser und Wüste

Ein Späher. Das brauchten sie. Jemand, der vorreiste, um die Lage zu erkunden. Kaya sah sich am Lagerfeuer um. Kea konnte sie nicht entbehren. Kea kannte die meisten der Amazonen und konnte helfen, verräterische Signale schneller zu entdecken. Hanja und Venara kamen nicht in Frage, das ging einfach nicht. Beide waren zu unerfahren als Späher, sie kannten weder Gefahren noch Verhalten eines Spähers. Und wenn man dies nicht kannte, fiel man zu schnell auf oder irgendetwas zum Opfer. Und das brauchten sie ganz und gar nicht.

Noreen bot sich an, diese Aufgabe zu übernehmen. Aber alleine wollte keiner sie gehen lassen. Und dann bot Selastika sich an. „Ich würde dich begleiten. Wenn es euch recht ist. Ich kenne die Kunst des Spähens und bin durchaus in der Lage dazu, ein Schwert zu führen. Nicht so talentiert wie andere hier, aber es reicht aus, Noreen und mich zu schützen." Selastika sah in die Runde. „Stell dein Talent nicht in ein falsches Licht, ich habe deine Schwertführung gesehen. Sie ist ausgezeichnet. Meine Stimme hast du." Kea nickte. Kaya sagte nichts weiter, sondern wies ihr die Richtung auf der Karte. „Man glaubt, hier liegt das Schloss. Wir treffen uns wieder an der Grenze zum Hexenreich, in etwa acht Tagen. Hoffen wir es." Kaya sah die beiden abwechselnd an. „Wie erfahren wir, dass ihr da seid?" Noreen sah Kaya an. „Wir werden einen Feuerpfeil in die Luft schießen, ein Risiko ohne Ende. Jedem Feind werden wir dadurch unser Lager preis geben, aber das werden wir in Kauf nehmen müssen." Kea holte den beiden ihre Rucksäcke, Proviant und Wasser. „Wir werden in der Nähe des Flusses warten, egal ob wir mit Flößen oder ohne unterwegs sind. Rechnet nicht vor fünf Tagen mit einem Signal." Hanja gab den beiden eine weitere Karte mit, die sie gezeichnet hatte. Es war eine genaue Kopie der Karte, die sie für ihre Berechnungen gebraucht hatten. „Wir finden dann also heraus, wie weit entfernt das Versteck der Hexe noch ist und kehren dann zurück."

„Das Versteck der Hexe ist eine Burg. Alten Geschichten zu Folge gibt es eine Burg im Hexenreich. Dort lebt die Hexe, die über die größte Macht verfügt. Und das ist auch der einzige Ort, an dem man die Männer eines ganzen Landes verstecken kann." Kea sah ihnen tief in die Augen. „Geht kein Risiko ein, wenn es gefährlich wird, kommt zurück. Keine Heldentaten." Selastika und Noreen nickten.

Kaum waren die beiden weg, wurde das Lager abgebrochen. Über die Soldaten, die Kaya getötet hatte, verloren weder sie noch Kea ein Wort.
Evelyn saß auf dem Floß neben Kaya und bemerkte deren Anspannung. „Was ist los? Erwartest du etwas?" „Ich erwarte nichts und doch alles. So kann mir nichts entgehen", erwiderte Kaya ruhig. Sie sah aus den Augenwinkeln Evelyns verstörte Gesicht und musste lächeln.
Sie sah Evelyn an. „Ich erwarte, dass etwas passiert und zugleich hoffe ich, dass nichts passiert. Dadurch bin ich auf alles vorbereitet und kann dem Geschehen entsprechend handeln." Evelyn nickte.
Kaya gab nur selten ein wenig ihres Wissens preis. Jeder Moment, in dem sie das tat, war wichtig für Evelyn. Sie versuchte, sich alle ihre Worte zu merken. Denn es waren nur seltene Augenblicke, in denen sie diese Worte zum Besten gab. „Du glaubst also, dass es Probleme gibt, noch bevor wir im eigentlichen Feindesland sind?" „Ich glaube es nicht, Evelyn, ich weiß es." Und damit verfiel Kaya wieder in ihre schweigende Phase.
Kea stellte sich auf und sorgte dafür, dass die Amazonen ihr Floß näher an das von Kaya und den anderen brachte. Während Randaar, Hanja, Dawn, Daria und sie auf dem zweiten Floß aufgestiegen waren, hatten sich Venara, Kaya und Evelyn aufs andere Floß gesetzt. Kaya, weil es das erste Floß war. Sie wollte an vorderster Front sein. Egal was auf sie zu kam. Venara verringerte die Geschwindigkeit ihres Floßes, damit Kea übersteigen konnte.

„Mir gefällt das hier alles gar nicht." Sie setzte sich zu Kaya und Evelyn. Kaya wandte den Blick nicht ab, nickte ihr aber zu. „Es ist zu ruhig. Und dort hinten, in der Schlucht, das ist der ideale Ort, um einen Hinterhalt zu planen." Sie sah Kaya von der Seite her an. „Dawn und Daria meinten, ich sei paranoid. Aber ich meine, wir sollten es vorsichtig angehen." „Das sehe ich auch so. Ich schaue mir das Ganze mal an." Ohne ein weiteres Wort sprang Kaya in die Wellen vor ihnen. „Evelyn, du bist hier jetzt der Boss. Floß verlangsamen und ans Ufer fahren. Es geht weiter, wenn ich ein Zeichen gebe oder Kaya zurückkehrt." Kea wechselte wieder auf ihr Floß und gab Anweisungen, das Floß noch vor der Schlucht im seichten Uferwasser zu halten.

Kaya holte tief Luft und schwamm zum Rand der Schlucht. Dort wuchsen die Ranken einer Kletterpflanze hinab. Kaya packte eine Ranke und zog kräftig daran. Sie hielt ihr Gewicht aus. Ohne größere Mühe hievte Kaya sich aus dem Wasser und kletterte die Seite der Schlucht hoch.
Kaya verschwand oben hinter einigen Sträuchern.
Venara hatte den Bogen in der Hand, ihre Finger streiften über den Federschaft. „Nervös?" Evelyn sah sie an. „Angespannt. Nicht unbedingt nervös." Venara ließ die Schlucht nicht aus den Augen.
Etwas stimmte hier nicht. Etwas stimmte ganz und gar nicht. Venara lauschte auf die Geräusche in der Umgebung. Genau das war es. Es war nichts zu hören. Keine Vögel, keine Grillen, keine Insekten, nichts. „Hier stimmt was nicht, Evelyn. Sei bereit." Venara konnte ihrer Unruhe kaum verbergen.
Plötzlich war ein Brüllen zu hören, verschiedene Schreie und schließlich tauchte Kaya wieder auf. Sie zögerte keinen Moment und warf sich von der Klippe hinunter ins Wasser. Oben am Rand tauchte eine Gestalt auf.
Venara zögerte nicht lang, spannte den Bogen und ließ den Pfeil fliegen. Er traf sein Ziel und der Getroffene fiel ebenfalls ins

Wasser. Kaya tauchte aus dem Wasser auf und kam schnell auf die Flöße zugeschwommen. „Weiter ... sofort. Und keine Angst, er ist der Einzige ..." Kaya hatte den Mann mit ans Floß gebracht. Kea und Evelyn ließen die Flöße in die Strömung bringen und sie verließen die Schlucht.

Venara zog den Mann auf das Floß, kniete neben ihm nieder und untersuchte den Mann. Der Pfeil hatte ihn sofort getötet. Und sie sah noch etwas. „Nur einer?" „Die Zeichen sind durchgetrennt, ein Ausgestoßener. Und ich habe keinen anderen bemerkt. Er hat mich überrascht." Kaya wrang ihre Jacke aus. „Was ist denn?" Evelyn sah von einer zu andern.

Kaya antwortete nicht.

Venara dagegen schon. „Es ist ein Sieder. Ein Söldnervolk aus Aldea, das vor Hunderten von Jahren ausgewandert ist. Man dachte schon, sie wären ausgestorben, aber er ist der lebende ... tote Beweis dafür, dass dem nicht so ist. Jedenfalls, die Sieder haben eine Fähigkeit, die sonst niemand beherrscht: Sie können sich per Gedankenstrom miteinander verständigen. Was einer weiß, wissen alle, was einer denkt, wissen alle und wenn einem etwas passiert, wissen es auch alle." Venara zog ihren Pfeil aus dem Toten und drehte ihn um. „Hier kannst du die Zeichen sehen, die ein Clan immer als Symbol stolz vor sich her trägt. Diese hier sind durchtrennt worden, mit einem Messer. Das bedeutet, er ist aus dem Clan geflogen. Und deshalb war er allein." Venara packte ihn und ließ seinen Körper ins Wasser gleiten. „Was tust du?" „Sieder glauben an die Kraft der Elemente. Wasserbestattungen sind die, die einem Außengestoßenen zusteht." Sie ging ans Ende des Floßes und behielt die Schlucht im Auge. Es konnte sein, das Kaya doch noch etwas oder jemanden übersehen hatte.

Als es dunkel wurde, rasteten sie. Während die anderen schliefen, hielten Kaya, Evelyn und Kea Wache. „Was war im Lager? Dieses Brüllen solltest du näher erklären." Kea setzte sich ans Feuer. „Es war genau das, was wir befürchtet hatten. Ein Seeork. Er saß innerhalb eines Tales, angebunden. Schien nicht sehr erfreut darüber zu sein. Ich konnte beobachten, wie eine Hexe Zauber auf ihn sprach. Schätze, das war die Hexe, die wir suchen." Kaya rieb sich den Nacken. Evelyn spürte, dass sie fröstelte. Wenn Kaya von „Befürchtungen" sprach und Kea darauf nicht antwortete, war es ernst. „Und es gibt kein Mittel oder eine Methode, mit denen man sich eines Seeorks entledigen kann?" Sie sah von einer zu anderen. „Es gibt ein Mittel, sonst wären die Seeorks nicht so gut wie ausgestorben. Das Problem ist nur, dass diese Aufzeichnungen schon über hundert Jahre alt waren und sich kaum noch jemand daran erinnerte. Und dann wurden sie zerstört, als vor vier Jahren der Steindrache seine Rache forderte." Kea stand wieder auf und drehte wie Kaya eine Runde ums Lager. Sie kontrollierte und konnte so gleichzeitig nachdenken.

Evelyn erinnerte sich an den Schrecken, der die Stadt Laos vor vier Jahren heimgesucht hatte.

Es war gerade eine Zeit, in der es keine Kriege gab. Auch wenn noch niemand wusste, dass es in zwei Jahren zu einem fürchterlichen Kampf kommen würde, dessen Schlachten noch über zwölf Monate ausgetragen würden.

In Laos war alles perfekt gewesen. Es hungerte niemand in der Stadt und sie war in der Blüte ihres Lebens, als sie zerstört wurde. In ihrem aufsteigenden Hochmut wollten die Menschen ihre Stadtgrenze ausweiten. Doch dann stießen sie an den Fuß der Berge, die Lohmark genannt wurden, seit Anbeginn der Zeiten. Und auf diesem Berg gab es einen Steindrachen. Jeder wusste, dass dieser Drache der letzte seiner Art war, und dass ihm weder nach Menschenopfern noch nach Tieropfern der Sinn stand. Es war ein Steindrache und er fraß nichts anderes als Steine. Aber deswegen war er nicht ungefährlich. Aber welchem Tier konnte man diese Eigenschaft schon nachweisen?

Jedenfalls befahlen die Menschen in Laos einigen Schülern aus der Kriegerschule, den Drachen zu erledigen. Ein friedliches

Zusammenleben wäre wahrscheinlich mit mehr Unannehmlichkeiten für die Menschen ausgefallen, und deshalb sollte der Drache sterben. Die Krieger schafften es auch, den Drachen zu töten und brachten seinen Kopf als Beweis zurück in die Stadt. Wenn sie gewusst hätten, welchen Schrecken sie hervorbeschworen hätten, sie hätten es nie getan.

In der Nacht wurde ein rauschendes Fest gefeiert. Man hatte den Kopf des Drachen auf einem Sockel mitten in der Stadt aufgestellt. Und um Mitternacht brach ein Inferno los. Zehn Drachen waren gekommen und rächten ihren Bruder. Die ganze Stadt stand in Flammen und niemand entkam dem Inferno. „Und so beweist sich, das der Mensch vielleicht Siege über die Natur erringen kann, aber letztendlich triumphiert sie immer über uns." Evelyn richtete sich auf und wartete, bis Kaya und Kea ihre Runde beendet hatten.

„Aber Hanja hat doch einen Text, oder nicht?" Kea sah Kaya an. Diese nickte. „Nur nicht übersetzt." „Und wie lange wird es noch dauern, bis sie das Ganze übersetzt hat?" Evelyn sah Kaya an. „Hoffen wir nicht allzu ..." Ein Geräusch schreckte die drei auf. Im Gebüsch raschelte es erneut. „Wir kommen aber auch gar nicht zur Ruhe", flüsterte Kea und zog ihr Schwert. Alle drei liefen leise und in geduckter Haltung zum Wald. Evelyn fuhr ihre Klauen aus. Kaya zog ihr Kurzschwert. Noch immer waren die Geräusche zu hören. Es waren auch Worte wie „Mist.", „Die werden mich hören", und einige unterdrückte Schreie zu hören.

Kea sah Kaya an, die nickte und dann Evelyn zunickte. Gemeinsam warfen sie sich in die Büsche und auf den Fremden. Es gab ein kurzes Gerangel, in denen Kaya und Kea die Waffen des Fremden weg warfen und Evelyn ihn mit ihren Klauen an seiner Kehle zum Schweigen brachte. „Wer bist du?", fragte Kea gehetzt. Sie wischte sich den Schweiß aus der Stirn. Kaya stand auf und verschwand im Unterholz. Sie suchte die Umgebung ab. „Nutzlos, ich bin allein. Ich folge euch schon seit der Schlucht. Ich bin eine Spionin, wenn ihr es so wollt." Sie wagte kaum zu atmen.

Kea und Evelyn zogen sie hoch und brachten sie ins Lager. Einige Grillen, die sich durch das Gerangel gestört fühlten, begannen ihren Unmut mit lautem Zirpen zu bekunden.

Dort am Feuerschein erkannte Evelyn die Spionin. „KB. Die beste Spionin am Hofe von Aldea. Ich wusste nicht, dass ihr noch immer arbeitet." Evelyn fuhr die Klingen ihrer Klauen ein. KB sah sie einen Moment an, sie versuchte, sich die Erinnerung an Evelyn zurückzurufen. „Jetzt erinnere ich mich an dich, Evelyn, nicht war? Du hast doch den Dienst am Hofe hingeworfen, um Abenteuer zu bestehen." KB setzte sich. Kea beobachtete die Szenen aus sicherer Entfernung. Nah genug, um einen Streich gegen Evelyn zu verhindern, weit genug weg, um einem Schlag in ihre Richtung ausweichen zu können. „Warum schleichst du um unser Lager? Und was machst du hier?" Evelyn konnte es kaum glauben.

KB antwortete wahrheitsgemäß. Sie war der Königin gefolgt, denn man konnte ihr gut folgen. Sie hinterließ eine Spur, unsichtbar für jeden, der es eilig hatte, sichtbar für jemanden, der danach suchte.

„Zuerst habe ich versucht, in ihr Hexenreich zu gelangen, aber dann fand ich die Schlucht und damit auch den dort wohnhaften Seeork. Und dann wusste ich, dass ich nichts ausrichten konnte, bis auf eines. Ich konnte Informationen sammeln über dieses Wesen. Denn nun waren nicht mehr meine Fähigkeiten gefragt, sondern die von Kriegern und Abenteurern. So wie ihr es seid." Sie sah in die Runde. „Nun, dann verrate uns, was du über ihn herausgefunden hast." Kaya kehrte zurück ins Lager.

Sie schüttelte den Kopf, was Kea bestätigte, dass niemand mehr in der Nähe war.

„Ich kenne seine Schwachstelle. Ich habe die Hexe ein paarmal belauscht und auch in ihren Unterlagen herumgeschnüffelt." Sie stand auf. Und dann erzählte sie den dreien, was sie wusste. Es gab nur eine Schwachstelle, die ihn töten konnte. Man musste ihm ein Schwert in den Nacken treiben. Überall war seine Haut mit hartem Drachenpanzer geschützt, nur an der Stelle zwischen dem vierten und fünften Wirbel nicht. Eine weitere Stelle waren seine Augen, aber das wussten die Abenteurer schon. Der Morgen graute bereits, als KB endete. Sie saßen am Feuer und hörten, wie die Ersten wach wurden.

Kaya verharrte. Unter den Geräuschen des Lagers fehlte etwas. Das Zirpen der Grillen hatte abrupt aufgehört. Auch Evelyn und Kea hatten es gemerkt. Spannung lag in der Luft.

Evelyn hatte das Gefühl, dass ihr ganzer Körper kribbelte. „Was ist los?" KB stand auf und sah sich um. Plötzlich brachen aus dem Unterholz verhüllte Krieger. „Wir werden angegriffen. Zu den Waffen", schrie Kea. Sofort waren alle wach.

Kaya riss ihr Barika aus der Scheide und hielt es hoch über ihren Kopf. Die aufgehende Sonne brach sich hundertmal auf dem glänzenden Metall. Und dann trat Kaya den Angreifern als Erstes entgegen.

Aber diese hielten inne. Sie schienen durch etwas verwirrt zu sein. Kea sah Kaya beunruhigt an. Das konnte eine Falle sein oder wer weiß was bedeuten. Kaya hob die Hand, was die heranstürmenden Amazonen zum Halten bewegte. Auf einmal war es still. Eine bedrückende Stille lag zwischen den beiden Kriegerparteien.

Die Angreifer warfen sich drei Worte zu, in einer Sprache, die Evelyn nicht verstand, aber kannte: in Tlanganisch. Und mit einem Mal gingen die rund zwanzig Krieger in die Knie.

Hanja trat als Erstes vor. „Wer seid ihr?", fragte sie. „Wir sssind gesandt worden, von der Hexe, ohne zu ahnen, gegen wenn wir kämpfen sssollen." „Das ist keine Antwort." Venara spannte den Bogen. Die Sehne knarrte.

„Die Hexe verzauberte uns in Echsenwesen ... Wir sind ihr zur Treue verpflichtet." Der Anführer der Gruppe stand auf und ließ die Kapuze fallen. Ein grünes Echsengesicht wurde entblößt. Die schwarzen Augen zuckten unruhig umher. „Aber in Wahrheit, in Wirklichkeit sind wir Tlanganer ... wie sie." Er wies auf Kaya.

„Nur hat man uns in die Gefangenschaft gezwungen. Wir können ihr Reich nicht so verlassen."

Kaya umklammerte ihr Barika. Das, was sie gerade vor sich sah und hörte, konnte sie kaum glauben. Die Wut und der Zorn, die in ihrem Wesen fest verankert waren, kamen über sie. „Niemals. Ein Tlanganer würde eher sterben, als dass er in Gefangenschaft lebt." „Aber noch ehrloser wäre esss, in Gefangenschaft zu sssterben. Wir sssind verdammt, Tlanganerin." „Ihr seid keine Tlanganer ...", erwiderte Kaya wütend. Sie kämpfte um ihre Beherrschung. Das konnte nicht wahr sein. Das widersprach allem, was sie von ihrer Mutter einst gelernt hatte.

Kea schickte die Amazonen zurück, ihr Lager abzubrechen und hieß die anderen ihre Waffen einzustecken. Dennoch verlor sie keinen Augenblick ihre Wachsamkeit.

„Wie erklärssst du dir dann, dasss wir Tlanganisssch sprechen können?", fragte das erste Echsenwesen zurück. „Ein Zauber der Hexe, um uns in die Irre zu führen." „Du übersssschätzt ihre Fähigkeiten, Tlanganerin. Verrate uns deinen Namen", forderte die Echse. Evelyn wunderte sich, dass Kaya ihm nicht schon längst den Kopf vom Rumpf getrennt hatte.

KB. stellte sich zu Kaya. „Ich weiß nicht, ob es dir hilft, wenn ich es dir sage, aber die Jungs hier sind von mehr als einem Zauber belegt. Sie kamen vor einem Jahr hier an, also eher bei der Hexe. Galatea entschloss sich, diese tapferen Männer in Echsen zu verwandeln. So würden sie sich nicht von hier forttrauen, denn wer würde seiner Familie so unter die Augen treten. Der zweite Zauber, den sie aussprach, war weit aus gemeiner und dennoch raffinierter. Es scheint in dem Volk der Tlanganer eine Art Selbstmörderritus in Gefangenschaft zu geben." KB hielt inne, um in Kayas Augen ein Funken von Verstehen oder Verständnis zu sehen. Kaya sah sie nicht an. „Ich kenne den Ritus. Aber diese Wesen leben noch." „Stimmt. Weil Galatea sie mit dem Zauber belegt hat. Alle Waffen, die sie gegen sich oder Galatea erheben, verwandeln sich zu Staub." KB deutete eine Verbeugung an und zog sich zurück.

Kea näherte sich Kaya von hinten und legte ihr die Hand auf die Schulter. „Ich kann deinen Zorn verstehen. Ich respektiere ihn sogar. Aber manchmal kann man den Kodex nicht befolgen, wie man will." „Aber man muss ihn befolgen", begehrte Kaya auf. Ihre Augen funkelten vor Zorn und sie ballte ihre Hände immer und immer wieder zu Fäusten. „Meine Mutter lehrte mich, dass ein Tlanganer eher stirbt, als in Gefangenschaft zu leben." „Aber sie sagte auch, dass der Tod in Gefangenschaft noch ehrloser war. Und wenn sie sich mit dem Selbstmörderritus keinen Gefallen tun konnten, um einen Funken ihrer Ehre zu behalten, dann mussten sie dafür sorgen weiterzuleben." „Wir versuchen, dem Unausssweichendlichen zu entgehen und die Unehre nicht auf unser Haupt und dasss unser Kinder zu laden. Aber wenn Ihr gegen die Hexe führt, dann werden wir folgen, Tlanganerin." Wieder verbeugte sich der Anführer in der knienden Haltung.

Kaya sah ins Leere, sie musste Gedanken sammeln und Gefühle sortieren. Sie war nicht dazu in der Lage, diese Situation vor sich länger zu ertragen. „Seid willkommen." Kaya verbeugte sich in die Richtung der Krieger und drehte sich dann ruckartig um. Sie ging zum Wald. Äußerlich scheinbar ruhig und gelassen. Unterwegs dorthin nahm sie aus ihrem Rucksack einen kleinen Beutel mit. Kea und Hanja wussten, was darinnen war und wussten auch, dass sie Kaya nun nicht helfen konnten.

„Wie heißt du?", fragte Hanja den Anführer der Echsen. „Man nennt mich Kuren." „Kuren, ich bin Hanja Ellesar. Dies hier ist Kea Servil. Und die Tlanganerin, das ist Kaya Feastor." Wieder ging ein Raunen durch die Echsenmänner. „Stimmt was nicht?" Kea hatte ihre Hand wieder am Schwertknauf. „Ihre Mutter, Kahlextra Feasssstor, ist eine der besten Kriegerinnen gewessssen, die esss in unserem Land jemalsss gegeben hat. Dann kam Vito Feassssstor und sie kehrte ihrer Heimat den Rücken. Niemand wusssste, dass aus dieser Verbindung ein Kind hervorgegangen ist." Kuren sah Kaya nach. „Scheint ziemlich interessant für euch zu sein." „Kinder mit einer großen Zukunft sssind dasss nun einmal." Kuren verbeugte sich und er und seine Männer ließen sich neben dem Amazonenlager nieder. Kea sah ihm einen Moment schweigend nach. Etwas in seinem Blick hatte sie beunruhigt.

# 11. Reisebegleitung

Venara überwachte den Abbau des Lagers mit aller Gründlichkeit und gab Daria, Dawn und Evelyn die Anweisung, ihre Spuren gründlich zu verwischen. Bereits seit einer Stunde waren die Echsenmenschen in ihrem Lager und Kaya war noch nicht wieder aufgetaucht. Sie ging zu Kea, die man am besten in die Höhle des Löwen, hier besser als Wald von Kaya benannt, schickte. „Wir sind gleich fertig. Es fehlt nur noch Kaya und wir können aufbrechen." „Ich werde sie suchen." Kea verließ die Gruppe und ging in den Wald.

Es dauerte nicht lange und sie hatte Kaya gefunden. Sie saß auf dem Boden, Schweiß perlte ihr über die Stirn und sie atmete tief und flach. Sie meditierte. Als Kea aus den Büschen trat, öffneten sich ihre Augen. „War es denn wenigstens ein glorreicher Sieg?" „Was?" „Na, der Baum hier scheint ja ein besonders gefährlicher Gegner zu sein, so wie du ihn zugerichtet hast." Kea strich über eine Kerbe, die von Kaya stammte. Sie hatte sich bewusst einen Baum ausgesucht, dem sie nicht mehr schaden konnte. Während alle Bäume ringsum in voller Blüte standen, war dieser hier vor Jahren von einem Blitz gespalten worden.

Kayas linke Augenbraue wanderte in gespielter Empörung nach oben, aber sie sagte nichts. Einige Sekunden herrschte völliges Schweigen zwischen den beiden. „Was willst du von mir?" Kaya stand auf und steckte ihr Kurzschwert wieder ein. „Der Abbruch des Lagers ist gleich fertig. Hanja hat noch einmal mit Kuren gesprochen. Wenn du uns anführst, werden sie uns helfen, egal ob sie in Schande sterben oder nicht. Also brauchst du dich nur ein wenig mehr in alles einzumischen als üblich." Kea grinste. Kaya schüttelte den Kopf. „Ich werde keinen Anführer mimen. Erinnere dich, was ich geschworen habe." „Aber die Zeiten haben sich geändert. Du hast es vor zehn Jahren geschworen, am Grabe deiner Mutter. Und nun musst du führen, denn wir können auf kein Schwert verzichten, das uns hilft." Kea sah sie flehend an.

„Du bist schon immer unsere Anführerin gewesen, auch wenn es niemand laut ausgesprochen hat." „Letztendlich werden wir wohl alle das, was wir nie sein wollten. Das was unsere Mütter und Väter vor uns waren." „Da deine beiden Eltern tot sind, will ich das nicht bestätigen. Und doch bist du immer wie Kahlextra eine Anführerin gewesen." „Dabei habe ich mich immer eher als stiller Ratgeber betrachtet." Die beiden sahen sich an und prusteten los.

Und so brach die Reisegesellschaft erneut auf. Kaya hatte das Angebot angenommen, diese Reise als Anführerin zu fungieren. „Warum stellt sie sich so an, sie war es doch eh immer", flüsterte Daria Dawn zu. Diese sah Daria eine Weile an, sagte keinen Ton und seufzte dann. „Du kennst ihre Geschichte nicht. Ihre Mutter starb, weil sie eine kleine Gruppe Krieger in den Krieg führte. Und ihr Vater verschwand, weil er eine Gruppe von Siedlern nach Kerian führte. Beide starben. Bei Vito vermutet man es wenigstens, denn alles, was von dieser Gruppe übrig blieb, war ein kleines Häufchen Asche an der Grenze zu Nachlerim." Sie blinzelte einige Tränen weg. Sie stand Kaya nicht sehr nahe und sie hatte weder deren Vater noch deren Mutter gekannt. Aber schon die Vorstellung daran trieb ihr die Tränen in die Augen.
„Jedenfalls schwor Kaya am Grabe ihre Mutter, dass sie niemals die Anführerin einer Gruppe werden wollte." Dawn seufzte erneut.

Am Abend dieses langen Tages auf dem Fluss gesellte sich Kaya zu den Echsenwesen.
Sie tauschte mit ihnen Gesichten ihres Volkes aus und es wurde eine übelriechende Flüssigkeit gereicht, deren Alkoholgehalt für Nicht-Tlanganer tödlich war. Das war Evelyns Meinung.
Nach wenigen Stunden saßen auch Randaar, Dawn und Daria mit am Feuer und waren nach nur einem Schluck betrunken. Und dann fing der Spaß erst richtig an, wie Kea fand. Denn plötzlich

stand der angeheiterte Kuren auf. Es wurde vollkommen still um ihn herum und er begann damit, ein Lied vorzutragen.

„Schlimm genug, dass sie saufen müssen, als gäbe es kein Morgen. Aber in diesem Zustand zu singen, das ist wahrlich eine Beleidigung für jedes Ohr." Venara stützte sich auf ihren Bogen. Kea lachte. „Es trägt dazu bei, die Stimmung etwas zu lockern. Keiner ist mehr so angespannt. Aber es ist auch keiner unachtsam. Das ist gut." „Ja, ja. Ein Hoch auf die Moral. Hoffen wir nur, dass Daria, Dawn und Randaar das Morgen genauso erleben. Wenn ich mich recht erinnere, sagte Kaya einmal, Nicht- Tlanganer vertragen keinen Blutwein. Und so wie sich die drei verhalten, sehe ich das auch so." Venara verließ das Lagerfeuer. Sie hielt lieber freiwillig Wache als sich dieses Spektakel länger anzusehen und anhören zu müssen.

„Der Wein wird aus einer Beere gemacht, genannt Blutbeere. Und wenn ich Kaya richtig verstanden habe und mich außerdem auch richtig erinnere, lagert er dann über fünf Jahre ein, um diese Wirkung zu haben." Hanja saß mit Evelyn am Feuer. „So unglaublich es auch klingt, ich finde die Tlanganer faszinierend. Ich meine, was für ein Volk muss sich den Krieg und den Kampf zur Kultur machen, um zu überleben." „Ein verzweifeltes, Evelyn. Ich habe oft Kayas Lehrstunden gelauscht. Kahlextra erklärte, dass vor rund zweitausend Jahren ihr Reich gegründet wurde, mit der Kultur, die wir kennen. Es war die Zeit, als Aldea und Lansri noch ein Reich waren und gerade der junge König Selvor an die Macht kam. Jedenfalls hatten die Tlanganer nur noch eine Chance. In ihren Clans herrschten Uneinigkeit und Verrat, das Land wurde vom Bürgerkrieg in mehr als hundert Lager geteilt. Da kam ein Mann namens Yeto auf einen Gedanken, der bis heute anhält. Die Streitigkeiten waren ausgebrochen, weil in Tlangan, ähnlich wie bei den Zwergen, eine Kastengesellschaft lebte. Niemand durfte Kontakt pflegen mit jemandem aus einer anderen Kaste. Yeto erschaffte eine weitere Gesellschaft, die der Krieger. Und weil man eine Kaste nicht ausschließlich nur mit Kindern erschaffen kann, durfte er aus jeder Kaste neue Rekruten hinzuziehen. Seine Kaste war die, die man am meisten achtete und die am stärksten war. Eines Tages überrannte er die Könige und Clanchefs des Landes und erklärte sich als Anführer der Kriegerkaste zum obersten Kanzler." „Schlau gemacht, dieser Umsturz", meinte Evelyn. „Es war mehr als nur ein Umsturz. Er brachte ihnen das Schwert. Und sie nahmen es in ihre Kultur auf. Alle Leitsätze und Regeln, selbst der Kodex sind über zweitausend Jahre alt. Älter als unser eigenes Königreich." „Aber was tat er, welche Regeln gab er, dass das Töten innerhalb eines Clans beendet wurde?" Evelyn sah sie an. „Frag das Kaya. Ich bin nicht mit allem vertraut", erwiderte Kea ruhig.

In diesen Stunden wies nichts darauf hin, dass sie bald in eine Schlacht ziehen würden. In eine Schlacht, die Opfer fordern würde, auf der Seite ihrer Gegner, aber auch auf ihrer.
In den nächsten Tagen wurden die Gespräche auf den Flößen und an den abendlichen Lagerfeuern immer leiser. Schließlich und endlich wurde nur noch gesprochen, wenn es nötig war. Alle hatten die düsteren Vorahnungen des Todes schon gespürt. Und je näher sie der Grenze kamen, desto sicherer waren sie sich, dass es Opfer geben würde.
Ein Lichtblick war es jedoch, dass sie weiterhin auf dem Fluss reisen konnten, da dieser mehr als genug Wasser führte.

Auch die Rückkehr von Noreen und Selastika änderte kaum etwas an der Situation, wenn sie die Stimmung nicht noch dunkler machte. Kaya lauschte den Erzählungen der beiden schweigend, während man in Venaras Gesicht lesen konnte wie in einem Buch. „Was ist?" Selastika hielt inne. „Weißt du, was du da sagst? Bei den Göttern. Man kann nicht einfach zur Burg spazieren, so wie es geplant war. Diese Wachen, die Sieder, sind ein Problem an sich. Aber ein Tor, das sich nur von innen und durch Zauberkraft öffnen lässt, übersteigt unsere Möglichkeiten. Wir haben zwar Noreen, die sicher einen Zauber kennt, um uns das Tor zu öffnen, aber es sind immer noch die Sieder im Weg. Sie sprechen miteinander, was einer weiß, wissen die anderen, was einer spürt, bemerken die anderen. Wie wollt ihr die umgehen?" Venara sah von einem zum anderen. Kea räusperte sich. Als sie sprach, war es vollkommen leise. „Mach es nicht schlimmer, als es ist. Ist es deine Aufgabe, uns in die Burg zu bringen? Nein? Dann halt deinen Mund. Es ist eine Aufgabe, die mehr Aufmerksamkeit erfordert als die anderen." Ihre Stimme war leise, denn sie flüsterte. Die Gespräche an den anderen Lagerfeuern waren gedämpft und ab und zu sah eine Amazone oder einer der verzauberten Tlanganer zu ihnen herüber. „Eine Aufgabe? Ich hör wohl nicht recht, Kea. Das ist ein Problem. Ein schwerwiegendes und gefährliches Problem", erwiderte Venara knurrend. „Probleme sind Aufgaben, die man nicht lösen kann. Aber dafür gibt es eine Lösung", erwiderte Kea in gereiztem Ton.

Alles zerrte an ihren Nerven. Tiefe Anspannung lag über dem Feuer.

Hanja hatte das Gefühl, dass nur ein falscher Ton gesprochen werden musste und die beiden würden aufeinander losgehen.

Sie warf einen Blick auf Kaya. Diese holte eine Pfeife hervor und stopfte sie. „Und da ihr beide nicht mit der Aufgabe betraut seid, uns ins Schloss zu bringen, bitte ich euch um Nachsicht und Ruhe." Hanja sah Kaya flehend an, ein Wort von ihr und die beiden würden endlich Ruhe geben.

Doch Kaya entzündete lediglich ihre Pfeife und schmauchte zufrieden vor sich hin. Sie schien dem Gespräch überhaupt nicht gefolgt zu haben. Etwas anderes war in ihrem Kopf am Brodeln. „Aber Venara hat Recht, Hanja. Wenn ich bedenke, dass die sich unterhalten, während einer abgemurkst wird. Das kann nicht gut gehen. Und ich dachte, wir wollten den Überraschungsmoment nutzen", warf Dawn ein weiteres Problem auf das Diskussionsfeuer. „Himmel und Unterwelt, ist es zu viel verlangt von euch, nur Gehorsam zu erwarten?" Keas Augen blitzten auf. „Ach, führ dich nicht auf wie ein General", warf Randaar ein. Kea zog ihren Dolch aus der Scheide und Hanja befürchtete schon, dass sie gleich aufspringen und sich auf Randaar werfen würde.

Aber nun bewegte sich Kaya etwas vorwärts und blies einige Ringe in die Luft. „Kea, sag, wer ist verantwortlich dafür, dass wir in die Burg gelangen?", fragte sie schlicht. Keas Wut und Zorn verrauchten in nur einem Moment. „Na du", beantwortete sie die Frage. „Und wer, Venara, ist der Einzige, der sich nicht an eurer Diskussion hier beteiligt?" „Evelyn und du", erwiderte diese. „Gut, Evelyn, weil sie schon Anweisungen hat und ich, weil ich meinen Plan schon im Kopf habe." Und damit war die Diskussion beendet. Kea starrte Kaya an. „Evelyn??" „Na sicher. Ich brauche jemand, der schleichen kann wie eine Maus. Und ich brauche vor der Burg einen Bogenschützen, dem ich vertrauen kann. Und das wirst du sein. Ich werde es euch erklären, aber nur, wenn hier Stille herrscht." Sie zog noch einmal an ihrer Pfeife.

Alle nickten.

Kayas Plan sah wie folgt aus. Sie und Evelyn würden die Burgmauern auf einer der Seiten erklimmen. Selastikas Erzählung nach gab es eine Stelle, die von Büschen und Ranken überwuchert war, das würde ihr Aufstiegspunkt sein. Nach Noreens Zählung waren dort vier Wachen auf den Zinnen. In jeder Ecke eine und drei weitere Wächter, die ständig in Bewegung waren. Evelyn, die sehr flink und schnell war, würde die drei Wachen am hinteren Teil des Hofes übernehmen. Kaya übernahm zwei der laufenden Wachen, was sich als schwierig erweisen würde, da zwischen den Wächtern ein ganzer Hof lag und Kea sollte die vorderen Wachen beinahe gleichzeitig mit ihrem Bogen erledigen.

Kea nickte, als sie auf die Zeichnungen im Boden starrte. Es war ein guter Plan und der einzige, der am sichersten war. Wenn man bei einem solchen Angriff von sicher sprechen konnte. „Und woher wissen wir, dass die Hexe nicht schon längst weiß, dass wir hier sind?" Daria sah in die Runde.

Sie fühlte sich sehr unbehaglich. Immer wieder verfluchte sie sich in Gedanken, denn nun stand ihr ein Kampf bevor und sie war noch nicht einmal in der Lage, ein Schwert richtig zu führen. „Weil ich ein Zauberschild um uns gewirkt habe. Sie kann uns nicht entdecken. Jedenfalls nicht, solange mein Schild Bestand hat." Noreen lächelte zufrieden. „Und nun, Freunde, dies hier ist vielleicht die letzte ruhige Nacht, die wir verbringen werden. Also, legt euch schlafen." Kaya schmauchte weiter an ihrer Pfeife. Ihr Blick ging ins Leere und alle wussten, wie ernst sie es meinte.

Das Letzte, was Evelyn von diesem Abend in Erinnerung behielt, war eine Kaya, die Pfeife schmauchend am Lagerfeuer saß und in die Sterne schaute.

Die Reise durch das Hexenreich war weit aus trostloser als die Reise durch die Wüste. Jeder wusste, dass die Wüste eine Ansammlung von trostlosen und trockenen Orten war. Aber das, was sie im Hexenreich erwartete, war dreimal schlimmer.

Sie erreichten nachts die Grenze zum Reich. Und es wurde nie heller als dämmrig Grau. „Was ist das?" Evelyn starrte zum Himmel hinauf. Er war dunkelgrau. „Es ist bereits nach Mittag. Es scheint, dass hier die Sonne nicht scheint." Venara beachtete den Himmel nicht. Sie mussten vor sich auf Felsen achten. „Davon haben Selastika und Noreen nichts erzählt." Evelyn sah sie an.

Kaya tauchte neben ihrem Floß auf. Sie war vor einer Weile auf das andere Floß zu Hanja und Kea gewechselt und war nun durch das Wasser zurückgeschwommen. „Durch das Wasser wäre ich freiwillig nicht geschwommen." Venara reichte ihr eine Hand. Kaya ergriff sie und lächelte dabei. „Venara, es gibt Dinge, die ich immer tun werde und die du nie tun wirst. Das ist der Unterschied zwischen uns beiden." Sie wischte sich das nasse Haar aus dem Gesicht.

Nach drei Tagen Floßreise erreichten sie eine Felsenlandschaft. „Hier müssen wir an Land." Selastika wies nach oben. „Von dort sind es noch drei Stunden bis zur Burg, man kann sie von hier aus sehen." Noreen stand auf. „Und man kann gesehen werden, löscht die Fackeln." Kea sprang als Erste an den Strand. Leise Gespräche wurden aufgenommen. „Wenn wir die Männer finden ... was dann?" „Sie werden hinausgebracht, ganz einfach." Hanja schulterte ihren Rucksack. „Kuren, hast du eine Ahnung, wo die Männer versteckt sind?" Kea sah den Anführer der Echsen an. Kuren nickte nur. „Gut, dann wirst du mit den Amazonen zusammen dort hingehen und die Männer befreien. Da ihr uns nicht mit euren Schwertern helfen könnt, werdet ihr die Männer herausbringen und zwar in Sicherheit." Kea sah ihn an. Er schien zuerst widersprechen wollen, aber er sah aus den Augenwinkeln, wie Kaya nickte.

Er nickte ebenfalls.

„Daria, hier, nimm das Schwert. Ich weiß, dass du nicht damit umgehen kannst, aber wir werden kaum auf deine Kräfte zurückgreifen müssen. Du wirst gemeinsam mit Evelyn und Dawn die Königin hinausbringen." Kaya reichte Daria ein Schwert. „Aber ich ..." Sie sah auf. Kaya war aber bereits mit Noreen am Sprechen.

„Ich werde mich um die Verletzten kümmern", sagte die Zauberin bestimmt. Kaya nickte.

Und dann begann der Marsch durch die Dunkelheit. Evelyn schauderte, als das Schloss vor ihnen auftauchte. Es war eine Burg, eine grausige Burg. Der Umstand, dass fast alle Vegetation rundherum ausgestorben war, ließ es wie einen Eiterpickel, eine unnatürliche Beule auf dem Antlitz dieses Landes aussehen. „Nur Mut, Evelyn. Wir werden es schon schaffen." Randaar klopfte der kleineren Evelyn auf die Schulter. Diese sah auf. Sie suchte es und fand es auch in den Augen von Randaar. Auch in ihren Augen leuchtete die Angst auf, selbst bei ihr.

Kaya legte sich flach auf den Boden und alle taten es ihr gleich. Sie konnte die vorderen Wachen kaum ausmachen. „Wie Selastika und Noreen gesagt haben. Sieder." Kea holte ihren Bogen hervor. „Du kannst sie sehen?" „Natürlich. Sie sind gute Ziele in der Dunkelheit." „Von hier aus schon?" Kaya winkte Evelyn näher. „Sicher", erwiderte Kea nur ruhig.

Kaya sah sie einen Moment an. Keas Augenlicht war schon immer besser gewesen, aber das hier setzte dem Ganzen die Krone auf. Es waren noch über zweihundert Schritte bis zur Burg, das Licht war so gut wie gar nicht vorhanden und sie konnte die Männer, allsamt für Kaya nur schwärzere Flecken im Schwarz, erkennen. „Gut, dann bleibt ihr hier. Evelyn und ich werden uns die anderen vornehmen und du ..." „Klar soweit." Kea nickte. „Komm Evelyn, wir schleichen uns zur Westseite. Bleib dicht hinter mir." Kaya verschmolz wie Evelyn mit der Dunkelheit. Lange war nichts zu hören.

Hanja war ganz still. Sie versuchte, etwas zu hören, aber das war nicht möglich. Ihr eigenes Herz pochte so laut, dass sie meinte, es könnte jeder hören. Und ihr Atem war so laut wie das Knarren der Sehnen von Keas Bogen. „Ist es schon so weit?" Hanja sah sie erstaunt an. Kea nickte nicht, sie ließ den ersten und nur eine Bruchteilsekunde später den zweiten Pfeil fliegen. Die schwarzen Flecken verschwanden hinter dem Tor.

Kaya hieß Evelyn mit einem Kopfnicken vor ihr die Ranke hinaufzuklettern. Evelyn fühlte Besorgnis in sich aufkeimen. Was, wenn sie versagte?

Kaya bemerkte das Zögern, als Evelyn die Ranke ergriff. „Mach, was du schaffst, den Rest erledigen wir gemeinsam." Sie sah ihr tief in die Augen. Evelyn glaubte, dass sie ihr bis auf die Seele schaute und dort jeden Zweifel und alle Angst ausmerzte. Sie packte die Ranke fester und begann hinauf zu klettern.

Oben auf der Burgmauer duckte sie sich in die Nische. Kaya folgte ihr. Der wandelnde Wächter war unterhalb von ihrer Position, also konnte Evelyn vorsichtig los. Sie erreichte den stehenden Wächter und schlitze ihm die Kehle auf. Der gehende Wächter war nicht weit entfernt, ihm schlitzte sie ebenfalls die Kehle auf und dem dritten schleuderte sie ein Wurfbeil entgegen, das sie vorhin von Kea bekommen hatte. Kaya warf einen Dolch auf den zweiten wandernden Wächter und tötete den, der gerade neben ihr stand, mit einem Dolchstoß. Und die beiden vorderen sanken von Pfeilen getroffen zu Boden. „Das war sehr gut." Kaya wischte sich das Blut vom Dolch. „Runter jetzt." Sie rannten zu einer Treppe und verließen somit die Mauer.

Es machte „Puff" und Noreen stand neben ihnen im Innenhof. „Öffne das Tor. Aber leise, wenn möglich." Kaya rannte die Stufen zum Haupteingang hinauf. Keine Wachen.

Das Tor öffnete sich. Kea sprang auf und führte die anderen hinein. Kaya und Evelyn hatten bereits die Tore zur Vorhalle geöffnet und sie abgesichert. „Wo entlang geht es zu den Gemächern der Hexe?" Kaya sah Kuren an. Hanja trat dazwischen. „Ich habe mir alles erklären lassen, kommt." Hanja führte sie eine Treppe hinauf. Noreen und Kuren wandten sich einer Tür zu, die zum Keller führte. Kuren übernahm nun die Führung. Er führte sie viele hundert Meter hinab in die Erde. Um sie herum roch es nach Moder und verfaulter Erde. Hier und da lagen Skelette und Dinge herum, die Noreen nicht identifizieren konnte und wollte. „Wir erreichen nun die Hallen unter der Burg, dort werden die Männer festgehalten." Kuren zog eine Tür auf. „Alle? Das müssen Hunderttausende sein ..." „Erinnere dich daran, das hier ist eine Hexenburg. Sie kann machen, dass der Raum größer ist, als es von außen aussieht." Kuren nahm eine Fackel neben sich aus der Halterung.
Noreens Augen wurden groß, sie hatten die Gewölbe erreicht. Dort waren sie alle. Männer, alt und jung. „Wer seid ihr?", rief einer der Männer hinauf, der die Neuankömmlinge bemerkt hatte. „Schweigt", rief Kuren.
Es waren keine Wachen zu sehen, aber keine zu sehen, hieß nicht, dass keine da waren. Da, tatsächlich. Aus einem Versteck unter-

halb der Treppe kamen drei Echsenmänner und drei Wesen, von denen Noreen nicht wissen wollte, was sie waren. Sie waren so groß wie Stiere und dick wie Trolle. Kuren gab den Männern eine Anweisung auf Tlanganisch und die drei blickten ihn erstaunt an. Dann traten sie zur Seite, zogen riesige Schwerter, die Noreen noch nie gesehen hatte und durchtrennten den Wesen die Oberschenkel. Von oben stürzten sich drei weitere Echsenwesen auf die „Trollstiere" und trennten ihnen den Kopf vom Rumpf. „Seid ihr zu unserer Rettung gekommen ..." Die Männer standen auf. Ein Klirren ging durch den Raum. „Seid bloß leise, sonst sind wir nur zu eurer Beerdigung gekommen." Noreen folgte Kuren nach unten. „Die Schlüssel." Noreen hielt die Hand auf.

Man warf ihr die Schlüssel zu und sie begann, die Männer zu befreien. Damit es schneller ging, holten Kuren und seine Männer mit ihren Schwertern aus und zertrennten die Fesseln. Die Amazonen halfen den Männern dabei aufzustehen. Manche von ihnen waren tagelange gefoltert worden, andere hatten nur liegen können, da ihre Ketten so straff gespannt waren.

Oben an der Treppe hielten drei Amazonen Ausschau nach Wachen. In kürzester Zeit waren die Männer befreit. „Wir können ihre Wunden draußen versorgen. Die, die laufen können, sollen dir folgen, die anderen werden wir nachbringen." Kuren deutete eine Verbeugung an und gab seinen Männern Anweisungen.

Die Amazonen begleiteten die Männer, die alle ohne Waffen waren. Einige suchten sich Waffen auf dem Weg nach draußen. Sie wurden von einer kleinen Wächtergruppe angehalten und es gab einen kurzen Kampf, bei dem aber keiner verletzt wurde. Noreen führte die Gruppe nach draußen. Die Männer hoben die Waffen auf, die von den Wachen fallen gelassen wurden. Andere nahmen sich die Waffen, die als Schmuckwerk an den Wänden festgeschlagen worden waren. „Meine Name ist Jago, ich bin ein Freund von Kaya Feastor, Kea Servil und Hanja Elessar. Sind sie hier?" Er sah Noreen an. „Ja, aber das sollte euch nicht kümmern. Ich bin von ihnen beauftragt worden, euch alle hinaus zu führen und mich dann um die Verwundeten zu kümmern. Verstehst du etwas von der Kunst des Heilens?" Noreen sah ihn an.

Jago kämpfte mit sich. Er wusste, dass Kaya, Kea und Hanja gekommen waren, um nicht nur ihn zu retten, aber er wollte sich auch nicht in ihren Plan drängen. Denn so wie er Kaya und Kea kannte, hatten sie so kühn und so kühl gerechnet, dass jede Planänderung Tote bedeutete.

Er nickte und half Noreen.

# 12. Hexengeheimnisse

Kaya späht um die Ecke. Venara hatte ihre Peitsche entrollt und fuhr nervös mit dem Fingern über das Leder. Kaya hob die linke Hand. Zwei Finger fuhren in die Luft. Also zwei Wachen.
Noch bevor Venara tief Luft geholt hatte, war Kaya schon um die Ecke getaucht und hatte ihr Barika in der Hand. Es war eine fließende Handbewegung und in Sekundenschnelle waren die Wächter ausgeschaltet. Alle folgten ihr um die Ecke herum. „Dort hinunter. Aber dort sollten wir vorsichtig sein. Sie hat sich einen interessanten Bauplan einfallen lassen. Bevor man zum Thronsaal gelangt, wo laut Kuren die Königin gefangen gehalten wird, muss man durch den Saal der Wächter." Hanja sah von einem zum anderen. „Wir können nicht ..." Venara wurde durch eine Handbewegung von Kea zum Schweigen gebracht. „Wir werden", flüsterte diese energisch.
Eine Türe versperrte ihnen den Weg. Durch eine Luke konnte man in den Raum hineinsehen.
Kaya zückte ihren Dolch, um die Klappe aufzuschieben. Gerade einmal fünfzig Meter lang war der Raum. Und genau ihnen gegenüber lag die weitere Türe. Die Wächter schienen den Schlaf der Gerechten zu schlafen. „Sie schlafen. Seid also leise." Kaya öffnete die Türe vorsichtig.
Evelyn sah sich um. In dem Raum waren mindestens hundert Männer. Und sie waren nur zu neunt. Sie hielt die Luft an. Es war zwar töricht, aber damit fühlte sie sich um einiges besser.
Daria fühlte Schweißperlen auf ihrer Stirn. Sie wischte sie herunter. Ihre Hände begannen zu schwitzen. Sie fühlte, dass es ihr warm wurde. Ohne dass es jemand ahnen konnte, passierte es: Darias Hände waren so feucht, dass sie das Schwert fallen ließ. Es gab einen klirrenden Laut von sich, als der Stahl auf den Boden traf. Sofort waren die Wächter um sie herum wach.
Kaya starrte Daria an und dann das Schwert am Boden. „Lauft", schrie sie dann und schmetterte den Wächter zu Boden, der ihr am nächsten stand.

Kaya und Kea verteidigten den Rückzug. Sie hatten die hintere Türe des Raumes beinahe erreicht.

Sie fingen an zu laufen. Evelyn hörte ein grausiges Lachen, die Wächter waren siegesgewiss, hatten aber nicht die Rechnung mit Kaya und Kea gemacht. Die beiden kämpften wie die Löwen. Sie und die anderen hatten die Türe schnell erreicht.

„Sucht etwas, um die Türe zu verbarrikadieren." Hanja lief voraus und schmetterte drei Wächter mit einem einzigen Hieb ihres Stabes zu Boden. Sie waren sicher, wenn sie die anderen Wächter aussperren konnten. „Eine Bank, los, helft mir." Evelyn warf ihr Schwert zu Boden und zerrte mit Venara und Daria eine Bank zur Türe. Kaya und Kea warfen sich in den Raum. Selastika und Randaar warfen mit vereinten Kräften die Türe zu. Während die anderen die Bank vor die Türe schoben, holten Kea und Kaya weitere Gegenstände, um die Türe zu sichern.

Nur etwas später waren die Wächter ausgesperrt und die neun hatten eine kurze Verschnaufpause.

„Gibt es noch einen anderen Weg?" Kaya sah Hanja an. „Ja, Kuren erklärte mir, wie wir zurückkönnen, falls etwas schief geht." „Dann wirst du die anderen zurückbegleiten, sobald wir bei der Königin sind." Kaya stieß sich von der Barrikade ab. Sie bedachte Daria mit einem finstern Blick.

„Schaff dir Handschuhe an", sagte sie nur und gab ihr das Kurzschwert, mit dem sie gerade noch gekämpft hatte. „Ich bekomme es wieder, klar?" Und dann übernahm sie wieder die Führung.

Daria starrte zu Boden, als die anderen an ihr vorbeigingen. Sie war wirklich nicht für den Krieg gedacht, und schon gar nicht zur Schwertführung. Evelyn hielt bei ihr inne. „Mach dir nichts daraus. Es hätte jedem passieren können, beweise uns nun, dass dir dieser Fehler nicht noch einmal unterläuft." Sie fuhr ihre Klauen aus und folgte den anderen. Darias Finger schlossen sich fester um das Schwert. Evelyn hatte Recht. Fehler waren da, um sie zu machen. Nur daraus konnte sie lernen. Sie hatte den Fehler gemacht, dieser Gruppe zu folgen. Aber wenn diese Sache hier vorbei war, konnte sie den Fehler schnell wieder korrigieren. Fehler ließen sich machen und korrigieren.

Kaya hielt inne und schaute vorsichtig um die Ecke. Sie sah Kea an und schüttelte den Kopf. Keine Wächter. Kea nickte ihr zu. Weiter.

Langsam erreichten sie über einen langen, schmucklosen Korridor einen großen, geräumigen Vorraum, der auch Wege zu einer Galerie beinhaltete. „Hanja, du und Evelyn werdet hier nachsehen, ob es dort oben Wächter gibt." Kaya wies auf die linke Treppe. Selastika und Randaar stiegen die rechte Treppe mit gezückten Waffen hinauf. „Wir übernehmen diese Seite", flüsterte Randaar hinunter.

Kea nickte. Die beiden fügten sich gut in ihre Gruppe ein. Vielleicht würde sie die beiden bitten, weiterhin mit ihnen zu reisen. „Kea, komm schon." Kaya ging mit den anderen zu einer der Flügeltüren. Dawn blieb an der Türe stehen. „Ich achte darauf, dass wir einen freien Rücken haben." Sie hockte sich hinter eine Statur. Von dort aus konnte sie auf den Korridor sehen, aber niemand konnte sie sehen.

Sie erreichten einen großen Raum und Kea übernahm die Führung. „Dort, da, seht nur." Daria rannte voraus.

Die Königin stand gefesselt an eine Statur. Man hatte ihren Körper mit mehreren Ketten umwickelt, ihre Augen verbunden und ihren Mund geknebelt. Kea sah nach oben.

Randaar, Selastika und Evelyn schüttelten den Kopf. Die Galerie war sicher. Daria erreichte die Königin als Erstes und nahm ihr die Augenbinde und den Knebel ab.

„Meine Verehrung." Sie verbeugte sich vor der Königin. Diese war nicht fähig, irgendetwas zu sagen. Sie war einfach zu perplex, dass aus dem Nichts Hilfe kam. „Wir haben keine Zeit für Nettigkeiten. Wir sind hier, um Euch zu retten, Königin Gandentia." Kea holte ihren Tlangan-Dolch hervor und durchtrennte die Ketten. „Ihr, aber .." Sie sah die anderen an. „Keine Zeit zu reden." Kea half der Königin, die Ketten abzustreifen. „Wir reden, wenn wir Euch hier herausgebracht haben. Dann können wir über alles reden." Sie sah die Königin beschwörend an.

Sie nickte. „Gut, dann werde ich mich von Euch hier herausbringen lassen." Sie nickte erneut. „Hanja, du und Dawn und Daria, bringt sie herunter." Kaya stand in der Mitte des Raumes und sah zu ihnen herüber. Sie neigte ihren Kopf gegenüber der Königin und zeigte dann nach vorne.

Dort zeigt sich eine weitere Türe. Sie war so in die Wand eingearbeitet, dass sie kaum auffiel. „Wohin kommt man da?" Venara sah Hanja an. „Ein kleines Verlies." Hanja verbeugte sich kurz und ging dann vor der Königin nach draußen. „Scheinbar ist die Hexe noch nicht wieder hier. Wäre doch nett, wenn wir uns dort mal umsehen." Kea ging zu der Tür und zog sie auf.

Noch bevor irgendjemand reagieren konnte, wurde Kea durch die Luft geschleudert. Kaya hatte innerhalb einer Sekunde ihr Schwert in der Hand und sprang hinter Kea in den Raum. Schnell blickte sie sich um. Nur eine alte Vettel stand in der Ecke des Raumes und grinste. Sie hatte schütteres, graues Haar und stand nach vorne übergebeugt. Das Alter forderte seinen Tribut. Kaya ließ sie nicht aus den Augen und beugte sich langsam zu Kea hinunter. „Alles klar?" Ihre Hand berührte sacht die Schulter der anderen. „Geht schon, bin nur ein wenig überrascht worden."

„Magisch, was?" Die Alte lachte. „Scheinst keine Freundin der Hexe zu sein." Kaya half Kea auf, ohne den Blick von der Frau abzuwenden. „Von Galatea, mitnichten. Wer sonst hätte mich hier angebunden." Sie wies auf eine schwere Kette, die an ihrem Fuß angebunden war. „Eine Feindin der Hexe kann nur eine Freundin von uns werden", meinte Evelyn zu Kaya. Sie wagte es kaum, den Raum zu betreten, da sie befürchtete, dass es ihr nicht anders ergehen könnte wie Kea.

Kaya nickte und schlug mit ihrem Schwert zu. Sie durchtrennte die Kette und hinterließ dabei eine tiefe Kerbe im Boden. Die alte

Frau starrte Kaya verwundert an. Dann schien ein Zauber von ihr abzufallen.

Ihr altes Gesicht veränderte sich. Ihre Haltung wurde wieder gerade. Ihre Hände hörten auf zu zittern. Ihre Haare wurden blond und blieben nicht mehr grau.

„Himmel." Kea sah die Frau entgeistert an. „Ich bin eine Hexe. Eine gute. Und eine Feindin von Galatea. Sie ist die mächtigste der bösen Hexen und ich bin einer der besten guten."

„So gut scheinst du nicht zu sein, Hexe. Sie hat dich wie ein Trophäe hier angekettet." Venara sah die Hexe herablassend an. Dafür erntete sie einige wütende Blicke von Kaya und Kea. „Oh. Du bist also eine Expertin in solchen Sachen, ja?" Die Hexe warf ihre Haare nach hinten und erwiderte Venaras abschätzenden Blick. „Nein, das ist sie nicht. Sie ist nur vorlaut und versucht, sich unbeliebt zu machen." Kea schüttelte den Kopf. „Wisst ihr, was Galatea so böse macht? Ich bin eine gute Hexe und kenne solche niederträchtigen Gefühle nicht. Und das war mein Verhängnis. Ich glaubte daran, dass sich ein dunkles Wesen wie Galatea immer noch bekehren ließ. Sie kettete mich an und konnte so ihr böses Werk vollbringen."

„Vergangenes. Könnt Ihr alleine fliehen? Wir müssen nach der Hexe suchen und unser Werk vollbringen." Kaya wies nach draußen. „Ihr seid nicht wegen mir hier?" „Nein, wir sind hier, um die Königin zu retten, die Lansri-Männer zu befreien und um der Hexe eine Nachricht von unserer Königin zu bringen." „Dann danke ich euch, dass ihr neben all euren Aufgaben auch meine Rettung ausführen konntet. Ich werde euch helfen. Nehmt diese Geschenke an, dies ist mein Dank." Sie öffnete die Hand und darin lagen drei Kugeln. Eine rote, eine blaue und eine grüne. „Die Rote, um einem Feind zu verletzen, die blaue Kugel, um einem Freund zu helfen, und eine grüne Kugel, um einen Zauber abzuwenden. Und dieses Horn hier." Sie zog ein großes Horn hinter ihrem Rücken hervor. „Es wird euren Rückweg sichern. Stoßt hinein, Hilfe wird kommen." Sie lächelte kurz.

Die Kugeln nahm Kea an sich und das Horn wurde Evelyn gereicht.

„Ich danke euch, wenn ihr auch einmal Hilfe braucht, ruft mich", sagte sie und verblasste. Sie war auf magische Weise verschwunden. „Witzig, wie sollen wir sie rufen, wenn wir nicht einmal ihren Namen kennen?" Venara entrollte ihre Peitsche. Sie war nervös.

„Kümmern wir uns um anderes." Kaya drehte sich zu den anderen um. Sie hörten es alle.

Ein Zischen lag in der Luft.

Evelyn fühlte, wie ihr ein Schauer über den Rücken rann. „Schätze, unsere Hexe taucht hier gleich auf, geht in Deckung." Kea rannte nach vorne zu den Galeriepfeilern und suchte dort Schutz. Venara und Evelyn versteckten sich hinter einer großen Steinstatur und Selastika und Randaar waren noch oben auf der Galerie. Sie legten sich auf den Boden und nahmen ihre Waffen hervor.

Kaya durchschritt als Letzte die Türe und zog sie hinter sich zu. Langsamen Schrittes durchquerte sie den Raum und warf ihren Mantel nach hinten. Langsam, schon fast bedächtig, zog sie ihr Schwert und stellte sich wie Kea hinter eine Säule. Ihre Lippen bewegten sich, aber kein Laut kam über ihre Lippen.

Kea wusste jedoch, welchen Text sie vor sich hin rezitierte:

Das Barika ist seit zweitausend Jahren die Waffe des wahren Tlanganer. Denke an die tiefe und edle Bedeutung des Schwertes. Die Klinge hat nur eine scharfe Seite. Und warum?

Wenn die stumpfe Seite zum Körper gehalten wird, ist das Schwert kein Schwert mehr. Es wird ein Schild. Mit einem zweischneidigen Schwert geht dies nicht. Es könnte sein, dass eines Tages inmitten eines Handgemenges eher die stumpfe Seite als die scharfe Seite das Leben des Kriegers schützt.

Dieser Gegensatz soll einem Krieger bewusst machen: Angriff und Verteidigung sind eines und nichts Gegensätzliches.

Die Klinge ist nicht gerade wie bei einem Schwert; sie ist gebogen. Warum?

Früher waren Tlanganer nur zu Pferde Krieger. Das Barika ist wirksamer als ein Schwert. Das Bild einer Mondsichel soll dem Krieger vor Augen führen, dass Tlanganer meist zu Pferde Krieger sind. Verhaltet Euch also auch mit dem Boden unter Euren Füßen so, als sitzet ihr auf einem Pferd und reitet auf dessen Rücken in eine Schlacht.

Diese beiden Wahrheiten sind Bestandteil eines Kriegerlebens. Macht euch dies bewusst. Euer Leben wird dann lebenswert sein und Euer Tod über alle Maßen ehrenvoll.

Kea hatte diesen Text schon hundertmal gehört, mal leise geflüstert, mal laut hinausgeschrieen. Dann lenkte Kea ihre Aufmerksamkeit auf den Raum vor sich.

Der Raum, erhellt durch die ersten Sonnenstrahlen, schien eiskalt zu werden. Reif bildete sich an den Fenstern. Der Atem vor ihren Mündern wurde zu kleinen Rauchwolken. In einem blauen Blitz erschien die Hexe.

Evelyn versuchte, alle Eindrücke sofort in sich aufzunehmen. Ihre Nackenhaare sträubten sich. Sie zwang sich ruhig zu bleiben. Die anderen waren immer noch in ihren Verstecken.

Die Hexe war nicht besonders groß. Kaum größer als Evelyn selber. Ihr Gesicht war verhärmt und hager. Dunkle Augen, sie leuchteten schwarz auf, zuckten unruhig durch den Raum. Ihre Haut war fast aschgrau und die Finger, die sich um einen riesigen Zauberstab schlangen, hatten lange, rote Krallen anstatt Fingernägeln. Sie trug eine schwarze Robe, in denen man vereinzelte rote und blaue Streifen eingearbeitet hatte. Ihr Haar war unter einer schwarzen Kappe versteckt. Und ihre Stimme klang wie ein eisiger Hauch.

„Versteckt ihr euch? Nutzlos, Krieger. Wie ich sehe, habt ihr die Königin schon von ihren Fesseln erlöst. Was wird es für sie eine Qual werden, wenn sich das kalte Stahl um ihre Handgelenke erneut schließen wird. Und eure körperlosen Köpfe werden sie dabei beobachten. Und die Hoffnungslosigkeit wird erneuten Einzug in ihre Seele halten." Sie lachte.

Ein unheilvolles Geräusch.

Evelyn warf Kea und Kaya einen nervösen Blick zu. Wann würden sie in Erscheinung treten? Sie konnten doch nicht.. Etwas Silbernes blitzte in Keas Hand auf. Kaya nickte nur und schon warf Kea den Dolch. Die Hexe wurde durchsichtig und der Dolch prallte an der Wand ab. „So, ihr wolltet also einen feigen Mord an mir begehen?" Die Hexe wandte sich der Säule zu, aus der sie den Dolch hatte kommen sehen. „Nein." Kaya trat hervor. „Wir wollten nur deine Fähigkeiten testen." Kea trat hervor und winkte Venara und Evelyn näher. Und Selastika und Randaar kamen hinunter von der Galerie. „Zu sechst nur? Ihre Königliche Hoheit Feodora zu Lansri wird immer frecher. Nachdem ich euch enthauptet und eure Gesichter an die Wand genagelt habe, werde ich in ihrem Schloss für einige traurige Stunden sorgen." Wieder lachte sie. Dieses Mal war es ein zischender Laut und die Drohung, die ihren Worten mitschwang, war fast greifbar.

„Bevor du solche Töne spucken kannst, solltest du dir erst mal der Schwerter bewusst werden, die nach deinem Blut gieren." Venara hatte in der einen Hand ihre Peitsche, mit der sie unangefochte Meisterin in Lansri war und in der anderen Hand hatte sie ihren Degen. Beide Waffen zitterten. Venara versuchte, der Versuchung zu widerstehen, einfach nach vorne zu springen und Galatea ihren Degen bis ans Heft in die Brust zu stoßen.

Die Hexe wich zurück. „Wie wahr. Euren körperlichen Waffen und Angriffen habe ich nichts entgegen zu bringen. Aber vielleicht mein kleiner Freund. Er wartet schon ungeduldig darauf, euch kennen zu lernen."

Ein Brüllen erschütterte den Raum. Nur mit Mühe konnten sich die sechs auf den Beinen halten und gegen die Schwerkraft ankämpfen. „Was ist das ..." Randaar sah sich gehetzt um. „Ich will es gar nicht wissen", rief Kea durch den Lärm um sie herum zurück. Die Staturen, in deren Schatten sie sich gerade noch versteckt hatten, fielen zu Boden und sie zerplatzen in Hunderte von Einzelteilen. Kaya deutete auf einen weit weniger gefährlicheren Platz, in der Mitte des Saales. Alle folgten ihr dorthin.

Das schwache Licht des beginnenden Tages wurde abrupt verdunkelt. Und dann wurde es an einigen Stellen wieder hell. Stein krachte vor ihnen auf den Boden. Sie sahen auf. Oben, dort wo sich der Dachfirst befunden hatte, leuchtete der blaue Himmel auf sie hinunter. Und dann erschien dort oben das geifernde und sabbernde Gesicht des ...

„Der Seeork", keuchte Selastika auf. „Zurück unter die Galerie, hier werden wir von den Steinen erschlagen." Kea rannte vor den anderen her.

Überall bedeckte Staub und zerbrochener Stein den Boden. Der Seeork brüllte erneut. Wieder begannen die Wände auf beunruhigende Weise zu beben. „Was machen wir denn nun?" Venara sah die anderen verzweifelt an. Während sich der Seeork einen weiten Eingang im Dachfirst einriss, war die Hexe aus ihrem Blickwelt entschwunden.

„Wir haben keine große Wahl. Wenn wir einfach verschwinden, wird der Seeork uns verfolgen. Und die Gefangenen, die wir befreit haben, besitzen nicht einmal eine Waffe. Er würde unter ihnen wüten und unser Auftrag wäre zunichte gemacht,"schrie Randaar den anderen durch das Getöse zu. „Und wir dürfen die Hexe nicht entkommen lassen. Das gehört auch zu unserem Auftrag." Venara biss sich auf die Unterlippe. Kaya sah die anderen eine Weile abschätzend an. „Dann werden wir kämpfen." Sie stand auf. „Evelyn, du bist die Kleinste und Schnellste von uns allen. Versuch von der Galerie aus auf diesen Drachen zu kommen und such dir seinen wunden Punkt." Kaya nickte Evelyn zu. „Zwischen dem vierten und fünften Wirbel, gut." Evelyn fuhr ihre Klauen aus und rannte hinauf zur Galerie. „Was ist mit uns?" Venara hatte ihre Waffen in der Hand. Ihre Knöchel traten weiß hervor. „Kea und du übernehmen die linke Seite, Randaar und

Selastika werden auf der rechten Seite attackieren. Ich übernehme die Mitte." Sie sah die anderen an. Alle nickten ihr zu.

Der Seeork schob die Steine mühelos zur Seite und ließ sich auf die Erde hinab. Er war groß, sein massiger Körper füllte den Raum aus. Damit er sich überhaupt bewegen konnte, musste er seine Flügel eng an seinen Körper legen. Sein Kopf stieß gegen den Rand des Loches. Mehrere Dachteile lösten sich und fielen krachend hinunter. Ein Knurren entsprang seiner Kehle und er zog die Luft ein. Er roch sie. Hier waren Menschen im Raum. Andere Menschen als die Hexe. Keines dieser Wesen konnte sich mit Magie verteidigen. Er füllte seine Lungen mit seinem Feueratem und schoss eine Ladung Feuer auf die Säule, hinter der er die Menschen vermutete. Er zählte fünf Wesen, die auseinander stoben.
Kaya warf sich nach vorne und wich so einem Krallenhieb aus. Die Krallen fuhren durch den Steinboden und hinterließen eine tiefe Furche. Kea rammte ihr Schwert gegen die Schuppen und prallte zurück. Kaum mehr als einen Kratzer hinterließ ihre Waffe. Sie sah auf ihr Schwert. „Kaya ..." Sie sah Kaya an. Diese hievte sich gerade nach oben. „Nimm das hier." Sie warf Kea ihr Kurzschwert zu. Venara übernahm es, die Aufmerksamkeit des Seeorks auf sich zu lenken.
Wütend warf der Ork seinen Kopf herum. Diese Wesen schienen ihn verletzen zu wollen, aber sie waren nicht stark genug, seinen drachenharten Panzer zu durchdringen. Vor seinen Augen wurde alles rot. Er konnte seine Wut kaum noch bezähmen. Er war so wütend, und die Hexe stachelte seine Wut aus sicherer Entfernung an. Ihm war es, als müsste sein Herz vor Wahnsinn und Raserei zerspringen. Der Schmerz in seinem Kopf würde erst dann erlöschen, wenn er diese Wesen hier getötet hatte.
Evelyn betrat die Galerie und sah sich um. Sie brauchte etwas, um von der Galerie auf den Körper des Orks zu kommen. Sie entdeckte ein Seil. Randaar hatte es ihr hinaufgeworfen, ohne dass sie etwas gesagt hatte. Randaar nickte ihr zu. Schnell warf

sie das Seil über einen Balken und band es fest. Mit etwas Anlauf schwang sie sich von der Galerie zum Drachen. Sie landete auf dem Schuppenkleid des Orks.

Eines der Wesen war auf ihn gesprungen. Er fühlte die Schritte auf seinem Rücken und er konnte doch nichts tun. Aber was konnte dieses Wesen schon ausrichten? Er versuchte es ein, zweimal abzuschütteln. Aber es war flink. Wieder war die Hexe in seinem Kopf, sie füllte sein Kopf wieder mit Hass und Rachegelüsten. Er konnte erahnen, dass dieses Wesen ihn verletzen konnte, aber die Hexe ließ diese Gedanken nicht zu. Er musste ihrem Befehl gehorchen. Wut schäumte in ihm auf.

Randaar warf sich zur Seite und hieb in die kleine Furche, die sie vorher geschlagen hatte. Selastika nahm diese Stelle ebenfalls als Angriffspunkt. Und dann hatten sie es geschafft; ein Schwall von grünem Blut schoss aus der Wunde. Der Seeork brüllte auf und wandte seine Aufmerksamkeit von Venara, Kea und Kaya auf Randaar und Selastika. „Weg hier." Kea riss Venara mit sich auf Seite, um sie vor dem massigen Körper des Seeorks zu schützen. Kaya folgte ihnen dicht auf. „Meine Güte, das ist schwerer, als ich gedacht hatte." Kea stützte sich an einer Säule ab. Sie sah Kaya an. Diese lächelte nur, straffte ihre Schultern und nahm ihr Barika fest in die Hand. Sie warf die linke Hälfte des Schwertes auf ihre rechte Schulter. Die spitze Seite zeigte nun nach außen. Kaya nannte diesen Angriff Mondsichel. Kea hatte sie diese Attacke vor Jahren im großen Krieg anwenden sehen. Dadurch hatte sie zahlreiche Feinde zu Pferd nieder gestreckt.

Mit einem gekonnten Sprung landete Kaya unter dem Bauch des geflügelten Ungetüm. Sie holte aus und hieb auf den weichen Bauch ein. Wütendes Brüllen über ihren Köpfen bestätigte Kayas Attacke als vollen Erfolg. „Wie weit ist Evelyn?", schrie Randaar Kea zu. Diese hatten den besten Blick hinauf auf den Hals des Orkes. „Sie ist fast oben, sie braucht nur einen Moment ..." Kea wich einem Zucken des Schwanzes aus. Und dann hörte man einen knirschenden Laut.

Evelyn hatte zugeschlagen. Sie hieb mit ihren Krallen so tief ins Fleisch, wie sie nur konnte. Sie konnte sogar hören, wie der Knochen unter ihr brach.

Mit lautem und röhrenden Brüllen schlug der Seeork um sich. Alle rannten unter die Galerie, um dem fallenden Ork auszuweichen.

Kaya rannte um ihr Leben, denn der massige Körper wollte sie unter sich begraben. „Schneller!!!" Kea streckte ihr die Hand entgegen. Mit einem Hechtsprung rettete sie sich unter dem Bauch weg. Kea und Venara packten sie an den Schultern und schleiften sie mit sich. Als der Kopf aufschlug, sprang Evelyn auf den Boden. Sie wurde von Randaar unter die schützende Galerie gezogen.

Sie starrten den massigen, leblosen Körper an.

Der Kopf des Drachen lag schief auf dem Boden, sein Zunge hing aus dem Hals. Seine Flügel hatte er im Todeskampf geöffnet und diese standen nun aus dem Loch im Dach heraus. Das Sonnenlicht wurde von den Flügeln wie durch einen Schirm abgehalten. Ein letztes Schauern durchlief den Körper des Drachen und dann erschlafften auch die letzten Muskeln. Die Flügel blieben wie Segel aufgestellt stehen.

„Wow, das war aber knapp." Venara rollte ihre Peitsche zusammen. Kaya kniete neben dem riesigen Seeork nieder. Sie betrachtete einen Moment lang seine Stirn. „Sieht aus, als hätte die Hexe ihn verzaubert." Sie wies auf ein Runenzeichen, das auf seiner Stirn aufleuchtete. Genau zwischen den beiden Augen war sie als ein feuriges Mal zu erkennen. „Diese Rune bedeutet ‚G', scheint also der Hexe hörig gewesen zu sein." Randaar kniete ebenfalls nieder. Die Rune leuchtete ein weiteres Mal auf, dann erlosch sie und in einer kleinen Rauchsäule verschwand sie im Nichts. Kaya legte den Finger auf den Mund und schien nachzudenken. „Wir sollten uns jetzt um die Hexe kümmern. Mag sein, dass wir ihre Männer ausgetrickst haben, mag auch sein, dass wir ihr Schoßtier erlegt haben, aber sie wird uns nicht entkommen lassen. So gnädig ist sie nicht. Sie wird sich viel mehr an uns rächen wollen." Venara sah in die Runde. Sie alle nickten.

Plötzlich schreckten Schritte sie alle auf. „Da kommt jemand." „Vielleicht die Vorhut der Soldaten." Selastika sah in die Runde. „Versteckt euch. Sie müssen ja nicht wissen, dass wir noch hier sind." Kea half Kaya auf. Sie alle versteckten sich hinter den Trümmern des Dachstuhles, die der Seeork hinterlassen hatte.

Die Schritte hörten sich in der Halle, in der es absolut still war, ungewöhnlich laut an. Sie wirkten irgendwie fehl am Platze und störten die scheinbar so tiefe Ruhe dieses Ortes. Wer immer da kam, er oder sie hatte es sehr eilig.

Evelyn versuchte, einen Blick auf die Person zu erhaschen, aber sie konnte nichts weiter sehen als die Trümmer, die vor ihr lagen. Sie wollte weiter nach oben klettern, aber Venara hielt sie mit einem Kopfschütteln zurück.

Sie alle lauschten gespannt. Die meisten ihrer Hände waren auf die Waffen gelegt, um bei einem Angriff aus den Angreifern die verdutzten Opfer zu machen.

Denn das Überraschungsmoment lag definitiv auf ihrer Seite. Immerhin betraten die Soldaten einen für sie scheinbar leeren Raum (mal abgesehen von den Trümmerhaufen und dem toten Seeork).

„Hallo?", erklang eine zarte Stimme. Der oder die Läuferin hatte angehalten. Nach der Stimme zu urteilen musste es eine Frau sein.

Evelyn sah nach vorne. Kaya stand ganz vorne am Rand des Trümmerhaufens. Sie bewegte ihren Kopf nur ganz sachte und spähte um die Ecke. Ihre angespannte Haltung erschlaffte sofort. „Es ist nur Daria." Sie verließ die Deckung. Die anderen folgten ihr.

„Ah, da seid ihr ja. Den Ork habt ihr scheinbar erledigt. Ich wollte euch eine Nachricht von Hanja und Kuren bringen." Daria wischte sich den Schweiß aus dem Gesicht. „Du weißt zufällig, dass wir uns in einem feindlichem Schloss befinden und dass wir uns hier nicht so frei bewegen können wie in einem Park? Noch dazu, wenn man ein so schlechter Kämpfer ist wie du, sollte man hier nicht alleine herumspazieren." Venara lehnte sich gelassen und kühl an eine Säule. Die Anspannung, die ihr vor einigen Sekunden noch fast den Atem abgeschnürt hatte, war schon längst vergessen und verdrängt. Daria lächelte und ließ die Schultern hängen. „Das weiß ich doch alles. Deshalb bin ich ja hier. Um euch zu sagen, dass Kuren und seine Männer die Wachen ausgeschaltet haben. Die Königin und die Männer sind alle draußen vor dem Schloss. Wir haben sie hinten an die Hügel gebracht. Es gibt viele Verletzte, deshalb ist Hanja auch dort geblieben. Kuren und seine Männer haben noch ein paar Freunde gefunden. War gar nicht so leicht, alle zu finden. Der Kampf war hart. Noreen zaubert jetzt schon seit einer guten Stunde. Alle sind wohlauf. Ich soll euch von einem gewissen Jago ausrichten, dass es ihm gut geht. Die Soldaten waren perplex, als die Tlanganer sie angegriffen hatten und wie war es so bei euch?" Daria strahlte, weil sie alles behalten hatte, was sie ihnen berichten wollte.

Kaya starrte Kea an. Diese sah Venara verwirrt an, welche den Blick nur mit einem Achselzucken quittierte. „Also, wenn ich dich richtig verstanden habe, dann sind die Gefangenen frei und ihr habt sie zu den Hügeln am Flussufer gebracht." „Genau." Daria strahlte Randaar an. „Und weiter geht es, einige sind zwar verletzt, aber darum kümmern sich Hanja und Noreen, ja?" Selastika erntete ein weiteres Lächeln. „Kuren und seine Männer haben die restlichen, hier gefangen gehaltenen Tlanganer zum Mitkämpfen bewegt und diese haben die restlichen Wachen, die wir im Schlafsaal abgehängt hatten, erledigt." Venara stieß sich von der Säule ab und kam zu Daria und den anderen herüber. Wieder nickte Daria und lächelte. „Das ist also das, was du uns berichten wolltest." Kea sah Daria an. „Aber ihr habt ja schon alles erledigt, wir können gehen." Sie winkte den anderen zu. „Nein, nein, das können wir nicht. Die Hexe lebt noch." Selastika sah sie an. „Oh, dann ..." Daria wollte sich umwenden und gehen. Sie wollte auf keinen Fall in den Kampf der Hexe geraten. Sie fühlte sich unwohl.

Plötzlich kribbelte es in der Luft. Kayas Kopf fuhr herum. Sie suchte den Auslöser. Ein leises Geräusch, das immer lauter wurde, kam aus dem Raum, in dem sie vorhin die gute Hexe befreit hatten.

Evelyn bemerkte, wie ein Schauer über ihren Rücken lief. „Sie kommt." Sie fuhr ihre Klauen aus.

Sie alle wendeten sich im Raum herum. Mal kam das Geräusch von links, mal von rechts, dann wieder schien es von vorne zu kommen und mal von hinten. Mal von oben oder unten. Es schien mal von überall zu kommen und dann nur von einer Seite. Kaya hatte ihr Kurzschwert schnell in der Hand. Dann hatte sie ihre andere Hand auf dem Dolchgürtel gelegt. Venara hatte ihren Degen und ihre Peitsche schnell in der Hand und stellte sich Rücken an Rücken zu Evelyn. Randaar und Selastika taten es ihnen gleich. Kea stellte sich zu Daria und wollte diese im Ernstfall verteidigen.

„Ihr kommt hierher ... unverschämt. Ihr dringt in mein Schloss ein ... unverzeihlich, ihr tötet meine Soldaten ... Auf sie kann ich verzichten, aber meinem geliebten Seeork das Lebenslicht zu nehmen, das nehme ich euch wirklich übel. Ihr scheint euch um eure neue Freundin dahinten wirklich zu sorgen ... Nehmt nun hin, was ihr euch selber zuzuschreiben habt", ließ eine körperlose Stimme sie alle aufhorchen.

Vor ihnen riss der Boden auf und durch einen furchterregenden Schlund verschwand der tote Körper des Seeorkes. Sie alle wichen zurück.

Kea wollte Daria durch die Eingangstüre aus der Halle zwängen – mit ihren kümmerlichen Kampfkenntnissen war sie eher eine Belastung als eine Bereicherung – aber die Türe wurde durch eine herabstürzende Säule verschlossen.

Um sie herum schien der Boden zu erzittern, ihnen allen fiel es schwer, sich auf den Beinen zu halten. Kaya ging zu Boden. Evelyn half ihr auf und gab damit einen Blick auf die andere Seite der Schlucht frei.

Kea konnte dort eine geisterhafte Gestalt ausmachen. Es war die Hexe, Galatea nahm langsam Gestalt an.

Und dann, als könne sie nun, da Evelyn aus dem Weg war, ihrem neuen Ziel näher sein, lachte sie laut und schrecklich auf.

Ein blauer Blitz schoss an ihnen vorbei und traf Daria. Die Zeit schien sich nun auf grausige Art und Weise zu dehnen und zäh und langsam zu fließen. Alles schien sich zu verlängern. Sekunden wurden zu Minuten und Minuten zu Stunden. Sekunden schienen nicht mehr zu existieren in ihrem früheren, flüchtigen Zustand.

Daria fühlte sich unbehaglich. In dem Moment, als Evelyn aus dem Weg trat und ihrem Blickfeld zur Seite hin entschwand. Und dort konnte sie es sehen. Eine schemenhafte Gestalt tauchte vor ihnen auf. „Sie wird doch nicht ..." Noch bevor sie etwas sagen konnte, spürte sie, dass sich alle ihre Nackenhärchen aufrichteten und sie ein sehr flaues Gefühl in der Magengegend bekam. Und im nächsten Moment sah sie ein blaues Licht auf sie zu rasen. Kea wollte sich dazwischen werfen, aber sie war um einen Moment zu langsam. Das Licht hüllte sie ein.

Daria hob ihre Hand vor ihr Gesicht, ein schwaches blaues Leuchten hatte ihre Hand umwickelt. Sie wollte das Licht abwischen, aber das war nicht möglich. Und dann spürte sie, dass ihre Beine sich nicht mehr auf dem Boden standen. Sie wollte etwas sagen, aber ihr kam kein Laut über die Lippen.

Kaya schob Evelyn zur Seite und drehte sich zu Daria um. Sie war eingehüllt in ein schwaches Licht und schwebte einige Meter über dem Boden. „Bemüht euch nicht, ihr jungen Heldinnen. Keine Waffe, die je in Lansri geschmiedet wurde, kann meinen Zauber brechen. Und zu jeder Gruppe von Helden gehört ein Märtyrer." Wieder erklang ihr dunkles und gemeines Lachen.

Kea sah Kaya eindringlich an. Sie mussten den Zauber lösen und sie hatten die passenden Waffen dabei. Denn keines der Schwerter, die Kaya bei sich trug, waren auch nur im entferntesten in Lansri geschmiedet worden.

Es waren Familienerbstücke, seit über zweihundert Jahren im Besitz ihrer Familie und sie waren alle im Land hinter den schwarzen Bergen geschmiedet worden. In Tlangan, Kayas Heimat.

Jetzt zählte jede Sekunde. Kaya musste die Hexe aufhalten, bevor sie Daria zu einer Märtyrerin machen konnte. „Ihr verschwindet hier so schnell es geht und Daria und ich kommen nach." Kaya trat zu Venara und sah sie eindringlich an. Diese wollte zu einem schwachen Protest anheben, aber sie sah, wie ernst es Kaya mit dieser Anweisung war und nickte. Ihre Lippen hatte sie wie einen Strich zusammengepresst. „Ich brauche deine Peitsche", folgte dann die nächste Anweisung von Kaya. Nur widerwillig übergab Venara Kaya ihre Peitsche. Nicht, dass sie glaubte, Kaya könnte damit nicht umgehen, das ganz sicher nicht. Nur, Kaya hasste es, eine ihrer Waffen aus der Hand zu geben und nicht anders verhielt es sich mit ihrer Peitsche. Aber sie übergab sie Kaya. „Ich will sie an einem, an einem einzigen Stück zurück. Sie ist ..." „... äußerst wertvoll, ich weiß. Nicht ein Jahr vergeht, ohne dass du es mir unter die Nase reibst." Kaya nickte ihr dankbar zu.

Die Verbissenheit zwischen den beiden wich einer grimmigen Einigkeit. Sie beide hatten nicht viel füreinander übrig, aber Kaya hatte etwas gegen hausgemachten Unsinn und Lügen und Venara war nicht in der Stimmung zu sagen, was sie an Kaya so faszinierte. Sie war nicht einmal in der Lage dazu, es zu bestimmen, denn eigentlich war ihr die Tlanganerin eine der verhasstesten Personen auf dem Planeten. An sie gekettet zu sein, durch ein Gerichtsurteil, machte Venaras Zuneigung zu Kaya auch nicht größer.

Aber jetzt, in diesem Moment und in dieser Situation waren sie sich einig, dass nur Kaya hier etwas ausrichten konnte und dass es an den anderen war, sich zurückzuziehen.

Als die Hexe bemerkte, dass die Frauen auf der anderen Seite sich keinesfalls durch ihre Zauberkunst beeindrucken ließen, kochte die Wut erneut in ihr auf. „Ihr wollt sie also sterben lassen", rief sie zu den Frauen auf der anderen Seite des Saales hinüber, als sie bemerkte, wie die anderen sich abwanden und einen Weg auf die Galerie suchten, um von dort aus den Saal zu verlassen. Nur eine einzige von ihnen blieb zurück.

„Mitnichten", sagte diese. Ihre Stimme klang ruhig und gelassen. Und mit einem Mal warf sie eine Peitsche vor sich her. Geschickt und bestimmt, durch jahrelange Übung erprobt schaffte sie es, dass sich das Ende der Peitsche um einen Dachbalken wickelte. Kaya zog ihr kleineres Schwert hervor und nahm Anlauf. Das Schwert packte sie mit den Zähnen und rannte los. Sie warf sich in die Luft und ergriff das pendelnde Ende der Peitsche und setzte so über den Graben.

Die Hexe wich zurück. Kaya nahm das Schwert in die rechte Hand und erhob sich langsam.

„Du scheinst dir ja sicher zu sein, dass Märtyrer im Kampf sterben, aber das scheint ja eine dümmliche Angewohnheit zu sein, die in deinem Volk von jedem vertreten wird." Galatea lachte auf, aber es klang nicht mehr so selbstsicher wie das Lachen, das sie einige Minuten zuvor von sich gegeben hatte. „Mag sein, dass wir in deinen Augen als dümmlich erscheinen, altes Weib, aber du stehst in meinen Augen nicht besser da." Kaya packte das Schwert, das sie bisher nur in einer Hand gehalten hatte, mit beiden Händen und senkte den Kopf. Dabei ließ sie die Hexe nicht einen Moment aus den Augen. „Denn, wenn du weißt, aus welchem Volk ich entspringe, solltest du ebenfalls wissen, aus welchem Land meine Waffen sind ..." Und damit griff Kaya an.

Galatea erkannte ihren Fehler. Sie erkannte ihn zwar spät, aber das war für sie nicht das Problem. Nur musste sie ihre Aufmerksamkeit von Daria auf Kaya lenken und im nächsten Moment war Daria wieder frei. Sie befand sich im freien Fall.

Etwas, das scheinbar keiner bemerkte, außer Daria, die alles hautnah miterlebte, war, dass sie sich bewegte. Immer mehr und immer näher auf den Abgrund zu. Im nächsten Moment setzte Kaya über den Abgrund und griff die Hexe an. Daria konnte nicht verstehen, was sie sprachen, sie fühlte sich hier eingeschlossen wie unter einer Käseglocke. Und dann, die Sekunden zogen sich wieder in unendliche Länge, war sie frei. Nun befand sie sich im freien Fall. In den Abgrund hinunter. Sie schrie auf.

Kaya wandte ihr Gesicht Daria zu, die aufschrie. Sie konnte nicht glauben, was sie da sah. Das hatte sie nicht erwartet. Sie ließ das Schwert sinken.

Und dann war da ein Schemen hinter Daria, der sich ihr näherte und über den Abgrund setzte.

Im nächsten Moment fühlte Daria, dass sich ein starker Arm um sie legte und sie mit einer Wucht aus dem Fall in einen Sturzflug auf den Boden der gegenüberliegenden Seite gerissen wurde. Ans rettende Ufer, wie es sie in Gedanken durchzuckte. Sie spürte neben sich eine weitere Person und fühlte im nächsten Moment, wie der Boden sie wieder hatte. Der Aufprall presste ihr alle Luft aus den Lungen, aber sie lebte noch. Sie wendete ihren Kopf, um ihren Retter an zu sehen. Das, was sie als Erstes sah, war flammend rotes Haar.

Hanja war aufgetaucht. Mit ihrem Stab hatte sie sich selber über den Abgrund katapultiert und Daria im Fall abgefangen. Kaya schloss in einem kurzen Moment die Augen und holte tief Luft.

Hanja, die den Aufprall leichter wegzustecken schien als Daria, war schon wieder auf den Beinen und hatte ihren Stab fest umschlossen. Ihre Fingerknöchel traten weiß hervor. Ihr ganzes Gesicht schien vor Anstrengung und Konzentration völlig verzerrt. „Ihr seid nicht bereit, als Märtyrer zu sterben, was?" Die Hexe verblasste. „Aber ihr könnt mich nicht vernichten, so lange ihr nicht das Zentrum meiner Macht findet. Und das werdet ihr nicht. Bei all der Schmach, die ich von euch hinnehmen musste, nun ist der letzte Grad erreicht." Und die Gestalt verschwand.

Kaya steckte in einer fließenden Bewegung ihr Schwert ein und war schon neben Daria, noch bevor diese sich überhaupt vom Boden aufgerichtet hatte. „Bist du in Ordnung?" Prüfend suchte Kaya nach Wunden.

Daria richtete sich auf. „Nein, bestens, mir geht es gut." Sie schüttelte den Kopf und richtete sich auf. Nein, bestätigte sie sich, mit ihr war nicht viel passiert. Kaya nickte ihr zu und richtete sich zu Hanja auf. „Danke. Ich habe nicht auf Daria geachtet." Kaya schien sich zu schämen, dass sie die, die sie schützen wollte, in Gefahr gebracht hatte. Hanja sah sie an und schüttelte den Kopf. „Passt schon. Ich wollte sehen, ob ihr ohne mich zurechtkommt und bin ganz froh, dass ich etwas mehr als nur ein Wegbegleiter sein konnte. Kannst du aufstehen, Daria?" Hanja wandte sich von Kaya ab.

„Ich werde nur nachsehen", erklang Keas Stimme gereizt. „Ihr könnt das Schloss ohne mich verlassen ..." Ihr dunkler Schopf erschien hinter den Trümmerstücken der Säule und sie kehrte auf das Schlachtfeld zurück.
Und dann geschah es. Hinter ihr stürzte die restliche Galerie ein und die Trümmer hätten Kea garantiert unter sich begraben, wenn diese nicht schnell auf die andere Seite des Saales gewechselt hätte, wie nur einige Minuten zuvor Kaya. Im Flug bemerkte Kea aber etwas anderes. Der Balken, den Kaya als Dreh- und Angelpunkt der Befestigung auserkoren hatte, gab nach. Auch Kaya bemerkte dies und Hanjas Gesicht – gerade noch rot vor Anstrengung – wurde mit einem Mal aschfahl.
Aber Kea wusste, dass dies zu einfach war. Hier würde sie nicht in die Tiefe stürzen und sich das Genick brechen. Sie streckte die linke Hand aus. Sie verlor schon an Höhe und konnte sicher sein, dass sie eher gegen den Boden knallte, als auf ihm landen würde. Der Abstand zum rettenden Ufer war nicht mal mehr eine Armlänge, aber aus eigener Kraft konnte sie ihn einfach nicht erreichen.
Kaya sprang herbei und riss Kea in ihre Arme. Die beiden fielen durch den Schwung nach hinten über und knallten zu Boden. Sie lagen nebeneinander, schwer atmend und konnten beide nichts sagen. Kaya lag auf dem Rücken und starrte in den Himmel, Kea lag auf dem Bauch und sah den Boden vor sich an.
„Ihr mögt es knapp ... nicht wahr?" Daria hatte sich zitternd

erhoben und wischte sich den Schweiß von der Stirn. Kaya hob den Kopf ein wenig und lächelte. Kea rieb sich den Nacken. „Das war wirklich knapp." Sie hatte in ihrer Hand immer noch das Ende der Peitsche und bevor der Balken in die Tiefe stürzte, löste sie mit einem gekonnten Ruck die Peitsche vom Balken. Polternd verschwand dieser in der Tiefe.

„Seid ihr in Ordnung?", ertönte Evelyns Ruf, nachdem sich die riesige Staubwolke vor ihnen gelegt hatte. „Ja. Wie steht es mit euch?" Kea stand auf und klopfte ihre Hose sauber. „Wir sind alle unversehrt", kam die Antwort zurück. „Wir werden einen anderen Weg hier heraus finden müssen. Geht und verlasst diesen Kasten hier endlich." Hanja sah sich um.

Sie waren im forderen Teil des Saales eingeschlossen. „Was hat dieses alte Hexenweib noch gesagt? Wir könnten sie nicht töten, ohne ihr Zentrum der Macht zu finden?" Hanja biss sich auf die Unterlippe. Sie überlegte fieberhaft. „Wir werden sie eh nicht unschädlich machen können, wir sind zu wenige. Alles was wir brauchen, ist ein Weg hier heraus", warf Kea ein. „Noch ein kleines Problem. Du hast unseren einzigen Rückweg gerade einstürzen sehen." Hanja sah sich um. Es gab hier nichts, nur den Raum, aus dem sie die gute Fee befreit hatten (In Gedanken fügte sich Hanja einen Tritt zu. Gute Fee hörte sich an, wie der schöne Teil eines Ammenmärchens.).

Kea, Daria und Hanja begannen damit, die Wände nach einem Geheimgang oder einer Geheimtür abzusuchen. Vielleicht hatten sie etwas übersehen. Sie suchten nach lockeren Felsen, von denen es eine erstaunlich große Menge gab, aber keiner war der geheime Schalter zu einer Geheimtür oder einem Geheimgang. Hanja untersuchte sogar den angrenzenden kleinen Kerkerraum. Sie fanden nichts.

Noreen sah eine kleine Gruppe von Kriegern auf sie zu kommen. Die Tlanganer hatten sie schon eher entdeckt und unter ihnen war eine hitzige Diskussion ausgebrochen. Sie blafften sich in einer Sprache an, von der Noreen vermutete, dass es die tlanganische Landessprache war. „Was reden die da?" Der Mann namens Jago beugte sich zu ihr herüber. Er sprach leise, vielleicht, weil er befürchtete, dass die Männer ihn hörten. „Ich weiß es nicht, aber es scheint eine hitzige Diskussion zu sein. Sie streiten." „Aber worüber ..." Jago sah die anderen näher kommen.

Dawn fühlte ein beklommenes, flaues Gefühl in der Magengegend aufsteigen. Es waren zu wenige. Hanja fehlte, das konnte sie selbst von hier aus sehen. Und Kea und Kaya und Daria waren auch nicht unter der Gruppe, die sich ihrem Lager näherten.

„Was ist passiert? Wo sind die anderen?" Dawn stürzte der Gruppe entgegen und ließ sie nicht einmal in Ruhe ankommen. „Denen geht es gut, im Moment jedenfalls noch. Wir hatten eine Begegnung mit einem Seeork und dann kam die Hexe zurück. Ich kann euch nicht alles auf einmal erklären, das wird zu viel Zeit in Anspruch nehmen. Wir sollten bereit seien. Die anderen werden sich vor der Hexe in Acht nehmen müssen. Ihnen ist der Rückweg versperrt, aber keine Angst, sie werden es schon schaffen." Venara hielt inne. Sie warf einen Blick auf die Gruppe von Tlanganern. „Sie kommt schon noch, nur keine Panik bekommen, Jungs. Sie muss mir noch meine Peitsche zurückgeben." Während alle anderen gerätselt hatten, waren Venara die kleinen Anzeichen für Unsicherheit nicht entgangen. Und da die Tlanganer wollten, dass Kaya die Anführerin sein sollte, waren sie wohl tief bestürzt, dass diese nicht zurückgekommen war. Bis jetzt noch nicht. Wohl gemerkt, dachte Venara grimmig. Es gab nicht viele Dinge, die Venara liebte, und die zu ihr gehörten, aber die Peitsche war eines davon. Und sie würde persönlich jeden Stein dieser Burg in Stücke hauen, um sie wieder zu bekommen.

Kaya sah den anderen zu, wendete sich dann zum Abgrund hinunter und sah sich um. Unten entdeckte sie einen weiteren Gang. Schien ein Kellergewölbe zu sein. Kaya, nicht gerade darauf erpicht, Hanja in ihrem Vortrag über Geheimgänge im Allgemeinen und Geheimgänge im Besonderen zu unterbrechen, sah sich die Wand genau an. Es schien alles normal fest zu sein, entgegen Kayas Befürchtungen. Ein Zauber hatte den Boden aufgeteilt, kein Erdbeben, die Wände waren fest und sie konnten guten Halt finden, wenn sie hinunterkletterten würden. Wenn sie das konnten. Kaya legte den Kopf schief und prüfte das Ganze. Dann schwang sie sich über den Rand und kletterte hinunter.

„... Und deshalb sind Geheimgänge so schwer zu erkennen. Was meinst du, Kaya?" Hanja drehte sich um. Von Kaya fehlte jede Spur. Dort, wo sie eben noch gesessen hatte, war niemand mehr. „Wo ist sie hin?" Hanja sah Kea an, die entgeistert den Kopf schüttelte und nur mit den Achseln zuckte. Daria trat zum Rand. Eben als sie dies tat, kam von unten herauf eine Hand. Daria schrie entsetzt auf. Kea und Hanja wollten ihr zur Hilfe eilen, da tauchte der Kopf auf, der zu dieser Hand gehörte. „Ich habe unseren Ausgang", sagte Kaya lächelnd. „Ist zwar nicht so gut wie ein Geheimgang, und auch nicht so spektakulär, aber es scheint der Ausgang zu sein, den wir brauchen." Kaya schwang sich wieder hinauf und setzte sich. „Ist nicht lang, zehn Meter in die Tiefe. Stürzen wäre nicht so praktisch, aber klettern ist gut." Sie stand auf und sah die anderen drei an. Von Kea wusste Kaya, dass diese sehr gut klettern konnte und auch Hanja zeigte Begabung darin, sich flink und schnell über Felsen zu klettern. Aber was war mit Daria?

„Kannst du klettern?" „Nicht besonders, eine Leiter hinauf oder hinab, aber zu mehr habe ich mich noch nicht durchringen können." Daria lächelte entschuldigend. „Wir brauchen ein Seil oder Ähnliches." Kea sah sich im Raum um. „Nimm Venaras Peitsche und bind das eine Ende um deine Hüften." Hanja warf Kea die Peitsche zu. Das andere Ende verknotete sie mehrere Male um Darias Hüften. Kaya kletterte erneut und als Erstes hinunter. Dann folgte ihr Daria. Sie war fest verknotet mit Kea. Sie war um einiges stärker in den Armen und konnte so Daria, falls diese den

Halt verlieren sollte, weiter nach unten klettern und ihr den Halt geben, den sie brauchte. Hanja kletterte als Letztes über den Rand und so verließen sie die Stätte ihres ersten Kampfes gegen die Hexe Galatea. Was sie nicht sahen, waren die zwei Augen, die sich in einem der Fenstergemälde versteckt hatten und sie beobachtet hatten. Sie verblassten langsam. Das Lachen der Hexe erklang.

Plötzlich war ein Ruck zu hören. Kaya sah sich um. Die Wände schoben sich aufeinander zu. „Himmel, nun macht schneller ..." Sie ließ sich in den Kellerraum gleiten. Sie hatte ihn vorher genaustens untersucht und wusste, dass ihnen keine Gefahr drohte. Die Wände rückten immer näher und das unaufhaltsam.
Daria merkte, wie sich Schweiß auf ihren Händen bildetet. Sie rutschte immer öfter ab auf der Suche nach festem Halt. Schließlich rutschte sie sogar ein Stück hinunter und dabei riss sie Kea ein Stück mit nach unten. Kea fluchte auf. „Nun macht schon."
Immer näher und näher kamen die Wände. „Beeilt euch." Kaya half Daria, festen Halt mit ihrem Fuß zu finden und half ihr in das Gewölbe hinunter. Kea ließ sich hinuntergleiten und rollte sich gekonnt ab. Nun fehlte nur noch Hanja.
Die Wände waren kaum mehr als einen Meter auseinander. „Hanja ... beeile dich doch." Kaya sah sie an. Kea entknotete blitzschnell die Peitsche von ihrer Hüfte und stellte sich zu Kaya. Beide packten mit einem Sprung Hanjas Füße und rissen sie hinunter zu ihnen. Im gleichen Moment schlossen sich die Wände über ihnen.
Eine dicke Staubwolke schloss sich um sie. Alle vier spuckten und husteten. Kaya wischte sich den Staub vom Gesicht und sah sich um. Der Raum war dunkel. Sie hatte sich vorher vergewissert, dass es keine Fallen oder Wachen gab, aber nun in der Dunkelheit wirkte der Raum bedrohlicher. „Hier sind alte Fackeln, wir könnten eine von ihnen benutzen." Kea hatte sich durch das Dunkel zu einer Wand getastet und fand sich erstaunlich gut hier zurecht. Wieder einmal bewies sie, dass ihr Augenlicht stärker war als das von gewöhnlichen Menschen. Zielstrebig fingerte sie ihre

Feuersteine aus dem Gürtel und binnen Sekunden hatte sie die Fackel entzündet. Der Lichtschein des Feuers vertrieb die stärkste Dunkelheit um sie herum, aber er reichte nicht aus, um den ganzen Raum zu erhellen. Die Dunkelheit jenseits des Fackelschein schien sich zu verfestigen.

Vom Raum aus gab es drei Gänge. Einer war mit dem Balken versperrt worden, den sie zuvor von oben in die Tiefe hatten stürzen sehen. Ein anderer führte nach unten und der dritte bog um eine Ecke und sie konnten nur ahnen, was sein Ziel war.

Daria erschauderte. Gar nichts zu sehen war wesentlich einfacher, als einen wandelnden Schatten zu sehen. Das was sich etwas in der Dunkelheit außerhalb des Lichtes verborgen hielt, war ein unheimlicher Gedanke. Wieder und wieder huschten ihre Augen zu allen Seiten, wie um sich zu vergewissern, dass niemand oder nichts sich ihr näherte.

Kaya schien jetzt, da das Licht um sie schien, wieder die Führung zu übernehmen. „Vorhin habe ich am Ende des Ganges hier etwas leuchten sehen. Vielleicht ist es ein Ausgang, den nicht einmal Kuren kannte." Sie ging voran. Ihr Kurzschwert hatte sie allerdings aus der Scheide gezogen und hielt es vor sich. Hanja, die als Letzte den Raum verließ, in den sie gerade geklettert waren, hielt ihren Stab ebenfalls im Anschlag, auch sie war bereit, sich sofort auf den erstbesten Gegner zu werfen.

Sie folgten also dem Gang, dessen Lauf sie nicht weiter verfolgen konnten, weil er sich mehrere Male krümmte. Mal hatten sie das Gefühl, dass es bergauf ging, dann wieder bergab. Die Luft in dem Gang war recht kühl und frisch. Der Modergeruch, der im Raum von allen Seiten auf sie eingeströmt war, war hier nicht annährend zu spüren.

Sie kamen an eine eichenbeschlagene Tür. Sie war verriegelt. Kea sah Kaya an. Ein mulmiges Gefühl kroch durch ihre Eingeweide. Verriegelte Türen waren nie ohne Grund verriegelt. Hanja sah sich die Türe näher an. Sie war übersät mit Runen. „Kannst du sie entziffern?" Kaya sah sie an. Hanja winkte Kea mit der Fackel näher und legte die Stirn in Falten. Dann erbleichte sie mit einem Mal. „Was ... was steht da?" Daria konnte spüren, dass Hanja den Atem fast anhielt. Hanja, die in eine hockende Position gegangen war, richtete sich wieder auf. „Das ist es ... das Zentrum ihrer Macht." Sie sah Kaya und Kea mit ihren grünen Augen wachsam an. Während sich in Keas Augen eine Furcht wie die ihre widerspiegelte, wurden Kayas Gesichtszüge nur noch härter. „Besser als ein Ausgang. Damit können wir die alte Vettel vernichten." Ihre Hand wanderte zum Riegel und sie wollte ihn beiseite schieben, aber Daria stellte sich vor die Türe. „Nein, wir sollten einen Ausgang finden. Die Hexe glaubt wohl, sie hat uns getötet mit dem Zusammenschieben ihres Bodens. Wir sollten sie nicht vom Gegenteil überzeugen und von hier verschwinden." „Außerdem wäre es zu schade, niemanden davon zu berichten, dass du dich angesichts einer Tür fast benässt hättest." Kaya schob sie bestimmt zur Seite.

Kea und Hanja wechselten einen warnenden Blick. Wenn Kaya an ein Hindernis kam, wollte sie es überwinden. Und nun, da der Sieg über die Hexe nur durch eine einfache Tür von ihnen getrennt schien, war Kayas Stolz erwacht. Sie entsprang einem Kriegervolk. Und das Letzte, was sie sich eingestehen wollte, war die vertane Chance, einen Gegner zu besiegen. „Wenn es dich so graust davor, diesen Raum zu betreten, dann warte hier." Kaya packte sich einen weitere erloschene Fackel, hielt sie an Keas Feuer und entzündete sie. „Kaya, sie wird ihr Zentrum der Macht nicht ungeschützt in einen Raum legen, in der Hoffnung, dass es keiner findet." Hanja legte ihre Hand auf Kayas Arm, sie wollte gerade den Riegel zurückziehen. „Sie wird nicht einmal daran geglaubt haben, dass jemand den Weg auf sich nimmt, ihre Burgwachen überwältigt, sich aller Soldaten entledigen kann und ihr Schoßtier tötet. Sie glaubt daran, dass alles, was in ihre Nähe kommt, von ihr erkannt wird. Aber sie hat uns unterschätzt." Und damit schob Kaya den Riegel beiseite. Sie zog die Tür auf und ...

„Habe ich das?" Galatea wendete sich der sich öffnenden Türe zu. Kaya sah sie einen Moment sprachlos an und im nächsten

Moment wurde sie durch einen Zauberstoß durch den Gang nach hinten geschleudert. Krachend flog sie gegen eine Steinsäule und aller Atem wurde aus ihren Lungenflügeln gepresst. Eine fliegende Schar von spitzen Dolchen folgte ihr und nagelten Kaya an die Säule. Sie schrie auf.

Ob vor Wut oder Schmerz, das konnte Daria im ersten Moment nicht sagen, aber dann sah sie Blut aus Kayas Kleidung sickern. Drei Dolche hatten sich in ihren rechten Arm gebohrt, zwei in ihren Oberschenkel und zwei in ihre Brust. Kayas Blick war erstarrt und sie schien allein mit der Kraft ihres Hasses die Hexe vernichten zu wollen. Daria schluckte heftig, nun waren sie gezwungen, gegen die Hexe zu kämpfen, denn diese würde sie jetzt kaum noch gehen lassen.

Kea, Hanja und sie waren erstarrt, als sie die Hexe gesehen hatte, aber nun regte sich Kea als Erstes. Sie drückte Daria die blaue Kugel in die Hand. „Was ist das ..." „Gib sie Kaya", sagte Kea schlicht und wendete sich der Hexe zu. Mit einem bedrohlichen Lachen verließ die Hexe ihren Platz. „Habt ihr etwas, um eure Freundin zu retten, dann beeilt euch, denn hier ist die nächste Salve." Und wieder schossen Dolche auf die mittlerweile nicht mehr ganz so grimmige Kaya zu. Kea warf sich dazwischen und ihr Schwert verwandelte sich in einen blitzartigen Schemen, der alles abwehrte, was ihm auch nur zu nahe kam.

Daria reichte Kaya die Kugel. Sie nahm sie in ihre linke Hand. „Lös die Dolche ..." Sie atmete heftig und nur noch stoßweise. Ein kleines Rinnsal Blut floss aus ihrem Mundwinkel. Ihre Augen wirkten verklärt.

Daria zögerte, aber Kaya ließ das nicht gelten. Ihr Blick schien wieder klarer zu werden. „Nun mach schon", sagte sie kalt. Daria zog den ersten und direkt auch den zweiten Dolch aus ihrer Brust. Das Lebens spendende Blut von Kaya färbte Darias Hände in Sekunden rot. Sie wollte zurückweichen, aber sie wagte es nicht, einen Zentimeter von der Stelle zu rühren. Kaya schien alle ihre

Kraft darauf zu verwenden, sie mit einem Blick an diese Stelle festzuhalten. Sie unterdrückte den Drang sich zu übergeben, als sie anfing, die Dolche aus Kayas Beine zu ziehen. Einer davon hatte sich in ihren Knochen gebohrt und sie konnte das Weiß des Knochens erkennen. Aber Kaya zwang sie, weiter zu machen.

Kea wehrte eine weitere Salve Dolche ab, die klirrend zu Boden fielen. Kaum dass sie den Boden berührt hatten, lösten sie sich auf und kehrten zurück zu Galatea. Diese schleuderte unermüdlich die Salven an Dolchen.

Kaya wirkte immer blasser. Sie hatte so viel Blut verloren, dass sich der Gang unter ihr schon rot färbte. Ihr Gesicht war blass und sie war zu schwach, um zu stehen. Nachdem Daria den letzten Dolch aus ihrem Arm gezogen hatte, sackte Kaya zusammen und fiel zu Boden. Die Kugel der guten Hexe hatte sie immer noch fest in ihrer linken Hand.

Daria zögerte. Sie kniete neben Kaya nieder und berührte zaghaft ihre Schulter. Keine Reaktion.

„Kea, was soll ich tun, es scheint nicht zu helfen", schrie sie in panischer Angst über die Schulter nach hinten.

Plötzlich war Hanja neben ihr. Sie packte Kayas Schulter und drehte sie langsam zu sich um. Kaya atmete ganz flach. Ihre Lidern flatterten auf. „Ha ... na ja –" Sie schloss die Augen. Und dann fing die Kugel an zu wirken. Aus der blauen Kugel kräuselte sich ein lcichter weißer Nebel und stieg immer höher. Er umwickelte sanft Kayas gesamten Körper. Hanja sah, wie sich die Wunden schlossen und atmete auf: Kayas Brustkorb hob und senkte sich. Ihre Finger, die gerade noch ihr Schwert losgelassen hatten, krümmten sich und sie packte es fester. Ihre Augenlider flogen nach oben und sie war wieder wach. Der Nebel verschwand.

Kea fluchte auf. Ein Dolch hatte sie erwischt. Es war nur ein Schnitt an ihrem Handrücken und doch brannte dieser höllisch. Und dann passierte es: Ein Dolch sauste an ihrem Kopf vorbei, er verfehlte sie nur knapp. Er würde sich in die Wand bohren, dachte

Kea. Doch aus den Augenwinkeln sah sie etwas anderes: Daria stand auf, um Kaya auf die Beine zu helfen. Sie wollte sie warnen, sich zu ducken, aber zu spät.

Daria stand auf und reichte Kaya, die vor ihr auf dem Boden saß und noch benommen den Kopf schüttelte, ihre Hand. Plötzlich war ein grausiges Geräusch zu hören und Daria spürte einen stechenden, tiefen Schmerz auf ihrem Rücken aufflammen.
Sie sah an sich herunter.
Aus ihrer Brust ragte die Spitze eines Dolches. Blut tropfte daran herunter. Kaya und Hanja starrten sie erschrocken an. „Ich blute ... ich ..." Daria wollte etwas sagen, aber sie konnte nicht mehr. Alles in ihr versagte den Dienst. Sie stürzte neben Kaya zu Boden, die sofort neben ihr war.
„Um Himmels willen ...", flüsterte Hanja.
Kea löste die rote Kugel aus ihrem Gürtel hervor und warf sie zu Galatea in die Kammer. Als ein roter Strahl die Hexe traf, warf sie mit einem Beintritt die Tür zu und die nächste Salve an Dolchen rammte sich ins Holz der Türe. Kea schob schnell den Riegel vor und kam zu Hanja, Kaya und Daria. Kaya hatte Daria mit prüfendem Blick untersucht. Ihr zaghaftes Kopfschütteln sagte alles aus: Daria war zu schwer verwundet, um eine Chance zum Überleben zu haben. Der Dolch musste Darias Brustkasten förmlich pulverisiert haben. Langsam und vorsichtig drehte Kaya sie um und zog sie auf ihren Schoß.
„Ich bin verletzt ..." Ein dünner Faden Blut lief ihr aus dem Mund. Kaya sah sie unverwandt an. „Ich kann dir nicht helfen ... der Zauber wirkt nur einmal ..." Sie umfasste Darias zitternde Hand. Diese nickte und rang nach Atem, um zu sprechen. „Vielleicht ... vielleicht ist es besser so ..." Sie keuchte schwer.
Hanja sah diese Szene vor sich nur noch undeutlich. Ihre Augen waren durch Tränen verschleiert und sie hielt sich die Hand vor den Mund, um nicht laut loszuweinen.
„Sag so etwas nicht, Daria. Noreen kann dich vielleicht wieder

zusammenflicken." Kea kniete auf der rechten Seite neben Daria.

Kaya sah zu ihr auf. Beide wussten, dass dem nicht so war. Noreen hätte ein Wunder vollbringen müssen und das wusste auch Daria. „Wisst ihr was ... ich ... ich werde dieses ... Geheimnis als Erstes erforschen ..." Sie lächelte matt. Kaya presste die Lippen aufeinander. „Ihr ... werde ... ich ... hier ... Hexe ..." Ihre Augen weiteten sich.

Ein Schatten fiel auf sie. Hanja, Kea und Kaya wirbelten alle mit ihren Köpfen herum. „Getroffen", zischte die Hexe höhnend. Mit einem Wink ihrer Hand flog Hanja über sie hinweg gegen die geschlossene Türe. Dort blieb sie stöhnend liegen.

Knurrend erhob sich Kea und stürzte mit gezücktem Schwert auf die Hexe zu. Wieder ein Wink und auch Kea flog zur Seite. Kaya presste Darias leblosen Körper an sich und ließ dann von ihr ab. Sie stand langsam auf und zog ihr Barika. Das Barika in der linken Hand und das Kurzschwert in der anderen stand sie der Hexe gegenüber. „Heldenhaftigkeit ist eine so lächerliche Tugend. Sieh, wohin sie führt ..." Galatea wies auf Daria.

Hanja rappelte sich auf. Zuerst wollte sie die Hexe von hinten angreifen, aber abermals fielen ihr die Worte ein, die Galatea ihnen oben im Saal zugerufen hatte. Nur wenn das Zentrum ihrer Macht zerstört worden war, sei auch sie besiegbar.

Mit einem grimmigen Ausdruck auf dem Gesicht schob sie den Riegel zurück und öffnete die Türe.

„Und genau das wird auch dir passieren." Die Hexe wollte gerade einen weiteren Zauberstoß gegen Kaya ausführen, als diese ihr Schwert hob. Der Stoß prallte zwar nicht ab, aber er wurde vom Schwert abgefangen. Der tlanganische Stahl hielt stand gegen den Zauber. Kaya stemmte sich mit aller Macht gegen die Kraft, die sie langsam nach hinten schob.

Hanja sah sich um. Zentrum der Macht, schoss es durch ihren Kopf. Wo konnte das sein?

Kaya schaffte es, dass sie nicht weiter durch den Gang geschoben wurde und näherte sich nun langsam, aber beharrlich der Hexe. Sie entdeckte einen matten Lichtschein vor sich. Hanja packte ihren Stab und durchquerte den Raum.

Galatea murmelte einen weiteren Schwall an Zauberformeln und wieder griff sie Kaya an. Wieder stemmte diese ihr Schwert dagegen.

Hanja legte den Kopf schief. Vor ihr schwebte eine Kugel in der Luft. Die Farben wechselten und immer wieder erschienen Gesichter in der Kugel. Darunter auch das von Kaya – hassverzerrt und wütend, das von Kea (die sich gerade wieder aufrappelte) – schmerzerfüllt, und das von Daria – erlöst.

Kea sprang auf und warf sich von hinten gegen die Hexe. Diese warf Kea mit einer Formel von sich weg, auf Kayas Schwert zu.

Hanja streckte ihre Hand aus.

Kaya ließ das Schwert fallen und duckte sich.

Ein Blitz zuckte gegen Hanjas Finger und diese zog ihre Hand schnell wieder zurück.

Kea landete fluchend auf dem Boden.

Galatea hielt inne und dreht sich um. Sie entdeckte Hanja. Am Zentrum ihrer Macht.

Hanja fing den Blick von Galatea auf. Er war voller Zorn, Hass und auch Angst. Sie packte ihren Stab und trat einen Schritt zurück.

Galatea hob den Arm und schrie auf.

Kaya packte ihr Schwert und rannte los.

Hanja schlug einen großen Bogen mit ihrem Stab und schmetterte ihn hart gegen die Kugel.

Kaya holte aus und schwang ihr Schwert.

Galatea schrie auf.

Kea schüttelte den Kopf und zog sich an einer Säule hoch ...

Die Kugel schoss aus dem Lichtkegel und prallte gegen die Wand.

Kaya führte ihren Schlag gegen die Hexe zu Ende.

Die Kugel zerplatze in Hunderte und Tausende von Stücken.

Galatea verschwand schreiend in einem gleißenden Licht und dann war es mit einem Male ruhig.

Hanja kehrte aus dem Raum zurück. Sie sah Kaya an, deren Schwert eine tiefe Furche in den Boden geschlagen hatte und diese erwiderte den Blick. Kea kam zu ihnen. Keine von ihnen sagte ein Wort. Gerade, als sie glaubten, der Kampf sei vorbei, begann die Erde unter ihren Füßen zu beben.

„Der Zauber, der Zauber des Schlosses scheint gebrochen zu sein. Wir müssen hier raus", schrie Kea den anderen über den Lärm hinweg zu. Kaya steckte ihr Schwert ein und kniete nieder. Sie schlang ihre Arme um den leblosen Körper von Daria und hob sie hoch. Hanja drehte sich um. Hinter ihr brach ein kleines Stück der Mauer weg.

Licht fiel hinein. Es waren Büsche zu erkennen. Dies war die Mauer, an denen sie ein paar Stunden zuvor hinaufgeklettert waren, um in die Burg zu gelangen.

„Hierher ..." Sie winkte Kaya und Kea zu sich. Prüfend starrte sie das Loch an. „Wenn wir warten, ob es sicher genug ist, werden wir mit Sicherheit zerdrückt." Und schon zwängte diese sich durch die Öffnung.

Hinter ihnen fiel der Gang in sich zusammen. Mehrere Steine aus der Decke lösten sich und krachten zu Boden. Hanja sah Kaya zweifelnd an, aber diese nickte nur. Kea streckte ihr die Hand entgegen und half ihr durch die Spalte zu klettern.

Gerade als Hanja hindurch war, rieselten kleinere Steine hinunter und Kaya musste nach hinten springen, um nicht von ihnen getroffen zu werden. Die Öffnung war nun enger. Zu eng, um auch Daria mitzunehmen. „Lass sie hier ..." Kea reichte ihr die Hand durch die Öffnung.

Kaya starrte sie an und sah in das leblose Gesicht von Daria. Hier lassen. „Kaya ... wir werden das jetzt nicht diskutieren. Lass sie hier." Keas Lippen bebeten vor Anspannung.

Sie standen hier in einem einstürzenden Schloss und Kaya wollte eine Tote, die sie kaum gekannt hatten, nicht zurücklassen. Diese

Situation kam ihr unwirklich vor.

Kaya leckte sich über die Lippen. „Ich kann nicht ...", begann sie, aber Kea unterbrach sie unwirsch. „Lass sie hier ... sie ist tot. Aber beim Geiste meiner Ahnen, sie würde hier bleiben, wenn sie dadurch sicher gehen könnte, dass du durchkommst." Wieder rumpelten Steine hinunter. Hanja sah Kaya an. „Wir haben keine Zeit mehr ... lass sie hier ... bitte." Sie reichte ebenfalls eine Hand durch die Öffnung.

Kaya schien noch einmal überlegen zu wollen. Vielleicht gab es einen anderen Ausgang. Vielleicht konnte sie Daria dahin bringen. Aber sie hatte keine Zeit, danach zu suchen. Sie ließ Darias Körper hinunter und küsste ihre Stirn. „Mögen die Geister meiner Ahnen dich schützen, mögen deine Ahnen dich mit offenen Armen empfangen." Und dann stand sie auf und packte die Hände von Hanja und Kea. Mit einem Ruck zogen die beiden Kaya ins Freie.

Kaum auf dem Boden angekommen, rannten sie los.

# 13. Abschied und Ankunft

Noreen warf den Kopf herum. Kuren knurrte. Jago hielt den Atem an. Von den anderen waren erstickte Schrei zu hören.
Soeben krachte die Burg ineinander. Riesige Staubwolken stoben zu allen Seiten davon. Venara ließ einen Fluch hören. Und dann.
„Da." Evelyn zeigte auf drei Gestalten, die sich auf sie zu bewegten. Ohne es zu bemerken, rannten Venara, Noreen, Selastika, Dawn, Evelyn und Randaar den Gestalten entgegen.
Kaya sah Hanja an – Hanja sah rüber zu Kea und sie alle blieben stehen. Eine dicke Staubschicht hatte sich über sie gelegt. Sie sahen einander an. Und dann brach Lachen aus ihren Kehlen hervor. Erleichterung machte sich in den Herzen der Heranstürmenden breit. Sie waren in Ordnung. Aber wo war Daria?
Kaya sah auf, als Venara bei ihnen ankam. „Wo ..." Sie setzte zu einer Frage an, aber sie kam nicht weit, denn Kaya übergab ihr die Peitsche. „Daria?" Evelyn sah von einer zu andern. Es herrschte kurzes Schweigen. „Sie hat es nicht geschafft", presste Hanja dann hervor. Entsetzt schlug Evelyn die Hand vor den Mund.
Kaya nahm ihr Schwert, wendete sich dem Schloss (oder vielmehr dem, was davon übrig geblieben war) zu und kniete nieder. Ohne Anstrengung rammte sie ihr Schwert in die Erde. „Möge ein Heer aus Licht dich leiten und dich in sich aufnehmen. Alle Schande und Schmach, aller Schmerz und jede Krankheit sei vergessen, denn es ist an dir, das größte aller Abenteuer zu ergründen." Sie senkte den Kopf. Neben ihr fielen erst Kea, Hanja und schließlich auch die anderen auf die Knie. Es herrschte Schweigen.
Aber nicht lange, denn Geschrei aus dem Lager weckte ihre Aufmerksamkeit. Sie alle sprangen auf, Kaya riss ihr Schwert aus dem Boden und sie alle rannten ins Lager zurück.
Kuren und seine Männer wälzten sich auf dem Boden. Ein Ring Männer, die helfen wollten, hatte sich um die am Boden liegenden Tlanganer gebildet. Noreen folgte Kaya, die sich als Erstes einen

Weg durch die Menge bahnte. Sie kniete bei Kuren nieder, der mittlerweile aufgehört hatte zu schreien. Die Kapuzen waren ihnen tief ins Gesicht gerutscht. Kaya kniete neben ihm nieder und drehte ihn auf den Rücken. „Kuren ...", flüsterte sie leise. „Kaya ... kann ... Hexe ..." Er atmete stoßweise, als sei er eine Strecke von tausenden Metern gelaufen. „Wir haben es geschafft, sie hat sich aufgelöst und ihr Zentrum ist zerstört worden." Kaya tastete unter der Kutte nach seiner Hand. Zu ihrer Überraschung war es keine beschuppte, kühle Klaue. Es war eine menschliche, warme Hand. Kaya starrte darauf herunter, als würde sie zum ersten Mal in ihrem Leben eine Hand sehen. „Kuren, deine Hand ... der Zauber ." Sie half ihm auf.

Er zog sich die Kapuze hinunter. Kaya hielt den Atem an. Er ähnelte ihrer Mutter. Die leicht dunkle Haut, das schwarze Haar, gewellt und unbändig, die spitzen Zähne (Die Zähne von Kaya waren normal, sie hatte die von ihrem Vater geerbt.), seine dunklen Augen waren geschlossen, doch als er sie öffnete, erkannte Kaya, dass sie genauso dunkel waren wie die ihrer Mutter. Er hob seine Hand vor die Augen, auch er sah so aus, als könnte er es nicht fassen. Sie hatten den Fluch abgeschüttelt. Alle seine Männer um ihn herum warfen die braunen Kutten zur Seite. Darunter kamen ihre schwarzen Rüstungen zum Vorschein. Sie warfen sich gegenseitig Glückwünsche auf Tlanganisch zu. Kaya lächelte.

Die Menge um sie herum löste sich auf. „Ihr habt den Fluch gelöst." Kuren wendete sich um und blickte sie alle an. „Ja. Ja, das haben wir. Der Preis dazu war recht hoch, aber wir haben den Zoll bezahlt." Kea, die ihren Dolch schon in der Hand hatte, steckte den selben wieder zurück in seine Scheide. „Wir ..." Aber noch bevor Kuren weitersprechen konnte, hob Kaya die Hand. „Für sie ist der Tod in der Schlacht ein ebenso großer Verlust wie auf dem Sterbebett im hohen Alter. Auch in mir gären Trauer und Zweifel und doch bin ich stolz, sie gekannt zu haben." Sie wendete sich den anderen zu und lächelte sacht.

Am Abend hatten sie ein Lagerfeuer errichtet. Hanja und Venara hatten eine Stunde nach Holz suchen müssen, das Noreen nun mit einem einfachen Zauberspruch entfachte. Alle saßen schweigend an ihren Feuern. Sie hatten einiges an Nahrung gefunden, aber die Nacht war kühl und ungastlich in diesem Land. Keiner wollte mehr hier sein.

„Aber wie sollen wir das bewerkstelligen, wie sollen wir alle von hier fortbringen?" Selastika kam zu ihnen ans Feuer. Sie hatte bis gerade eben bei der Königin Wache gehalten. Randaar hatte sie nun abgelöst. Als auf ihre Frage hin niemand antwortete, schaute Selastika sich um.

Hanja kaute verstohlen an einem Stück Fleisch.

Evelyn war damit beschäftigt, ihre Klauen zu reinigen und zu wetzen.

Kea saß neben ihr und schliff ihr Schwert.

Venaras Kopf war nach vorne auf ihre Brust gesunken und sie schlief gegen einen Stein gesunken.

Dawn und Jago unterhielten sich leise flüsternd weiter hinten, sie hatten ihre Frage gar nicht gehört.

Und Kaya zog nachdenklich an ihrer Pfeife. Blasser Rauch stieg auf. Sie bemerkte, dass Selastikas Blick an ihr hängen geblieben war und schaute auf. „Was meintest du?" Sie zog erneut an der Pfeife. Kea hörte auf, ihr Schwert zu schleifen und auch Hanja straffte ihre Schultern.

Selastika fand es bemerkenswert, dass Kaya nur eine einfache Frage stellen musste, und dass die anderen ihr dann sofort schon zuhörten.

„Ich habe gefragt, wie wir unser Transportproblem lösen sollen. Die Männer passen nicht alle auf die Flöße. Schon allein mit den Amazonen ist nicht genügend Platz für uns alle." Sie machte eine weitreichende Handbewegung.

Venara schnarchte leise.

Kaya antwortete nicht sofort. Sie rieb sich nachdenklich das Kinn und stieß eine weitere blasse Rauchwolke aus. „Wir werden sie

...", setzte Hanja an, doch Kaya hob beschwichtigend die Hand. „Evelyn hat doch das Horn, dass wir von der anderen Hexe bekommen haben. Sie sagte: stoßt hinein und Hilfe wird kommen. Darauf vertrau ich." Sie zog erneut an ihrer Pfeife.

Selastika beobachtete sie noch eine Weile. Damit schien die Sache für sie beendet zu sein. Aber als sie ihren Blick erneut in der Runde schweifen ließ, sah sie, dass die anderen sich nun auch Gedanken machten. Was konnte das für Hilfe sein? Konnte es sein, dass überhaupt nichts kam, oder dass das, was da kam, sie vielleicht angriff?

Venaras Schnarchen wurde lauter und sie erntete einen Stoß von Evelyn, die mit dem Rücken zu ihr saß.

„Was ... was ... habe ich geschlafen?" Sie setzte sich auf. „Nein, du hast geschnarcht. Wenn du müde bist, dann geh und leg dich hin ..." Kea wies auf ihr Lager. Venara murmelte etwas, das keiner weiter verstand. Dann packte sie ihre Sachen und schleppte sich zu ihrem Schlafplatz.

Evelyn wusste nicht, wann sie sich selber schlafen legte. Es war dunkler geworden. Die Nacht war so tief schwarz, dass man zwei Meter von sich entfernt nichts mehr erkannte außer tiefes, dunkles Schwarz. Das Letzte, was Evelyn wahrnahm, bevor sie der Schlaf übermahnte, war Kaya, die immer noch rauchend am Feuer saß und leise murmelte.

Kurz bevor sie in das Reich der Träume hinüberglitt, dachte Evelyn noch daran, dass Kaya heute noch schweigsamer als sonst gewesen war. Nach einem Sieg war sie sonst immer ausgelassen und redete viel. Aber heute ... Schlaf umfing Evelyn, noch bevor sie den Gedanken zu Ende denken konnte.

Was Evelyn als Erstes weckte, wusste sie nicht. Entweder war es der Tritt in die Seite von Venara oder aber das grelle Sonnenlicht, welches ihr in die Augen stach. Sie sah sich gähnend um.

Es herrschte Aufbruchstimmung im Lager. Alle sammelten ihre

Sachen zusammen und schnürten ihre Rucksäcke.

„Wie viele Verletzte?" Der Wind trug Kayas besorgte Stimmer herüber. „Mindestens vierzig können nicht gehen, und einige der alten Männer werden eine Reise zu Fuß durch die Wüste wohl kaum überstehen", antwortete ihr Noreen. Kea runzelte die Stirn. „Pferde oder so etwas wären das Richtige für uns. Die Flöße könnten wir zerkleinern und wie Karren hintendrein ziehen. Aber zu Fuß? Das schaffen wir nicht." Kea schüttelte den Kopf. Ihre Arme hatte sie vor der Brust verschränkt. Kaya wandte sich ab.

„Willst du mal endlich aufstehen, oder erwartest du, dass wir auf dich warten?", zischte Venaras Stimme an Evelyns Ohr.

Mit einem Mal wurde Evelyn bewusst, dass alle um sie herum schon fertig waren. Sie hatten ihre Sachen gepackt und man schien nur noch auf sie und auf Kayas Abmarschbefehl zu warten. Hastig stand sie auf und rollte ihre Decke ein.

Gerade als sie dabei war, ihren Rucksack zuzuschnüren, fiel ein Schatten auf ihren Schlafplatz. Sie sah auf. Kaya stand da. „Hast du das Horn?", fragte sie schlicht. Evelyn nickte. Ihre Zunge war seltsam trocken. Sie konnte kaum sprechen. In Kayas Augen glitzerte etwas, das sie beunruhigte. War die Tlanganerin wütend auf sie? Hatte sie zu lange geschlafen?

„Gut. Dann stoße hinein", forderte Kaya sie auf. „Ich ... aber." Evelyn sah sie erschrocken an. Sie dachte, man hatte ihr das Horn lediglich zur Aufbewahrung gegeben. Das konnte doch nicht sein, dass sie das Horn ...

„Natürlich du, oder erwartest du, dass ein Windstoß das für dich übernimmt?", zischte Venara ihr zu. Evelyn schüttelte den Kopf.

„Nur Mut", sagte Kaya, dieses Mal in einem versöhnlicheren Ton und mit einem Lächeln auf den Lippen. Evelyn holte das Horn hervor.

Es war weiß. Seine Fassung am oberen Ende war mit einem Goldrand bemalt. Wenn man genau hinsah, konnte man dort Sterne im Gold erkennen. Auf dem Horn hatte man einige Runen eingeschnitzt, die Hanja sich in ihr Buch gemalt hatte. Noch konnte sie

diese nicht übersetzen, aber das wollte sie als Erstes tun, wenn sie nach Hause zurückkehren. Unten am Ende war das Horn in Silber gefasst worden. Dort waren Sterne ins Silber eingraviert.
Sie hob das Horn an die Lippen. Sie holte tief Luft.
Alles was aus dem Horn kam, war ein erschütternder Laut, der an eine verstopfte Trompete erinnerte. Alle, die sich in ihrer Nähe befanden, drehten sich zu Evelyn um.
Sie spürte Röte in sich aufsteigen. Venara rollte mit den Augen und kam auf sie zu. Doch bevor sie ihr etwas sagen konnte, noch bevor Venara die Hand ausstrecken konnte, um Evelyn das Horn abzunehmen, trat Kaya dazwischen. Sie schüttelte den Kopf. „Du musst fester hineinblasen", forderte Kaya sie auf.
Evelyn, die das Gefühl hatte, dass sich alle im Lager in genau diesem Moment zu ihr umwandten, und mit einem Blick auf Kaya, die Venara von ihr abhielt, setzte sie das Horn erneut an die Lippen.
Und dann tönte es laut aus dem Horn. Klar und deutlich erschall der Klang des Horns durch das Land. Man konnte den Ton weithin hören. Kaya nickte Evelyn zuversichtlich zu. Ein Grollen war zu hören. „Jetzt bin ich aber mal gespannt, was jetzt hier auftaucht." Kea erschien neben Evelyns linke Seite. Evelyns Herz machte einen Sprung. Ihr erster Versuch, das Horn erklingen zu lassen, war schon vergessen.

Vor ihnen erstrahlte ein helles Licht. Das Licht war zuerst nur strahlend weiß, dann brach es sich in alle Farben. Und dann, in der Mitte dieses Lichtes öffnete sich ein riesiges, schwarzes Loch. Wie das hungrige Maul eines riesigen Tieres ragte dieses Loch vor ihnen in der Luft.
Angstvoll wichen die Männer, die diesem Gebilde am nächsten standen, zurück. Kaya, Kea, Evelyn, Venara und Kuren bahnten sich einen Weg durch die zurück drängende Menge. Sie alle, bemerkte Evelyn auf dem Weg nach vorne, hatten ihre Hände auf den Schwertern liegen.

In Kayas Gesicht spiegelte sich Gelassenheit wieder, während das Gesicht von Venara vor Anspannung verzerrt war.

Dann schoss ein heller Lichtstrahl aus dem dunklen Loch. Dieser Lichtstrahl endete keine zehn Schritte vor ihnen. Und dann hörten sie etwas auf sie zukommen.

„Jetzt gilt es. Sollte das, was da herauskommt, interessiert sein an unserem Fleisch, sind wir die erste Verteidigungswelle." Venara löste ihre Peitsche vom Gürtel. Evelyn schaute zu ihr auf. „Aber ich dachte, es war doch eine gute Hexe, oder?!" Evelyn sah sie zweifelnd an. Sie konnte nur ihr Profil sehen. Aber was sie genau sah, war das spöttische Lächeln, was sich auf Venaras Gesicht breit machte. „Das glaubst du, aber ich habe ihr nicht mehr getraut, als ich spucken kann. Mag sein, dass die Kugeln ihren Dienst nicht versagt haben, aber einem Horn trauen? Sei nicht so naiv."

Gestern schien schon klar gewesen zu sein, dass Jago, Randaar und Selastika im Fall der Fälle die Königin aus Aldea zu schützen hatten.

Dann brach etwas aus der Dunkelheit hervor.

Sofort entspannte sich Kaya. Es war ein Pferd. Aber nicht irgendeines. „Das sind Nadiraas ... Zauberpferde", keuchte jemand hinter ihnen.

Diese Nadiraas waren groß, um nicht zu sagen, riesig. Normale Pferde mussten neben ihnen ziemlich klein wirken. Das erste Pferd wieherte.

Es war ein schwarzes kräftiges Pferd. Der Wind fuhr durch die schwarze Mähne.

Kaya trat zwei Schritte auf den Weg zu. Evelyn konnte ihre Augen kaum von den Pferden auf dem Weg abwenden.

Hinter dem schwarzen Pferd folgten immer mehr und mehr Pferde. Dennoch schien keines der Pferde den Schwarzen zu überholen.

Der erste der Nadiraas, das große schwarze Pferd, betrat den Boden. Leise wieherte es und trat auf Kaya zu. Sie hob die Hand.

Langsam und behutsam fuhr ihre Hand über den Kopf des Pferdes.

Dann wieherte das Pferd erneut und das schien eine Zusage für die anderen Pferde zu sein, denn jetzt kamen auch sie über den Weg galoppiert und alle suchten sich ihren Reiter aus.

Nadiraas waren in der alten Zeit, vor rund einem Jahrhundert, weit verbreitet gewesen auf Lynringrim. Sie lebten in wilden Herden und schienen niemals erschöpft zu sein. Wenn eines der Pferde sich einen Reiter suchte, war diesem eine große Ehre zugeteilt worden. Denn keines der Pferde konnte man belehren, dass es einem Menschen gehorchte. Stolz waren sie, denn sie waren die Nachfahren der Götterpferde, das hatten sie alle als Kinder schon in der Schule gelernt. Jedes dieser Pferde hatte seinen eigen Namen. Es hörte nur auf diesen und auf keinen anderen und wenn es auf jemanden hörte, dann nur auf seinen Reiter. Auf niemand anderes.

Die Namen bekam der ausgesuchte Reiter durch eine Art telepatische Übertragung vermittelt.

„Storm", murmelte Kaya, als sie dem Pferd über die Flanke strich. Der schwarze Hengst nickte mit dem Kopf.

Hanjas Pferd war ein brauner Hengst, mit einer sternförmigen Blässe auf der Stirn. Sein Name war Apollo.

Vor Kea kniete eine graue Stute nieder. „Blizzard", sagte Kea sanft. Die Stute wieherte leise und näherte sich Keas ausgestreckter Hand.

Neben Venara blieb eine fuchsfarbene Stute stehen. Ihr Name war wie Venaras verhalten: Princess.

Vor Randaar, Selastika und Jago stellten sich drei prachtvolle schwarz-weiße Stuten: Lunatic Star, Arias und Dreamdancer.

Vor Dawn und Evelyn hielten zwei staatliche Hengste. Ein grauschwarzer namens Schadow hielt vor Dawn und ein brauner, mit einem schwarzen Punkt auf der hinteren, rechten Flanke namens Artak, hatte Evelyn als Reiter auserkoren.

Mit einem Grummeln verschwand der Lichtstrahl und das schwarze Loch im Nichts. Dann kehrte Stille ein. Mehr als dreitausend Pferde hatten sich hier eingefunden. „Das ist ein Wunder.", „Zauberei.", waren einige Wortlaute zu hören.

Kaya warf einen Blick durch das Lager. Alle Pferde waren gesattelt und aufgetrenst. Sie konnten in wenigen Minuten aufbrechen und ihren langen Rückweg zurück nach Lansri beginnen. „Gibt den anderen Bescheid, wir brechen bald auf." „Es sind nicht genügend Pferde da, nicht alle können mit", stieß Dawn hervor. „Die Amazonen und die Tlanganer nehmen die Flöße", erwiderte Kea kühl. „Die Verletzten werden hinter einem anderen Reiter aufsitzen", meinte Noreen weiter. „Aber dennoch ... werden wir alle mitnehmen können?" „Einige sind schon unterwegs, falls es dir noch nicht aufgefallen ist, Dawn. Sie wussten, dass wir nicht alle auf einmal mitbringen konnten. Sie haben um Wasser und Nahrung gebeten und sind gestern Abend aufgebrochen." Kayas Stimme war ein Flüstern. In ihrem Gesicht konnte man die widerspenstigen Gefühle, die in ihrem Inneren miteinander rangen, erkennen. Zweifel und Zorn, denn sie konnte nicht alle schützen, wie sie es sich vorgenommen hatte, Stolz und Ehrgefühl, dass auch Lansrianer so mutig waren, den Weg durch die Wüste alleine zu gehen.

„Gestern Abend? Wann war das?" Evelyn sah Kaya erschrocken an. Das hatte sie überhaupt nicht mitbekommen. „Als ich gestern alleine am Feuer saß – ihr anderen hattet euch schon zum Schlafen nieder gelegt." Kayas Stimme bebte. „Wie viele waren es?", fragte Dawn. „Zwei-, vielleicht auch dreitausend", erwiderte Kea jetzt an Kayas Stelle. „So viele?" „Es war ihre eigene Entscheidung. Kaya wies ihnen den kürzesten Weg durch das Flussbett", brach Kea in das Gespräch ein. Sie sah, dass Kaya nur noch mit Mühe sich selber und ihren Zorn beherrschen konnte. Nach einer kurzen Weile wandte sie sich wortlos ab und half anderen, einen verletzten Mann auf ein geduldiges Pferd zu hieven.

„Es gab einen Streit, einen ziemlich heftigen sogar. Kaya konnte nur mit Mühe davon abgehalten werden, den Obersten dieser Männer nicht den Kopf vom Rumpf zu trennen", flüsterte Kea. „Was hat er denn gesagt?", fragte Dawn bestürzt. „Es gab einiges zu bereden und vieles zu erklären und dann ..." Sie stockte. Hanja räusperte sich. „Um es einfach auszudrücken: Er hielt uns für eine Bande verwahrloster Bordellbewohnerrinnen, die sich Gold geben lassen wollten für jeden von ihnen befreiten Mann. Und das ist noch die harmloseste Umschreibung." Hanja senkte beschämt den Kopf zum Boden. „Und wie kann es sein, dass wir alles nicht mitbekommen haben und ihr dennoch davon wisst?" Venara verschränkte die Arme vor der Brust. „Weil wir die Gebärden von Kaya kennen. Außerdem schläft es sich nicht so gut, wenn ein 90-Kilo-Mann auf dich fällt." Kea rieb sich die Seite.

Nach gut einer Stunde ritten sie los. Ein kleiner Trupp von zweitausend Mann blieb zurück. Sie selber hatten sich vorgenommen, den Weg nach Lansri zu Fuß zu finden.
„Folgt dem Flusslauf, danach ist es nicht mehr weit. Wenn ihr am See seid, werden euch Boten erwarten, die euch nach Hause geleiten. Wenn es wahr ist, dass die Nadiraas schneller und ausdauernder laufen als normale Pferde, werden wir schon lange vor euch in Lansri sein." Kaya beugte sich zu dem Anführer der Männer hinunter. „Wir danken euch, egal was die anderen sagen. Wir sind nur frei, weil ihr Euren Mut und Euer Schwert eingesetzt habt." Er verneigte sich leicht. „Eine gute Heimreise." Kaya nickte ihm zu. Sie gab Storm nur ein leichten Druck in die Seiten und schon nahm er seinen Platz in der vordersten Reihe an. Sie warf einen Blick zurück und erhielt Kopfnicken von Hanja, Randaar, Selastika, Dawn, Hanja, Venara und Kea. Jede von ihnen hatte eine Gruppe Männer unter ihr Kommando unterstellt. So konnte jede Gruppe, in der es Probleme gab, zurückbleiben und sich später der Hauptgruppe wieder anschließen. Jago übernahm den Schutz von Königin Gandentia.

Die Gruppe setzte sich in Bewegung. Mehr als acht Stunden galoppierten sie der Heimat entgegen. Wie es in den Legenden und Sagen, den Mythen und Märchen von Lansri und Aldea immer geheißen hatte, waren sie sehr schnell und sehr ausdauernd. Die Wegstrecke, die man auf dem Floß in drei Tagen zurückgelegt hatte, war nun nach acht Stunden schon verstrichen. Das Essen nahmen sie während des Rittes ein. Die meisten wollten gar kein einfaches Brot haben, sondern nur etwas Wasser. Kaya ließ sie gegen Mittag am Fluss kurz rasten und ihre Flaschen füllen. Dann trieb sie die Gruppe erneut erbarmungslos in die Wüste.

Die Pferde waren nicht einmal außer Atem, als Kaya sie in eine kleine Oase führte und absitzen hieß. Sammler wurden ausgeschickt, um Feuerholz zu sammeln und Kaya schickte eine Wache, um oberhalb des Lagers Posten zu beziehen.

Die Nacht brach über das Lager ein. Die Tageshitze wich der Nachtkälte und man sehnte sich nach einem warmen Feuer und einer heißen Suppe. Einige der Sammler hatten eine Wüstenechse aufgescheucht und sie teilte nun als Nachtmahl die Gesellschaft der Männer an den vielen Feuern, die nun über die Wüste hereinbrach.

Kayas Blick glitt über die Lagerfeuer.

So langsam kehrte Ruhe ein. Die Männer waren erschöpft. Die Pferde hatte man unten am Fluss untergebracht, damit sie ihren Durst stillen konnten. Kayas Blick richtete sich wieder auf das eigene Lagerfeuer. Neben ihr saßen Randaar, Selastika, Hanja und Venara. Kea war immer noch bei den Männern ihrer Gruppe. Hanja hatte einen Topf übers Feuer gehängt und warf dort gerade die letzten Kräuter hinein. Erfrischend stieg der Geruch der Kräuter in ihre Nasen.

Ohne den Blick von den lodernden Flammen abzuwenden, tastete sie blind nach ihrer Pfeife und ihrem Pfeifenkraut und stopfte sich die Pfeife. Sie hatte gerade den ersten Zug gemacht, als Kea zu ihnen ans Lager zurückkehrte. Sie wischte sich mit dem Ärmel noch einmal über den Mund. „Man kann sagen, was man will, egal wie widrig die Umstände sind, Lansrianer sind gastfreundlich." Sie hob abwehrend die Hand, als Hanja ihr eine Schüssel von ihrer Suppe anbot. „Ich hatte schon, danke." „Mehr für uns", sagte Kaya zwischen zusammengepressten Zähnen. Sie hatte ihre Pfeife in den rechten Mundwinkel geschoben und nahm Hanja nun die Schale ab, die eigentlich für Kea gedacht gewesen war.

Evelyn zog die Decke enger um sich. Sie hatte sich freiwillig zur Wache einteilen lassen. Sie musste nachdenken. Der letzte Tag war ihr so fern, wie das letzte Jahr zu Hause in Aldea. Und das wurmte sie. Hatten die anderen diesen letzten Tag schon verarbeitet, brauchten sie nicht mehr über Daria nachzudenken oder hatten sie die Geschehnisse einfach aus ihren Köpfen verdrängt? Sie fühlte einen Schauer über ihren Rücken gleiten, ihre Nackenhaare richteten sich auf. Sie stieß sich vom Felsen ab, an dem sie gelehnt hatte und starrte in die Nacht hinunter. Nichts war zu erkennen.

Sie zuckte mit den Schultern, sie hatte sich wohl vertan, da draußen war nichts.

Wieder schweiften ihre Gedanken zu Daria ab. Sie war gestorben für etwas, das sie nicht einmal etwas anging. Sie hatte sich der Gruppe angeschlossen, einfach, weil sie durch sie die Freiheit erlangt hatte. Was, wenn sie die Gruppe nicht begleitet hätte, wäre dann eine andere von ihnen gestorben?

„Auf Wache zu sein, heißt auch wachsam zu sein", riss Kayas Stimme sie aus ihren Gedanken. Evelyn drehte sich zu ihr um. „Bemerkt hatte ich dich, nur habe ich dich nicht gesehen", erwiderte Evelyn ruhig. Und doch wuchs die Anspannung in ihr.

Kaya lächelte über den gelungenen Konter ihres Wortspiels und reichte Evelyn eine dampfende Schüssel. Sie sagte nichts, sondern schmauchte weiter an ihrer Pfeife. Sie lehnte sich an den Felsen und starrte hinaus in die Dunkelheit. Als Evelyn immer noch nicht angefangen hatte zu essen, machte sie eine ungeduldige Handbewegung. „Iss endlich, Hanja wird mich dafür verantwortlich machen, dass du nichts Warmes bekommen hast. Ich passe so lange auf."

Wieder verstrichen Minuten des Schweigens zwischen ihnen. Nur das Klappern von Evelyns Löffel und das Schmauchen von Kayas Pfeife war zu hören.

Nach einer Weile, Evelyn war bereits fertig mit dem Essen, konnte sie das andauernde Schweigen nicht länger ertragen. Sie räusperte sich lautstark, wie um Kaya wieder auf sie aufmerksam zu machen.

Kayas Blick schweifte von der Dunkelheit vor ihr kurz auf Evelyn, dann wieder zurück auf die Dunkelheit. Sie stieß eine Rauchwolke aus, sagte aber nicht ein Wort. „Darf ich dich etwas fragen?", versuchte Evelyn erneut ein Gespräch anzufangen. Kaya verschränkte die Arme vor der Brust, aber sie nickte auch. „Der Tod, der Tod ... von Daria ... hat er dich berührt?" Evelyn schaute in ihr Gesicht, um eine Antwort darin zu finden. Aber sie sah nur Stirnrunzeln. „Ich meine, was hast du gefühlt, was fühlst du jetzt? Ich habe den Eindruck, dass ich die Einzige bin, die noch an Daria denkt. Dabei ist sie erst ... seit einigen Stunden tot." Evelyn spürte zwei Dinge in sich passieren, als sie diese Sätze aussprach.

Zum einen fühlte sie Erleichterung, da sie es nun geschafft hatte, das auszusprechen, was sie schon seit zwei Tagen beschäftigte. Zum anderen fühlte sie, wie sich ihr Magen zusammenkrampfte. Sie hatte die Frage an Kaya gestellt, in ihr war wohl das unberechenbarste Wesen verankert, das Evelyn je kennen gelernt hatte. Wer konnte ahnen, wie sie auf diese Frage reagierte?

Kaya beantwortete ihre Frage nicht sofort. Sie stieß eine Rauchwolke aus und sah sie nicht an. „Kampf ist dir ein Gräuel, nicht wahr?" Ihre Stimme war sanft und mitfühlend. Das ermutigte Evelyn weiterzusprechen. „Ja, ich verteidige mein Leben, wenn es denn sein muss. Aber ich fühle mich hinterher immer schuldig, einen anderen verletzt oder gar getötet zu haben." Ihre innere Anspannung wuchs. „Das ist gut, Evelyn. Glaub mir, selbst mich schaudert es nach einem Kampf. Es beweist, dass du ein Mensch bist und keine hirnlose Tötungsmaschine." Sie schwieg einen Moment. „In meiner Erziehung achtete man auf andere Säulen, als wie die hier zu Lande üblichen. In Lansri wird der hoch angesehen, der sein Leben in Frieden meistert. Ihr glaubt an den Frieden und dass er das höchste Gut ist, das ein Mensch erstreben kann. Mein Volk tut das nicht. Und obwohl ich in Lansri geboren wurde, bin ich dennoch in den Genuss einer strengen tlanganischen Erziehung gekommen. Kampf ist so alltäglich bei uns, wie in Lansri das wöchentliche Friedenskonzert am Hofe der Königin. Alles was wir anstreben, ist der Tod auf dem Schlachtfeld und ein großer Krieger zu werden. Meine Sicht auf den Tod von Daria ist eine ganz andere, als deine." Kaya verstummte.

Evelyn wollte fragen, warum und wieso, aber bevor sie den Mund geöffnet hatte, hob Kaya die Hand und gebot ihr zu schweigen. „Aber einen Freund, einen Weggefährten zu verlieren, ist nicht leicht. Du fühlst, wie sein warmes, ihm lebensspendendes Blut über deine Hände rinnt – du kannst es nicht aufhalten. Du spürst, wie der Brustkorb sich immer sachter hebt und senkt, wie die letzte Luft die Lungen verlässt – du kannst sie nicht zurückführen. Und du siehst, wie seine Augen, die einst klar und wachsam waren, sich trüben und leblos werden – du kannst es nicht ändern. ... Es ist alles andere als leicht, Evelyn. Und du tust gut daran, lange an Daria zu denken." Wieder verstummte Kaya. Die rechte Hand hatte sie von sich gestreckt. Dort erhob sich ein dünner Rauchfaden aus der Pfeife. Ihren linken Arm hatte sie immer noch über ihre Brust verschränkt. Als Evelyn aufsah, bemerkte sie, dass Kayas Blick fest auf sie gerichtet war.

Evelyn erwiderte den Blick kurz, aber sie konnte ihm nicht lange stand halten. „Und ich dachte schon, euch allen wäre ihr Tod egal." Sie senkte die Stimme zu einem Flüstern.

Kaya lachte auf. Ihr Lachen war hell und klar. Sie war nicht böse bei diesen Satz. Bei weitem nicht.

„Für dich ist es das erste Jahr im Kampf, Evelyn. Bei mir ist es ..." Sie hielt inne, um nachzurechnen. Als sie weitersprach, schien sie selber überrascht. „Bei mir ist es bereits das 10. Jahr. Kea kämpft ebenfalls schon seit 10 Jahren neben mir. Hanja ist seit acht Jahren bei uns ... Wir alle haben schon engere Freunde verloren als Daria. Es ist Gewohnheit geworden, Freunde zu betrauern und Feinde zu bekämpfen. Gewohnheit, keine Routine. Wenn du zu viel Routine in etwas bekommst, dann wirst du unvorsichtig werden und das kann tödlich sein. Gewohnheit lehrt dich, vorsichtig zu sein. Wenn du gewohnt bist, zu kämpfen, wirst du auch, wenn du nicht kämpfst, vorsichtig. Du traust keinem Schatten und du siehst dich immer nach einem Ausgang um, wenn du einen unbekannten Raum betrittst. Du schätzt deine Fähigkeiten besser ein, denn du weißt, was du in extremen Situationen leisten kannst. Es ist kein leichtes Leben, aber es ist bedeutungsvoller als manch ein anderes. Denn, wo wäre unser Land ohne uns? Angefangen beim ersten Krieg gegen Nachlerim vor dreihundert Jahren, über die Schlachten an den hängenden Felsen, vor 10 Jahren über die Schlacht am See der Geister, vor drei Jahren bis zum heutigen Tag." Kaya stieß sich vom Felsen ab und nahm einen tiefen Zug aus ihrer Pfeife. Evelyn konnte ihr Gesicht nicht sehen, aber sie meinte, vorhin eine Träne dort glitzern zu sehen. „Genug davon. Geh ins Lager und leg dich hin. Sag Kea, sie soll mich ablösen, wenn der Mond im zweiten Gestirn ist." Sie drehte sich nicht um. Evelyn nickte, obwohl Kaya diese Geste nicht sehen konnte.

Kaum graute der Morgen, brachen sie ihr Lager ab.
Die Wüste strahlte wieder vor Hitze, aber das schien den Pferden nichts weiter auszumachen. Es schien sie nicht einmal ins Schwitzen zu bringen. Dafür aber machte die anhaltende Gluthitze den Reitern zu schaffen.
Nachdem sie drei Stunden geritten waren, musste Hanja mit ihrer Gruppe zurückbleiben. Mehrere der Reiter waren besinnungslos aus dem Sattel gefallen. Sie blieben zwei Stunden hinter der Hauptgruppe zurück. Aber Kaya achtete nicht darauf. Sie nickte

Hanja lediglich zu und schien das Tempo noch erhöhen zu wollen, als sie weiterritten.

Kea sah in die müden und erschöpften Gesichter um sie herum. Sie selber wäre am liebsten in den Schatten einer Düne geflohen und wäre dort geblieben, aber Kaya machte keine Rast. Sie fasste sich ein Herz, an Blizzard ihre Fersen zu sprühen und setzte sich neben Kaya an die Spitze des Zuges. „Wir müssen rasten. Noch eine weitere Stunde und auch meine Gruppe wird zurückbleiben müssen, wenn wir keine Gräber ausheben wollen." Sie sah Kaya flehend an.

Die hatte ihren Blick gerade auf den Horizont ausgerichtet. „Nicht hier, nicht jetzt", erwiderte sie nur. Kea griff nach ihren Zügeln und drängte Kaya zur Seite. „Die Männer können nicht mehr, was macht es aus, eine Stunde zu rasten? Wir müssen keinen Wettstreit gewinnen", beharrte Kea.

Kayas Augen blitzten auf. „Ihr habt mich genötigt, die Führung zu übernehmen. Jetzt führe ich und du befolgst das, was ich sage. Ansonsten bleib zurück und ruhe eine Stunde in der Hitze." „Aber ..." „Untergrabe nie meine Befehle ...", zischte Kaya so leise, dass nur Kea sie hörte.

Einige warfen neugierige Blicke auf die beiden. Der Zug war weitergeritten, blieb aber stehen, als Kaya keine neue Richtung angab. „Was, aber ich ...", versuchte Kea erneut, Kaya zu beruhigen. Sie war erschrocken darüber, dass Kaya glaubte, sie misstraute einem ihrer Befehle. „Was nutzt es den Männern, eine Stunde in der Hitze einer Düne zu rasten, wenn sie in einer Stunde die Kühle einer Oase haben können?" Kayas Arm fuhr nach vorn und wies auf den Horizont. Kea, die am besten sehen konnte, entdeckte eine kleine Oase am Horizont. „Auch wenn wir seit heute Mittag nicht mehr neben dem Fluss reiten, weiß ich, wo er liegt. Und ich weiß genau, wo wir sind. Und an dieser Oase sind wir am zweiten Tag seit dem Aufbruch vom Spiegelsee vorbeigekommen." Kaya trieb Storm an und setzte sich wieder an die Spitze des Zuges. Kea stand immer noch abseits und schnappte nach Luft. Kaya bewies

ein unglaubliches Gedächtnis, wenn es um das Lesen von Karten und das Abreiten einer Strecke ging. Sie hatte diese Oase fast blindlings gefunden. Als Kea wieder zu Kaya schaute, drehte diese sich um und lächelte jetzt. „Nie wieder, Kaya", dachte Kea bei sich. Nie wieder würde sie daran zweifeln, was Kaya machte.
Nach einer Stunde erreichten sie die Kühle der Oase. Manche fielen von ihren Pferden und blieben genau dort liegen, wo sie hinfielen. Obwohl sie noch ein oder zwei Stunden hätten weiterreiten können, das Licht des Tages war noch ausreichend, ließ Kaya sie ausruhen. Sie wusste, dass sie den Männern viel abverlangt hatte.
An diesem Abend stellte sie Randaar zur Wache ab und Dawn sollte die Wachablösung übernehmen.
Venara und Evelyn saßen am gemeinsamen Lagerfeuer. Selastika leistete Jago Gesellschaft, der immer noch die Königin bewachte. Sie beschwerte sich über nichts, aber Gandentia war sehr blass. Und das, obwohl ihr den ganzen Tag die Sonne aufs königliche Haupt geschienen hatte.

Hanja, Kea und Kaya hatten sich etwas abseits von den anderen in eine kleine Felsengruppe zurückgezogen und wollten nicht gestört werden. Sie mussten die Routen für die nächsten Tage besprechen.
Mit einem Stock, schnellen Fingern und einem guten Gedächtnis für Wege zeichnete Kaya eine Karte in den Sand.
„Wenn wir morgen recht früh aufbrechen, können wir die Wüste schon bis Mittag hinter uns lassen." „Und was folgt dann?" Hanja beugte sich auf die Karte hinunter. Sie konnte nur schwerlich die Zeichen lesen, aber das lag daran, dass sie Karten allgemein nicht sehr interessant fand. „Die ersten Reiter werden sich von der Hauptgruppe absondern und nach Kerian und Laos reiten. Wir werden den direkten Weg nach Lansi einhalten." „Müssen wir nicht erst noch am Spiegelsee vorbei, wenn wir die Wüste verlassen wollen?" Hanja sah Kaya fragend an. „Aber das haben

wir doch schon, heute Mittag ..." Kea sah sie an. „Oh, ist mir gar nicht aufgefallen." „Jedenfalls", Kaya beachtete sie nicht weiter. „Jedenfalls werden wir außerdem noch dieses Lager der Nachlerimer aufreiben. Mag sein, dass sie mit den Amazonen einen Vertrag hatten, aber sie können, sie dürfen sich nicht alles erlauben." Sie ließ den Dolch, der ihr bisher als Zeigestock gedient hatte, fallen.

Er bohrte sich scheinbar wahllos in den Sand, aber Kea wusste es besser: Es war der exakte Standpunkt des feindlichen Lagers.

„Deine Stimmung schwankt immer kurz unter dem Siedepunkt, Kaya. Dein Ausraster heute Mittag zum Beispiel", sprach Hanja dieses recht heikle Thema nebenbei an. Sie schaute weiter unbekümmert auf die Karte, während Kaya sie mit offenem Mund anstarrte. Auch Kea konnte ihr Erstaunen nicht verbergen und sah Hanja ebenfalls völlig verdutzt an. Dann sah sie Kaya an, um eine Reaktion in ihrem Gesicht festzustellen.

Eine Weile herrschte eisernes Schweigen. Kaya hatte den Kopf zum Boden gesenkt. Sie hob ihn an und sah Hanja fest in die Augen. Als sie wieder sprach, wählte sie jedes Wort mit größter Vorsicht. „Lansri ist nicht unbedingt meine Heimat. Aber ich bin hier geboren. Und jetzt liegt es völlig schutzlos da. Die Feinde brüten in einem versteckten Nest und haben sicher schon ihren König über die derzeitige Situation aufgeklärt. Die Grenzen sind schlecht bewacht und schwach dazu. Die einzigen waffenfähigen Lansrianer sind an den Hof der Königin befehligt worden. Nachlerim wittert unseren Untergang." Sie schwieg eine Weile und zog den Dolch wieder aus dem Sand. „Alles in meiner Erziehung war darauf ausgerichtet mich zu lehren, Gefahren und Fallen zu erkennen, im Krieg ehrenvoll zu Handeln und ... ihr wisst schon. Alles war eben auf den Krieg und die Schlacht gemünzt. Und ich spüre ihn. Ein Krieg steht bevor. Ich spüre ihn mit jeder Faser meines Daseins. Ich will wertvolle Zeit nicht vergeuden durch Rücksicht auf Schwächere. Was nutzt uns die gemeinsame Rückkehr, wenn es nichts mehr gibt, zu dem es sich zurückkehren lohnt?" Kaya wandte ihren Blick, den sie starr auf Hanja gerichtet hatte, auf Kea.

Kea sah, dass Kaya sie stumm um Verzeihung bat. Sie wusste mit dem Gefühl der Ungeduld nicht besser umzugehen. Sie war immer angespannt und reizbar, wenn es etwas gab, von dem sie sicher war, dass es Gefahr bedeutete und sie nichts dagegen tun konnte.

Kea nickte und verstand den Blick von Kaya richtig. Die beiden kämpften seit 10 Jahren Seite an Seite. Sie hätte ihr schon heute Mittag vertrauen sollen. „Die Männer in deiner Gruppe sind am grimmigsten, lass uns die ausrüsten. Wir haben einige Waffen aus dem Schloss der Hexe mitgenommen. Galatea braucht sie ja nicht mehr. Ich denke, deiner Erzählung nach werden 30 Männer reichen. Wir werden einfach die Jungs aus der Schlosswache nehmen." Kea machte ein Kreuz aus dem Punkt, den Kayas Dolch hinterlassen hatte.

Hinter ihnen brach plötzlich Tumult aus.

Ein Mann bahnte sich ein Weg auf sie zu durch das Lager.

Diejenigen, die ihm nicht schnell genug auswichen, schob er energisch auf die Seite. Erst als er am Lagerfeuer vorbei wollte, hielt ihn Venara auf. Sie hatte ihren Degen gezogen und verstellte ihm den Weg. „Was willst du?" Venara funkelte ihn an. Sie hasste es, am Lagerfeuer gestört zu werden. Zumal hatten Kaya, Hanja und Kea um Ruhe gebeten.

Evelyn sah erschrocken von Venara zu dem Mann. Sie erinnerte sich an das, was Kaya ihr gestern noch gesagt hatte: Gewohnheit mit Kampf führt unweigerlich dazu, vorsichtig mit allem und jedem zu sein.

Der Mann starrte Venara an, als wäre sie ihm erst jetzt aufgefallen.

Evelyn fühlte sich bei seinem Anblick an jemanden erinnert, aber sie konnte nicht klar nachdenken. Sie konnte hier und jetzt einen Eid bei ihrem Blut schwören, dass sie ihn noch nie zuvor gesehen hatte. Und doch kam ihr das Gesicht dieses Mannes mehr als nur flüchtig bekannt vor. Aber woher kannte sie ihn?

„Ich will zu meiner Tochter", sagte der Mann knapp. Er hatte kurzes, weißes Haar, das an einigen Stellen silbrig leuchtete. Seine Augen sahen Venara stechend und klar an. Er schien zu überlegen, wie er an Venara am schnellsten vorbeikam. Sollte er geduldig all ihre Fragen beantworten, oder sollte er sich gewaltsam den Weg frei machen?

Noch bevor Venara zu einer ihrer schnippischen Antworten ausholen konnte, klopfte ein Kampfstab auf ihre rechte Schulter. Sie drehte sich um. Hanja winkte sie zur Seite. „Nimm den Degen herunter, es ist mein Dad."

Kaum hatte Hanja das ausgesprochen, sah Evelyn die Ähnlichkeit. Hanja sah ihrem Vater sehr, wirklich sehr ähnlich. Daher war ihr der Mann also so bekannt vorgekommen.

Hanja umarmte ihren Vater überglücklich. Auch Kea und Kaya kannten ihn und wurden von ihm überschwänglich begrüßt. Kaya fand das etwas ungewöhnlich, ließ die Prozedur aber über sich ergehen. „Das ist Dieterus, mein Vater. Verzeih, dass ich dich nicht gesucht habe, ich muss es verdrängt haben. Es ist eine Menge passiert." Hanja lächelte entschuldigend und wies ihrem Vater eine Platz an ihrem Lagerfeuer zu.

Alle setzten sich zu ihnen. Es wurde Suppe verteilt und Kaya holte ihre Pfeife hervor. Kea warf etwas Sand über die gemalte Karte und kam auch zu ihnen ans Feuer.

„Mir hätte auch einfallen können, dass es nur eine Gruppe Kriegerinnen gibt, die so eine Verrücktheit mitmachen und einen Marsch durch die Wüste auf sich nehmen, als würden sie Urlaub machen." Er lächelte seine Tochter stolz an. „Vor zwei Stunden unterhielt ich mich noch mit einigen Jungs am anderen Ende des Lagers. Sie redeten von einer Reiterin mit flammend rotem Haar, einem schwarzen Teufelsweib, das alle in den Tod reiten würde und einer braunhaarigen Kriegerin, deren Blick dich um den Verstand bringen kann. Da wusste ich, dass sie von dir, Kaya

und Kea, redeten." Er sah in die Runde. „Teufelsweib?" Kaya sah
ihn an. „Nun, bist halt schon immer ein wenig härter im Nehmen
gewesen als so manch ein anderer." Er zuckte mit den Schultern.
Eine Weile herrschte Schweigen am Lagerfeuer, bis Kea sich räusperte. „Sag, Dieterus, ist ... wie kam es zu der Gefangennahme?
Wir alle können nur vermuten, was passiert ist." „Draußen auf
den Lichtungen vorm Kristallwald glänzte es vor Zauberstaub,
aber sie kann nicht das ganze Land ..." Kaya brach ab. Dieterus
seufzte. „Ich kann es selbst nicht glauben, was passiert ist. Aber
lasst mich von vorne anfangen. Ich war als einer der Letzten in
der Stadt wach, aber so ist das halt, wenn du einen Gasthof führst.
Anitara war schon im Bett und alle anderen Menschen auch, die
einen ehrbaren Beruf ausüben. Ich brachte gerade die Letzten
meiner Gäste zur Straße. Es war der alte Sam Bock mit seinem
Gärtner Firedo. Sie hatten gefeiert, dass die Alte vom Bock das
Zeitliche vor drei Jahren gesegnet hatte." Er hielt kurz inne. „Wir
standen nun also dort auf der Gasse, es war ziemlich kalt und ich
wünschte mich nur noch in mein warmes Bett. Plötzlich verdun-
kelte sich der Himmel über uns. Es war nur ein Bruchteil eines
Moments, aber er nahm uns alles Sternenlicht. Ich weiß noch, wir
sahen auf, der alte Bock redete von den Drachen, die nach Jahrhunderten wieder zurückkommen würden, und ich sah nur noch
einen riesigen Flügel verschwinden. Aber ich fühlte etwas anderes
auf meinem Gesicht. Es war ... eine ganz leichte Berührung nur,
wie die vom kleinen Volk. Einem sanftem Flügelschlag gleich.
Ich wischte es mir vom Gesicht. Im Schein der Straßenfackel
leuchtete meine Hand, als hätte man sie mit Edelsteinen besetzt.
Als ich gewahr wurde, dass es Zauberstaub war, da war es auch
schon zu spät, meine Hand wurde durchsichtig. Und mit einem
ungläubigen Blick auf den alten Bock und seinen Gärtner, denen
es nicht besser ging als mir, verschwammen meine Gedanken."
Wieder machte Dieterus eine Pause. Er schlürfte etwas von der
Suppe, die er in seinen Händen hielt.
Dass er ohnmächtig geworden war, war keine Überraschung für

seine Zuhörer. Viele Menschen wurden das, wenn man sie mit Zauberstaub an einen anderen Ort versetzte. Kea war es schon einmal so ergangen und auch Hanja hatte keine guten Erinnerungen an dieses Zeug, das Kenias Urunion immer beutelweise dabei hatte. Man musste entweder eine Hexe beklauen und deren Staub nutzen, oder aber man kannte einige des kleinen Volkes, die schenkten einem diesen Staub mit vollen Händen. Und bei Kenias war letzteres der Fall gewesen.

„Das Nächste, an das ich mich wieder erinnere, ist ein schmerzvoller Tritt in meine Rippen. Ich spürte eine eisige Kälte an meinen Fußgelenken und meine Hände waren mit Ketten aneinander gebunden. Als ich aufsah, stand ein hässliches Echsenwesen vor mir. Hexenwerk." „Nein, verzauberte Tlanganer. Sie reisen doch mit uns ...", entfuhr es Evelyn. „Das wusste ich doch da nicht", belehrte Dieterus sie und sprach dann weiter: „Sie sorgten dafür, dass wir der alten Galatea zuhörten. Die Alte war etwas schrullig, lachte die ganze Zeit vollkommen irre. Und das, was sie sagte, habe ich mir nur stellenweise merken können." Ebenfalls eine Nachwirkung von Zauberstaub, wussten sie. „Sie sprach vom Untergang der geeinigten Reiche, die Rückkehr des alten Schnitter, Jahre voller Krieg lägen vor uns – dabei haben wir schon viele hinter uns und uns wollte sie als Futter für ihr Haustier halten. Wenn ihr mich fragt, die hat den Zauberstaub ein wenig zu oft genutzt, war ein wenig wirr in ihrem Kopf. Habe nur gehofft, dass ihr jemand zeigt, wo der Hammer hängt, bevor ich als Drachenfutter enden sollte. Aber das habt ihr ja wohl getan." Dieterus schwieg eine Weile.

„Aber erzählt, wie seid ihr hierher gelangt?" Er sah Hanja an. Diese begann auch gleich zu erzählen.

Evelyn und Selastika unterbrachen sie, wenn sie ihrer Meinung nach nicht die gebührende Dramatik oder Ruhm zudachte.

Kaya und Kea standen auf und suchten sich etwas abseits einen Platz zum Reden. „Ich wusste es. Der Schnitter steckte mit der Hexe unter einer Decke." Kayas Augen funkelten vor Wut. „Ich hätte nie gedacht, dass Hemdart so tief sinken würde." Kea schüttelte den Kopf.

Hemdart, der Schnitter, so wurde der König von Nachlerim genannt, da er einer der grausamsten und gefürchteten Könige war, die je in dem verhassten Nachbarland regiert hatten. Allein in den letzten 10 Jahren hatte er zwei große Schlachten gegen Lansri geführt, die nur zurückgeschlagen werden konnten, weil Aldea Lansri Truppen zur Verstärkung schickte.

Kaya und Kea unterdrückten beide die Bilder, die in ihnen aufzukeimen versuchten. Sie beide hatten die erste Schlacht vor zehn Jahren mit all ihrer Grausamkeit erlebt. Kayas Mutter – in Tlangan eine angesehne Kriegerin – war dabei umgekommen.

„Noch tiefer, und er wird unter der Erde leben", entfiel es Kaya mürrisch. Sie besprach mit Kea den Angriff auf das Lagers des Grafen.

„Ich denke, ihr solltet einfach weiterreiten. Ich werde mit den Männern das Lager schnell aufreiben. Es dauert nicht lang, die werden nicht mit einem Angriff rechnen." „Du willst da einfach hereinreiten und alles niedermetzeln?" Kea sah Kaya ungläubig an. „Nein, das wäre bei einem nicht befestigten Lager vielleicht sinnvoll. Aber wir haben hier mindestens eine Wache zu bedenken und Zelte. Zelte lassen sich gut in Brand setzen." „Also Wache ausschalten, Zelte in Brand setzen und dann aufreiben?" Kea verschränkte die Arme vor der Brust. „Ich denke schon. Wenn man immer die gleichen Taktiken anwendet, wird man durchschaubar." „Und so wie ich dich kenne, wird es auch furchtbar langweilig." Kea grinste. „Wahrscheinlich. Ich werde die Männer aufsuchen und mich dann hinlegen. Ihr solltet auch nicht mehr allzu lange aufbleiben. Morgen werden eure Kräfte rascher schwinden." Kaya verließ sie und hob schnell noch die Hand. Kea nickte und setzte sich zu den anderen ans Feuer.

„Es wird Zeit, zu Bett zu gehen. Morgen werden wir uns kurz von Kaya und einigen Männern trennen. Das Lager der Nachlerimer wird dem Erdboden gleich gemacht. Also, legt euch schlafen." Kea stand auch schon wieder auf. „Dürfen ... darf ich Kaya begleiten?" Evelyn stand auf. „Frag nicht mich, frag sie morgen."

# 14. Das zerstörte Dorf

Der Morgen ergraute und Evelyn versuchte ihr Glück, mit Kaya zu reden. Kaya war bereits damit beschäftigt, ihr Pferd hingebungsvoll zu satteln. Sie sprach leise auf Tlanganisch mit ihm.
„Kaya ..." Evelyn blieb in einiger Entfernung stehen. Kaya sah auf, nickte ihr zu und packte ihre Decke auf das Pferd. „Ich möchte mitreiten." „Mitreiten? Wolltest du hier in der Wüste bleiben?" „Nein, ich meine, mit dir in dieses Lager reiten." Evelyn sah sie an. „Ins Lager?" Kaya hielt inne. „Ja. Ich will mitreiten." „Evelyn, erinnerst du dich an unser Gespräch vor einigen Tagen?" Kaya zog einen Riemen fest. „Ja."
„Hast du dich in den letzten Tagen geändert? Du sagtest, du kämpfst nur, um dein Leben zu verteidigen. Wir werden in dieses Lager einreiten, um den anderen ihr Leben zu nehmen. Wir wissen nichts von ihnen, aber es sind unsere Feinde. Vielleicht wollten einige gar nicht hier sein. Vielleicht wurden sie gezwungen, aber die wenigsten von ihnen werden das Lager lebend verlassen, wahrscheinlich niemand." Kaya zog sich ihre Handschuhe über. Ihre Haar band sie fest und stramm nach hinten. „Du wirst mich nicht mitnehmen?" „Du darfst mitreiten, das kann ich dir nicht verbieten, aber im Lager bist du auf dich allein gestellt ..." Kaya schwang sich auf und ritt nach vorne an die Spitze des Zuges.
Evelyn sah ihr nach und fasste den Entschluss, alleine in das Lager der Feinde zu reiten. Kaya würde auf sie Acht geben, dass wusste sie, aber sie, Evelyn, war für ihr Tun und Handeln selbstverantwortlich.

Gegen Mittag erschien die felsige Grenze zu Lansri. Die Männer murmelten erleichtert auf. Es war geschafft, den größten und schwersten Teil ihres Weges hatten sie hinter sich gebracht. Kaum, nachdem sie eine Stunde in heimatlichen Gefilden geritten waren, löste sich Kaya mit ihrer Angriffsgruppe aus dem vorderen Teil des Zuges.

Auch Evelyn scherte aus, hielt noch einmal inne und sah Hanja über die Schulter hinweg an. „Du musst das nicht tun. Du kannst auch mit uns weiterreiten und darauf warten, dass Kaya zurückkehrt", sagte sie leise. Evelyn schüttelte den Kopf und folgte Kayas Kampfgruppe.

„Wie geht es jetzt weiter?" Randaar beugte sich zu Kea hinüber. „Wir haben eine genaue Karte bekommen. In einer halben Stunde werden wir rasten und die ersten Männer zu ihren Dörfern und Städte entlassen. Und danach werden wir weiterreiten." Kea trieb Blizzard voran.

Kaya sah sich um. Evelyn hatte sich ihnen angeschlossen. Gut, dachte sie bei sich und nickte. Als Anführer der Schlosswache schloss Reg Crieol zu Kaya auf. „Euer Plan?" Er war kein Mann der großen Worte. Und das wusste auch Kaya zu schätzen. „Ausspionieren, Wache ausschalten und dann ins Lager einreiten." „Überraschungsmoment ausnutzen, was?" „Ja, deshalb werde ich auch alleine die Wache ausschalten." Kaya sah zu ihm herüber. Er nickte nur. Er akzeptierte jeden Befehl von Kaya sofort. Sie hatte einen kühlen Kopf bewahrt, das hatte er schon einmal erlebt, in der Schlacht vor zehn Jahren. Und dabei war sie noch so jung gewesen und hatte eben ihre Mutter zu Grabe getragen. Aber sie war kühl und beherzt in die Schlacht zurückgekehrt. „Darf ich Euch um etwas bitten, Reg." „Verlangt danach und es wird Euch gewährt."
„Uns folgt eine junge Kriegerin, sie lernt bei uns. Sie ist noch sehr jung und unerfahren. Achtet im Kampf auf sie." Reg nickte. Dann hieß Kaya die Gruppe anhalten und saß ab. Lautlos verschwand sie im Unterholz.

Kea hielt an. Die Siedlung, die Kaya ihnen auf die Karte eingezeichnet hatte, war nicht mehr da. Nicht mehr da, war vielleicht der falsche Ausdruck. Da war sie schon, aber nicht ganz so, wie man sich eine Siedlung vorstellt. „Aber das ist ..." Venara verschlug

es die Sprache. Angewidert wandte sie ihren Blick ab. Einige Männer stürzten auf die Siedlung zu. Schreiend und verzweifelt.
Das Dorf war nieder gebrannt worden. Mitten auf dem Marktplatz hatte man den Schrein niedergerissen und verschandelt. Dort, wo der Schrein einst stand, hatte man eine Fahne in den Boden gerammt, sie hatte einen grünen Grund, auf dem sich ein schwarzer Drache schlängelte.
Kea ritt voran und riss die Fahne ab. Sie warf sie in den Staub. Aus ihrer Satteltasche holte sie eine andere Fahne hervor. Es war die Fahne von Lansri. Ein weißer Grund, auf dem ein roter Stern mit einem silbernen Rand prägte.
„Wir sollten die Toten begraben", sagte sie tonlos und saß ab.

Kaya kehrte zurück. „Ich bin um das ganze Lager geschlichen. Nichts zu sehen, nichts zu hören." Sie fasste den Sattelknauf und zog sich wieder auf ihr Pferd. „Wir sollten uns versichern, dass niemand mehr da ist. Vielleicht ..." „Wir werden es näher betrachten. Vielleicht haben sie dich bemerkt und haben sich nur mal eben versteckt", fiel Evelyn Reg ins Wort. Kaya sah auf. „Mich bemerkt?" „Nun, ich ..." Evelyns Hand verkrampfte sich in die Mähne ihres Pferdes. Kaya warf Reg ein spöttisches Lächeln zu, das dieser erwiderte. „Vielleicht haben sie dich wirklich gehört", grinste er. „Wir werden es sehen." Kaya wendete ihr Pferd und trieb es in den Wald hinein.
Die Gruppe folgte ihr und man kam in das Lager. Es war, wie Kaya gesagt hatte, vollkommen leer und still. „Sie sind alle ausgeflogen." Einer der Männer hatte sich in einem der Zelte umgesehen. „Nahrung ist keine mehr da, ebenso wenig Decken oder Wasser. Ein paar Schwerter und Bogen liegen noch herum." „Zelte durchsuchen. Waffen einsammeln, die werden mitgenommen. Und dann steckt alles in Brand." Kaya entzündete ein kleines Feuer. Schnell wurden die Waffen zusammengetragen und dann wurden die Zelte angezündet. „Aber wo sind die Soldaten?", fragte Evelyn. „Da wir noch nicht an der Grenze von unseren besten

Freunden erwartet wurden, können wir davon ausgehen, dass es eine Schlacht gibt. Und da werden wir hinreiten, so bald wir die Königin im Schloss abgeliefert haben." Kaya saß wieder auf und starrte auf ein Zelt in den Flammen.

Evelyn konnte sehen, wie sie ihre Faust ballte, das schien das Zelt zu sein, in dem sie verhört worden war. Sie selber hatte nichts erzählt, aber das, was Noreen erzählt hatte, hatte Evelyn durchaus gereicht. „Wir reiten zu den anderen", riss Regs Stimme sie aus ihren Gedanken. Kaya war schon fast in den Büschen verschwunden.

„Sie haben meine gesamte Familie ermordet ..." Ein älterer Mann saß weinend am Boden. Venara ballte in hilfloser Ohnmacht die Faust. Sie hatten einige Gräber ausgehoben. Es waren nicht das ganze Dorf, wie sie anfangs befürchtet hatten, aber es waren zu viele. Noreen, Dawn, Selastika und Randaar waren damit beschäftigt, den alten Dorfschrein wieder aufzubauen.

Kea stand auf der Mitte des Dorfplatzes und fühlte sich taub. Sie war so wütend und gleichzeitig verspürte sie eine tiefe Trauer für die Männer, die nun ihre Frauen und manche sogar ihre Kinder begraben mussten.

„Was, was werdet ihr unternehmen?" Der Mann stand auf. Zornesröte war ihm ins Gesicht gestiegen. Vielleicht lag es aber auch daran, dass er sich die Tränen mit dem Ärmel weggewischt hatte, sein Gesicht war rot. Anklagend streckte er den Finger aus und deutete auf Kea. „Was werdet ihr jetzt tun?", fragte er. „Wir werden kämpfen", sagte eine Stimme dicht an seinem Ohr. Als er sich umdrehte, stand Kaya hinter ihm. Auch sie schien wütend zu sein, ihr Augen funkelten wild.

„Kämpfen? Wo? Gegen wen? Und womit, außer ein paar Hundert hat doch keiner eine Waffe." Der Mann sah sie an. Kaya blieb gelassen. „Wir werden die Nachlerimer schon stellen, alter Mann. Und was die Waffen angeht ..." Sie wies nach hinten. Dort verteilte einer der Soldaten die Waffen, die sie im Lager gefunden hatten.

Der Mann sah Kaya kurz an. Dann drehte er sich zu Kea um, die immer noch kein Wort gesprochen hatte, und dann stapfte er zu den Waffen.

„Wir kämpfen ... Ich habe mich da hoffentlich verhört. Mit diesen heruntergekommenen Bauern ist jeder Kampf sinnlos." Venara starrte Kaya wütend an. Kaya zog die linke Augenbraue hoch. Um sie herum hatten einige Männer Venaras Worte aufgeschnappt und sahen die Frau missmutig und wütend an. „Hüte deine Zunge", meinte Hanja knapp. Auch sie hatte schweigend gelauscht, aber sie wusste, worauf Kaya anspielte. „Diese Männer hier mögen keine strahlende Rüstungen ihr Eigen nennen und auch nicht über die Kampfkunst von Soldaten verfügen. Aber sie kämpfen auch nicht aus Angst vor ihrem König, sondern aus Liebe zu ihrem Land. Das sind zwei sehr unterschiedliche Dinge, Venara. Wenn ein Mann seine Familie beschützt, will ich nicht auf der anderen Seite stehen, um ihn aufzuhalten." Hanja sah die immer größer werdende Anzahl an Bewaffneten an. „Mag ja sein, dass sie aus besseren Gründen kämpfen als die Nachlerimer, aber sie sind zumeist nur Bauern", beharrte Venara. „Aber die meisten Bauern hier mussten schon mindestens einmal in eine Schlacht ziehen. Und da sie nicht zögern, sich diesem Schrecken noch einmal zu stellen, solltest du es auch nicht tun." Kaya ging an ihr vorbei. Sie warf Venara einen wütenden und bösen Blick zu. „Das ist ... Ich bin doch nicht ängstlich ... und zögern tu ich auch nicht", schrie Venara Kaya hinterher, aber diese beachtete sie gar nicht weiter.

Eine finstere Stimmung hatte die Männer und die Frauen gepackt. Es herrschte vollkommene Ruhe an den Lagerfeuern, kaum einer sprach. Und wenn doch, dann flüsterten sie.
Kaya sprach nicht. Sie schleifte in Seelenruhe ihre Schwerter und das mit absoluter Genauigkeit. Kea zählte ihre Pfeile und fertigte noch einige andere an. Sie hatte sich einen alten Topf aus den Trümmern des Dorfes gesucht und schmelzte darin gefundenes Eisen ein. Venara hatte angeboten, ihr zu helfen und war damit

beschäftigt, die fertig gegossenen Spitzen auf die Pfeilschafte anzubringen. Hanja saß gebeugt über ihr Buch und ihre Feder schien über das Papier nur so zu fliegen. Hier und da fertigte sie auch eine Zeichnung an und das ständige Kratzen der Feder war das einziges Geräusch, das am Lagerfeuer zu hören war.

Gandentia entnahm aus den Händen ihres Bewachers Jago eine Schale mit heißer Suppe entgegen. Auch sie hatte mit den Menschen getrauert, als sie das Dorf erreicht hatten. Und man hatte sie in die zerstörten Hallen des Dorfheiligtums, einer kleinen Kapelle, geführt. Denn in Lansri und Aldea waren nur die Königinnen und ausgewählte Priester dazu auserwählt, die Seelen der Toten ins Jenseits zu leiten. Man musste eine Menge Weihrauch und anderer Kräuter verbrennen und Gebete und Lieder an die Götter schicken. Ein jeder könnte dies tun, aber seit Jahrhunderten war es dieser auserwählten Gemeinschaft vorbehalten.

Aber Gandentia hätte gerne zu gerne auf dieses Vorrecht verzichtet. Anders als Feodora war sie schon, seit sie ein Kind war, die Herrscherin ihres Landes gewesen. Ihre Eltern waren früh nach ihrer Geburt gestorben und nun, was blieb als die vierjährige Tochter – und das einzige Kind des Monarchenpaares – auf den Thron zu setzen.

Und nun dieser Schlammassel. Die Reise durch die Wüste war noch annehmbar gewesen. Die Nacht hier würde auch überstehen zu sein, aber eine Schlacht?? Sie sah auf. Jago hatte sich geräuspert. „Königin Gandentia … draußen wartet Kaya Feastor zusammen mit einer Heilzauberin. Sie bitten, Euch sprechen zu dürfen." „Bitte sie herein." Gandentia stellte die Suppe zur Seite und ordnete ihre Kleidung. Sie sah schlimm aus, das gab sie zu, aber sie war eine Königin. Sie musste so viel ihre Würde wahren, wie es ihr nur möglich war.

Jago hatte veranlasst, dass man der Königin ein kleine Ruine als Schlafplatz überließ. Er hatte beaufsichtigt, dass dort alles gereinigt wurde und dass es dort ein wenig heimischer wirkte. Er hatte außerdem einen alten Vorhang gefunden, der noch recht gut aussah und hatte damit die fehlende Türe ersetzt.

Und hinter diesem Vorhang trat er jetzt wieder hinaus ins Freie. Dort hatte er sich gerade noch mit Kaya unterhalten und ihren Plan fand er alles in allem gut, aber sie schloss ihn damit wieder vollkommen aus der Schlacht aus. „Kaya, sie erwartet euch, aber bitte ..." Sie unterbrach ihn mit einer ungeduldigen Handbewegung. „Jago, ich brauche jemanden, dem ich trauen kann. Auf Reg kann ich mich verlassen, aber er wird sich mehr Sorgen um die Verteidigung seiner Stadt machen als um das Wohlergehen der Königin. Und du bist ihr während der letzten Tage nicht von der Seite gewichen. Was machen da zwei Tage mehr aus?" „Aber ihr begebt euch in Gefahr und ich sitze nutzlos hinter einer Steinmauer ... verdonnert zum Tee trinken." Jago hob hilflos die Hände zum Himmel. Kaya sah ihn einen Moment an, völlig verständnislos, denn sie hatte doch gerade erklärt, warum er mit der Königin gehen sollte. Sie richtete kein weiteres Wort an ihn, sondern trat in die Unterkunft der Königin ein. Noreen folgte ihr. Sie warf Jago im Vorbeigehen ein entschuldigendes Lächeln zu. Sie war nicht begeistert, in das Auge des Sturmes zu reisen, aber sie hatte keine andere Wahl.

Kaya verbeugte sich vor der Königin. Eine lange Strähne ihres locker zusammen gebundenen Haares löste sich und fiel ihr über die Schulter. Noreen ging vor der Königin auf die Knie. Gandentia hatte sich auf einem errichteten Steinhaufen gesetzt und winkte nun ab. „Erhebt euch. Protokolle sind eine überflüssige Angelegenheit. Wir sind hier nicht in einem Palast." „Und doch seid Ihr die Königin." Kaya sah sie durchdringend an. Gandentia prüfte ihren Blick sorgfältig. Auch wenn sie Kaya und Kea und Hanja, und wie ihre Retter auch alle hießen, seit Tagen nicht gesehen hatte, sah sie dort tiefe Sorge und vielleicht auch eine Spur von Angst. „Und darin seht Ihr ein Problem, nicht wahr?"

„Königin Gandentia. Wir müssen davon ausgehen, dass wir

vielleicht plündernden Soldaten oder noch schlimmer, dem kompletten Heer der Nachlerimer begegnen. Wir können Euch nicht beschützen. Nicht so, wie es einer Königin gebührte."

„Und was wollt ihr nun tun? Mich zurücklassen und dann eine Eskorte aus der Hauptstadt zurücksenden?"

„Das wäre das Törichtste, was ich tun kann, Mylady. Nein. Dies hier ist Noreen, sie ist eine Heilzauberin. Sie kann euch innerhalb eines Wimpernschlages in die Stand bringen. Euch, Jago und die Standwache."

„Mich? Aber was ist mit Euch?"

„Wenn es hier wirklich ein Heer gibt, das nach Streit sucht, müssen wir es stellen. Schließlich ist es unser Land. Jago wird euch begleiten, bis wir zur Hauptstadt kommen. Und dann wird sicherlich bald eine Eskorte aus Eurer Heimat ankommen."

„Ihr habt Euren Plan schon gefasst, nicht wahr? Ihr unterrichtet mich nur, damit ich sofort abreisen kann."

„Bitte glaubt nicht, dass Ihr uns lästig seid, aber wir haben den Auftrag Euch unbeschadet ins Schloss zu bringen. Und so sehr es Euch ärgert, Noreens Zauber ist die schnellste Lösung."

„Also gut. Jago wird mich also begleiten. Davon ist er wahrscheinlich nicht sehr angetan, oder?"

„Nicht mehr als Ihr", erwiderte Kaya. Sie deutete eine Verbeugung an. Noreen trat nun in den Vordergrund. „Ich muss Euch bitten, mit uns hinaus zu kommen, dort warten bereits die andern." Noreen wagte es nicht, der Königin ins Gesicht zu blicken. Die Königin wollte etwas sagen, entschied sich aber dagegen und nickte dann freundlich. Sie folgte Noreen nach draußen. Kaya verließ das Zelt als Letzte.

Draußen waren schon die Stadtwachen anwesend. Reg verbeugte sich, als er auf die Königin zutrat. „Es scheint, dass man alles für Eure Sicherheit tut, Mylady. Vergebt mir, wenn meine einzige Sorge meiner Heimatstadt gilt. Jago wird auf Euch achten und Euch zur Seite stehen, bis wir die Gefahr durch den Feind gebannt wissen." „Das wurde mir bereits berichtete, Hauptmann. Aber

Euren Worten entnehme ich die Ehrlichkeit und dafür danke ich Euch." Gandentia beugte anmutig ihren Kopf. „Bitte, denkt nun an etwas, das in der Stadt ist. Am besten einen Brunnen im Innenhof oder etwas in der Nähe des Schlosses." Noreen legte die Hand der Königin auf den Arm von Jago. Dieser sah Kaya noch einmal forschend an, aber diese zeigte keinerlei Regung in ihrem Gesicht. Und dann gab es einen hellen Blitz und die Stadtwache, Reg, Jago, Noreen und die Königin waren verschwunden.

Kaya nickte zufrieden. In ihr tobte ein innerer Groll. Oh, wie sie Nachlerim hasste. Und jetzt endlich hatte sie eine Streitmacht unter sich, aber keinen Feind in der Nähe. Sie wäre am liebsten noch diese Nacht aufgebrochen, um die feindliche Armee ausfindig zu machen und zu stellen. Aber viele der Männer waren am Trauern. Zu viele, als dass sie diese einfach zurücklassen konnte und wollte. Sie rieb sich nachdenklich die Schläfe.

In der Luft lag neben der Anspannung noch ein anderer Geruch. Der Geruch des Krieges. Tod war auf dem Land gesät worden und das würden sie morgen ernten.


Gandentia glaubte, dass ihr alle Luft aus den Lungen gesaugt worden war. Sie atmete tief ein. Ein erdiger Geruch stieg ihr in die Nase. Und der Geruch von etwas anderem: Feuer. „Sie belagern die Stadt, los." Reg schickte seine Männer zur Verstärkung der hoffnungslosen Verteidiger. Hier und da gab es einen erstickten Aufschrei, als einige Frauen ihre Männer und Söhne wiedersahen.

Jago räusperte sich. Er stand hinter der Königin. „Ich werde euch mit ins Schloss begleiten. Die Königin will sicher einen Bericht. Und mir wurde aufgetragen, so lange zu bleiben, bis ich eine Nachricht für die anderen habe." Noreen wies auf die Schlosstore.

Noch bevor Gandentia etwas erwidern konnte, wurden die schweren Tore aufgezogen und Königin Feodora von Lansri kam mit einigen schwer bewaffneten Wächterinnen heraus.

Auch ihre Kleidung war eine Art Rüstung. Nur wirkte sie um etwas leichter. Man hatte sie nicht nur ausgelegt, damit die Königin geschützt war. Man sah ihr die adelige Herkunft an.

„Gandentia. Wie kommt ihr hierher?" Feodora sah sie besorgt an. „Das ist eine lange Geschichte, aber vielleicht werde ich sie später zum Besten geben. Wie steht es um die Stadt?"

„Wir werden belagert, seit Tagen schon. Wir erwarten in wenigen Tagen Verstärkung aus Aldea. Wir versuchen schon seit Stunden Eure Männer zu warnen, aber alle Brieftauben werden abgefangen und enden auf den Feuern der Belagerer."

„Warnen?", fragten Jago, Noreen und Gandentia aus einem Mund.

„Die Belagerer haben sechs große Gruppen aufgeteilt und verstecken fünf davon hinter den Hügeln. Wenn die Soldaten aus Aldea eintreffen, werden sie glauben, nur eine kleine Armee gegen sich zu haben. Und im Getümmel werden dann die anderen dazustoßen."

„Aber das ... ist eine Falle. Und eine tödliche dazu." Gandentia sah Feodora an, wirbelte herum und packte dann Noreen. „Geh zurück und informiere Kaya, sie sollen sofort aufbrechen." „Wartet, Mylady. Wir sollten so viele Informationen wie möglich sammeln. Das dauert nicht lange. Wenn es sechs Gruppen sind, müssen wir herausfinden, wo die Gruppen sind und wie stark sie bewaffnet sind", unterbrach Jago die Königin. Gandentia nickte. „Ihr habt recht. Feodora. Ich werde alle Informationen zusammentragen lassen, aber nun kommt herein und erzählt." Feodora wies nach innen.

# 15. Belagerung

Kaya saß auf. Hinter ihr taten es ihr Hunderte von Männern gleich. Hanja sah sie an. „Wieder eine Schlacht." „Wir werden sehen. Vielleicht rennen sie auch bei unserem Anblick wie die Hasen." Venara lächelte kalt. „Auf jeden Fall wird es ein spannender Tag." Kea rückte ihr Schwert zurecht.

Sie waren eine Nacht geritten. Es war erfrischend gewesen, die Kühle auf der Haut zu spüren. Das kühlte die Gemüter ab. Aber der Kampfgeist war ungebrochen. „Alles wie besprochen." Kaya zog ihr Schwert. „Eins noch: Jeder, der nicht zurückkehrt, den bringe ich eigenhändig um." Und dann wendete Venara ihre Gruppe nach Süden. Kea und ihre Gruppe folgten. Hanja und Randaar waren für die beiden Gruppen im Osten eingeteilt worden. Dawn begleitete Hanja und Selastika folgte Randaar.

Kaya blickte zurück und begegnete dem Blick von Evelyn. Sie seufzte tief. „Ich habe Angst, Kaya." „Kein Grund sich zu schämen. Und Angst zu haben ist gut. Dann macht man keine törichten Sachen. Und ich muss mich nicht um dich sorgen." Kaya klopfte ihr mit der Linken kurz auf die Schulter. Dann erhob sie ihr Schwert. „Zum Angriff." Und galoppierte los.

Noreen war vor einer Nacht ins Lager zurückgekehrt mit einem Bündel Informationen und daraus hatten Kea, Kaya und Hanja einen Schlachtplan entwickelt.

Die verborgenen Soldaten würden ein blaues Wunder erleben. Oder vielleicht eher ein stählendes. Denn jede Gruppe wurde ausgelöscht.

Während die Nachlerimer sich als eine kleine Gruppe von Belagerern ausgab, würde ihre Verstärkung hinter den Hügeln aufgerieben werden.

Aus dem Norden kam die Armee von Aldea. Und wenn die Belagerer dann nach Verstärkung riefen, würden nur zwei über den Hügel kommen: Kaya und Evelyn.

„Ein einziger Hohn, du degradierst das zu einem Witz", hatte

Venara gesagt. Und von Kaya hatte sie lediglich ein strahlendes Lächeln geerbt, denn genau das sollte es werden. Ein Schlag in das Gesicht des verschlagenen Grafen.

Kaya sah sich nicht um. Sie hatte genaueste Anweisungen gegeben. Keiner der Männer, die zur Verstärkung hinter den Hügeln lagerten, durfte überleben.

Hinter ihr trennte sich ihre Gruppe und kreiste die Männer ein. Sie sah nicht hin, sah nicht in die Gesichter. Sie schlug nach links und rechts und erkämpfte sich den Weg. Schnell war die Gruppe aufgerieben.

Kaya wischte sich mit dem Handrücken über die Stirn. „Waffen einsammeln. Bogenschützen in Stellung. Schaut nach, ob ihr hier einige Bolzen und Pfeile findet. Vielleicht müssen wir doch noch mehr nieder machen." Sie sah sich nach Evelyn um.

Evelyn wischte sich mit der Hand über den Mund. Sie hatte sich übergeben. „Alles klar?" Kaya lenkte ihr Pferd neben sie. „Ja ... geht schon." Evelyn zog sich wieder auf ihr Pferd. Kaya sagte nichts, sondern wartete.

Dass um sie herum gerade Menschen ihr Leben ausgehaucht haben, schien ihr nichts auszumachen. „Sind dir ... die Soldaten egal?" Evelyn sah sie an. Sie konnte nicht eine Regung in ihrem Gesicht sehen. „Mag sein, dass du noch Menschen in ihnen siehst. Aber das kommt immer auf den persönlichen Standpunkt an." Kaya sah sie nun fest an. „Und meiner ist ein anderer als deiner." Sie trieb Storm nach vorne und winkte ihr, ihr zu folgen.

Reg leckte sich nervös über die Lippen. Die Belagerer versuchten gerade, mit einem Rammbock das Tor einzubrechen. „Schütz das Tor", rief er nach unten.

Im nächsten Moment warfen sich seine Männer gegen das Tor, um den Schlag des Rammbocks etwas entgegenzuhalten. Von oben warfen die Verteidiger Steine und Geröll auf die Angreifer.

„Wir können nicht mehr lange standhalten", sagte Reg zu Jago.

Dieser nickte. „Vielleicht sollten wir unseren Plan fallen lassen und die Armee zu Hilfe rufen." Noreen sah von Jago zu Reg. „Nein, seht ..." Jago wies nach Norden.

Auf dem Hügel erschien die Armee aus Aldea. In glänzenden silbernen Rüstungen mit gelben Fahnen. Jetzt kam Bewegung unten in die Reihen der Nachlerimer. Sie sammelten sich, um eine Front gegen die gerade eintreffenden Soldaten zu bilden. Und einer stieß in ein Horn, um die Verstärkung zu rufen.

Aldeas Armee hielt inne. Auch sie hatte Noreen von dem Plan erzählt. Sie richteten lediglich ihre Waffen auf die Nachlerimer. Die erwartete Verstärkung blieb jedoch aus. Der Graf sah sich um. „Was ..." Er sah den Hornbläser an. Dieser zuckte mit den Schultern und wiederholte seinen Ruf nach Verstärkung. Als dieser ausblieb, kam die Schlacht zum Erliegen, denn die Nachlerimer hatten so nicht die kleinste Chance. Und dann antwortete ihnen ein anderes Horn.

Kaya nickte Evelyn zu und diese stieß ins Horn. „Alles bereit halten. Sobald Evelyn noch einmal das Horn ertönen lässt, reitet ihr auf den Hügel, die Waffen bereit." Kaya gab Storm ihre Fersen zu spüren.

Sie ritten über den Hügel.

Gemächlich und fast schon langsam ritt Kaya auf den Grafen zu.

Vor ihr teilte sich die Front der Nachlerimer. Evelyn folgte ihr mit einem beklemmenden Gefühl in der Magengegend. Aber Kaya schien nicht einen Moment zu zögern.

Der Graf erkannte seine ehemalige Gefangene sofort. „Du?" „Ja." „Was hast du mit meinen Männern gemacht?" „Ich habe ihnen den Weg zu ihren Ahnen gewiesen." „... Was willst du?" Der Graf erkannte zähneknirschend, dass sein Plan nach hinten losgegangen war. Nun musste er handeln, wenn er noch etwas retten wollte. So etwas wie sein Leben und das seiner verbliebenen Männer. „Lasst die Waffen fallen, verschwindet und kehrt nie wieder."

„Das ist nicht ..." „Ich habe gehofft, dass Ihr das sagt ..." Kaya hob ihre linke Hand. Evelyn hob das Horn erneut an die Lippen.

Ein tiefer durchdringender Ton hallte über die Ebene. Oben an den Hügeln erschienen die Männer und Krieger aus Lansri. Sie alle stießen einen gemeinsamen Kampfschrei aus. Ihre Waffen, Schwerter und Speere prallten gegen Rüstungen und Steine. Ein ohrenbetäubender Lärm hallte hinunter ins Tal. Und der Schrei wurde erwidert. Die Verteidiger auf den Stadtmauern sahen ihren Silberstreifen am Horizont. Die Rettung war zum Greifen nahe.

„Lasst Eure Waffen fallen und es wird Euch nichts geschehen." Kaya sah den Grafen fest an. „Ihr würdet ihnen den Befehl geben, uns niederzumetzeln, auch auf die Gefahr hin, dass Ihr dabei umkommen könntet?" Er sah sie forschend an. Er suchte nach einem Zögern oder Unsicherheit in ihrem Blick. „Ich werde hier nicht mein Leben aushauchen. Und wenn doch, dann mit der Gewissheit, dass auch Ihr nicht mehr lebt." Kaya zog ihr Schwert.

Die Minuten schienen sich zu verlängern.

Alles was nun geschah, kam Evelyn wie eine Ewigkeit vor. Und doch verstrichen nicht mehr als ein paar Minuten.

Ein Mann riss sich aus der Menge der ungläubigen Nachlerimer los. Er stieß einen wilden Schrei aus und wollte mit dem Schwert auf Kaya losgehen.

Diese sprang leichtfüßig von ihrem Pferd, parierte den Hieb gekonnt und vergrub ihr Schwert mit nur einer Bewegung im Rücken des Mannes. Es knirschte laut, als der Stahl auf die Rippen des Mannes trafen.

Ein weiterer wollte sein Glück versuchen, aber noch bevor er seinen Kampfschrei beenden konnte, hatte Kaya ihn schon enthauptet.

„Noch jemand, der als Märtyrer sterben will?" Sie ging zu Storm zurück. Ohne mit der Wimper zu zucken, ohne eine Regung in ihrem Gesicht. Evelyn hielt sich krampfhaft auf ihrem Pferd und hoffte, dass ihr Mageninneres auch weiterhin an seinem angestammten Platz blieb. Es würgte sie.

Der Graf zog sein Schwert. Er sah sich um. Rechnete er seine Chancen aus? Das waren nicht sehr viele. Er konnte nicht gewinnen. Allein die Armee aus Aldea waren seinen Männern vier zu eins überlegen. Die Verteidiger in der Stadt waren nun motivierter, da sie ihre Hilfe auf diesen Hügeln stehen hatten. Und die Verstärkung war eingetroffen, obwohl sein König davon gesprochen hatte, dass niemand außer alten und wehrlosen Frauen und Kindern in der Stadt und im ganzen Land zu finden sei. Aber wer konnte ahnen, dass es hier mehr als wehrlose Frauen gab?

Er hob sein Schwert in die Luft, so dass es alle seine Soldaten sehen konnten. Es blitzte in der Sonne.

Hemdart der Schnitter, sein König und einziger Freund, würde nicht erfreut sein, dass diese Schlacht wieder einmal mehr Opfer als Gewinn gebracht hatte, aber was sollte ihn daran stören. Er, der Graf aus Nachlerim, eigentlich gefürchtet und verhasst, stand nun zwei Frauen gegenüber. Einer konnte er die Angst vor dem Krieg ansehen, aber diese da. So viel Zorn, so viel Wut und sie schien den Tod in Kauf zu nehmen. Wie Hundert andere hinter ihr wahrscheinlich auch.

Er öffnete die Finger und ließ sein Schwert fallen. Seine Gefolgsmänner taten es ihm gleich. Ohrenbetäubender Jubel strömte von allen Seiten in das Tal, in dem die Hauptstadt stand.


Der Morgen ergraute. Der Tag nach der Schlacht. Obwohl es ja keine Schlacht gab, wie Evelyn zufrieden feststellte. Sie hatte die Arme hinter dem Kopf verschränkt und schaute zufrieden auf einen klaren Sommerhimmel. Es war vorbei.

Unten aus dem Schankraum des Gasthauses hörte sie mehrere Stimmen. Kea, Jago, Venara, Kaya und Hanja waren schon unten. Dawn, Randaar und Selastika schliefen noch tief und fest.

Evelyn stand leise auf und zog sich schnell an.

Sie saßen um einen Tisch und frühstückten gemeinsam mit Hanjas Eltern, Dieterus und Anitara. „Du hättest es sehen sollen,

Anitara. Sie sind eine tolle Gemeinschaft geworden." Dieterus nickte den Frauen ihm gegenüber zu. „Hat ja auch lang genug gedauert, bis wir alle unseren Platz in der Gruppe gefunden haben." Kea schob ihren Teller beiseite.

„Guten Morgen, Evelyn." Kaya drehte sich nicht um. Evelyn überraschte fast gar nichts mehr bei der Kriegerin aus Tlangan. „Guten Morgen." Evelyn lächelte matt. Die gesamte Aufmerksamkeit des Frühstückstisches galt nun ihr. „Sag, Kind. Hast du gut geschlafen?" Anitara stand fürsorglich auf und bot Evelyn einen Platz an. „Ja, mir geht es gut. Nach Tagen auf dem Boden zu schlafen, ist so ein Bett doch ein wahrer Luxuserwerb." Alle lachten, bis auf Kaya.

Diese stand auf. „Ich werde die anderen wecken. In einer Stunde beginnt die Messe." Und damit erklomm sie die Treppe.

Oben in dem Zimmer, in dem Evelyn bis gerade noch friedlich geschlafen hatte, hörte man ein Platschen, einen Schrei und ein „Guten Morgen". Dann wurde die Tür zugeschlagen.

Die Messe. Das hatte Evelyn ja völlig vergessen. In einer Stunde würde es eine große Messe geben, in der man den Gefallenen und Opfern gedachte. Und in der man für die schnelle Rettung aller Gefangenen und die Hilfe dankte. Die man Lansri wieder einmal zuteil hatte werden lassen. Und nach der Messe würde Königin Gandentia mit ihren Männern abreisen und dann würden auch sie abreisen. Zurück in den Kristallwald.

Kaya kam die Treppe wieder herunter. Sie sagte nichts, aber Kea konnte sich schon denken, dass der gefüllte Wasserkrug Ursache für das Platschen und den Schrei gewesen waren. „Wir sollten unseren Proviant füllen. Direkt nach der Messe wollen wir aufbrechen." Kea stand ebenfalls auf. „Nehmt, was ihr braucht, aus unserer Vorratskammer. Es wird noch keiner seine Sachen auf den Markt tragen. Heute wird dort groß gefeiert." Dieterus reichte Evelyn etwas Brot. „Wollt ihr nicht auch bleiben?", fragte Anitara. „So gern wir das möchten, Mutter. Aber wir habe noch anderes zu tun." Hanja stand auf und ging mit Kaya in die Vorratskammer.

„Ich habe einige Informanten ausfindig gemacht, die Venaras Unschuld beweisen können. Wahrscheinlich warten die schon auf uns. Wir könnten Kenais wahren Mörder finden." Jago rieb sich die Hände und verschränkte sie ineinander. „Ihr könntet wirklich ... Nun, dann verstehe ich euren raschen Aufbruch. Wird Zeit, dass Hanja mit Kenais Tod abschließt." Anitara nickte. Sie hatte den jungen Mann auch sehr gemocht und die Nachricht von seinem Tod hatte sie auch betrübt. Mehr aber betrübte sie der Schmerz, den ihre Tochter seitdem mit sich herumtrug.

Randaar, Selastika und Dawn kamen hinunter. „Schickt bitte nie mehr Kaya zum Wecken. Ohne Vorwarnung einen Wasserkrug über einem auszuleeren." Dawn sah in die Runde. Die anderen lachten. „Damit muss man rechnen, wenn man zu lange schläft", meinte Venara trocken.

Wenig später hatten alle ihr Frühstück beendet und die Pferde waren bereit. Menschen strömten an ihnen vorbei zum Platz vor dem Schloss. Viele grüßten die Gruppe oder zogen ihre Hüte. Der eine oder die andere schüttelten der verblüfften Kaya freudestrahlend die Hände. „Sieht aus, als seist du vom Anführer zum Volkshelden aufgestiegen." Kea klopfte Kaya auf den Rücken. „Da es mir so ergehen wird, wie den meisten Helden, werde ich schnell vergessen werden. Schließlich habe ich noch keinen ruhmreichen Tod hinter mir." Kaya warf sich ihren Umhang um und schlug sich die Kapuze über. Es fing an zu regnen.

Der Regen schien vom Himmel geschickt worden zu sein, um die Stadt rein zu waschen. Bäche flossen ihnen entgegen, als sie auf dem Marktplatz ankamen. Und Kayas Vermutung, dass man sie schnell vergessen würde, floss mit ihnen davon. Jemand hatte in nur einer Nacht eine Statur angefertigt, die ohne Zweifel Kaya darstellte. „Dabei überdauern doch Lieder die Gezeiten, nicht der Stein", kam es unter Kayas Kapuze hervor. Noch bevor einer antwortete, trat die Hofbardin auf die Bühne, auf der die feierliche Messe abgehalten wurde und gab ein Lied zum Besten. Kea wurde von einem Lachkrampf geschüttelt, der erst endete, als

Hanja einen festen Schlag auf den Rücken gab. Die meisten Leute drehten sich schon zu ihnen um.

„Schön, wirklich sehr schön", knurrte Kaya. Mehr bekam man für den Rest des Tages nicht mehr aus ihr heraus.

Nachdem man Hunderte von Tauben frei gelassen hatte, als Symbole für neue Hoffnung, endete die Messe. Die Königin aus Aldea ritt mit ihren Soldaten zurück in ihr Land. Es war eine Art Prozession, die von ihr angeführt wurde. Und dieser Gruppe schloss sich eine Gruppe von Kriegerinnen am Schlosstor an. Die Königin Feodora hatte ihnen für ihre Mühen nur einen Brief mit einer Danksagung geschickt und einen Beutel voll Gold (Den hatte Kaya übrigens verächtlich aus dem Fenster geworfen.).

Sie ritten keine hundert Meter mit den Soldaten aus Aldea. Während Aldeas Ritter ihrer Königin nach Norden folgten, folgte die Gruppe ihrem Weg nach Osten. Sie trennten sich von Selastika und Randaar, die den Weg zurück nach Aldea einschlugen, in ihrer Heimat. „Auf ein baldiges Wiedersehen, unter freundlicheren Umständen." Randaar hob die Hand zum Gruß, der erwidert wurde.

„Und was folgt nun?" Dawn sah Kea an. „Ein weiterer endloser Tag in der Ewigkeit des Seins. Und wir werden Kenias Mörder suchen." Kea sah Dawn an. Dann sprengten sie hinter ihrer Gruppe her. Dieses Abenteuer war zu Ende, aber das nächste stand schon bereit. Wie es aus ging, wer konnte das schon sagen?.